JAPAN-EDITION
Jaqueline Berndt
Phänomen Manga
Comic-Kultur in Japan

JAPAN·EDITION

Jaqueline Berndt

Phänomen Manga

Comic-Kultur in Japan

edition q

Deutsche Originalausgabe

JAPAN-EDITION
Begründet von
Jürgen Berndt † und Klaus R. Dichtl, Berlin
Herausgegeben von
Eduard Klopfenstein, Zürich

Die Deutsche Bibliothek – CIP-Einheitsaufnahme

Berndt, Jaqueline:
Phänomen Manga : Comic-Kultur in Japan /
Jaqueline Berndt. – Berlin : Ed. q, 1995
(Japan-Edition)
ISBN 3-86124-289-3

Lektorat: Klaus R. Dichtl

Umschlaggestaltung: Atelier Höpfner-Thoma unter Verwendung
von Comic-Vorlagen von Uchida Yoshimi und Ôtomo Katsuhiro

Gesamtherstellung: Ebner Ulm
Printed in Germany
ISBN 3-86124-289-3

JAPAN·EDITION

Jaqueline Berndt
Phänomen Manga

Inhaltsverzeichnis

Zu diesem Buch

Gut einhundert Jahre liegt es zurück, daß Japan die Europäer mit seinen Farbholzschnitten und seinem Handwerk faszinierte. Bildende Künstler bezogen entscheidende Impulse aus der Begegnung mit der anderen Form – dem Eigenwert der Linie, der Farbe, der Komposition –, und die Japan-Mode hinterließ Spuren im Kunstgewerbe, auf Postern, in Architektur und Design. Als neu empfunden und modern rezipiert wurde, was Japan an traditioneller Gestaltung zeigte. Wie sieht es heute aus?

Japan hat nicht nur traditionelle Künste zu bieten. Neben Literaten, und – je nach Blickwinkel – vielleicht sogar stärker als sie, sind japanische Architekten mit ihren innovativen und gleichwohl traditionsbewußten Bauten international zu einem Aushängeschild der japanischen Gegenwartskultur geworden. Selbst namhafte Wissenschaftler beschließen Abhandlungen zur Geschichte der modernen Kunst Japans mit dem Hinweis auf die neuere Architektur – und unterschlagen dabei doch den zweiten großen Exponenten: den *Manga*. Genau diesen aber halten viele Japaner für das moderne japanische Ausdrucksmedium schlechthin.

Die überwältigende Breite und Vielfalt, vor allem aber die andersartige Bildsprache des *Manga* sind auch im Ausland auf Interesse gestoßen. In den achtziger Jahren entdeckten – ausgehend von Amerika – westliche Comic-Macher den *Manga* für sich, und für Comic-Fans ist er dank zunehmender Übersetzungsausgaben mittlerweile kein Geheimtip mehr. Fanzines und Comic-Lexika bieten einzelne Fakten zur Marktlage in Japan, zu Zeichnern, Mangawerken sowie deren Zugänglichkeit im Ausland, und Bücher wie die von Frederik L. Schodt („Manga! Manga! The World of Japanese Comics", 1984) und Thierry Groensteen („L'Univers des Mangas", 1991) vermitteln ein Gesamtbild.

Die Faszination am Besonderen zu reflektieren und an den kulturellen Kontext der Heimat des *Manga* zurückzubinden, darf man vielleicht nicht von Comic-Fans, dafür jedoch von der Japanforschung erwarten. Im deutschsprachigen Raum entstanden seit Mitte der achtziger Jahre zum japanischen Comic mehr Graduierungsarbeiten als beispielsweise zum japanischen Film, dem der *Manga* kunstsoziologisch – sei es als Massenmedium, sei es in seiner Zwitterstellung zu Hochkunst und Massenkultur – wohl am ehesten vergleichbar wäre.

Eine kurze Auflistung sei hier gestattet. Megumi Maderdonner bot 1986 einen (in deutscher Sprache) ersten Abriß zur Geschichte des *Manga* anhand besonders populärer Kindercomics. Sie zeigte auf, wie lebensweltliche Wirklichkeit je historisch in den Helden und Fabeln verarbeitet wurde, und erschloß damit den *Manga* als ein Feld, welches Zugang zur Alltagskultur des modernen Japan gewährt. Auch Eva Bachmayer (ebenfalls 1986) öffnete mittels des *Manga* ein Tor zum gegenwärtigen Japan. Ihre Kritik des Pornomanga zielte auf die patriarchalische Gesellschaft, umfaßte jedoch bereits wahrnehmungspsychologische Beobachtungen, die sich der Spezifik des Mediums näherten. 1993/94 folgten dann drei Arbeiten zum Altmeister des Story-Manga Tezuka Osamu: Heinrich Koechlin stellte Leben und Werk ausführlich vor, Eveline Einholz versuchte eine kunsthistorisch aufwertende Betrachtung seines Frühwerks und Susanne Phillipps entwikkelte ein semiotisches Instrumentarium, das es gestattet, die visuelle und verbale Gestaltung von Zeit in Tezukas Manga zu fassen.

Manga-Studien dürften, auch bei größerer Publizität als bisher, ihre Leser nicht in erster Linie bei Manga-Fans finden, und Comic-Zeichner haben, so sie sich – wie Scott McCloud – analytisch auf den *Manga* einlassen, durch ihre praktische Kenntnis der Materie ohnehin einen genaueren Blick im Konkreten. Das vorliegende Buch ist eine Manga-Studie, wenn auch nicht im streng akademischen Sinne. Hier wird versucht, das *Phänomen Manga* in der Breite seiner wichtigsten Gattungen zu umreißen und die Rede vom *Manga* als solchem mit der Vielfalt seiner Erscheinungen zu verbinden, deren Vernetzungen untereinander aufzuzeigen und ihren Platz in der japanischen Kultur zu orten. Wie geht man in Japan mit dem *Manga* um, und woraus speist sich die „Manga-Kultur"? Sie beruht nicht allein auf ihren berühmten Zeichnern – so sehr man diese auch idolisiert –, sondern ebenso auf den Lesern, die, da soziologische Erhebungen nicht verfügbar, auf zweierlei Weise im folgenden vorkommen: zum einen in Gestalt der Amateurzeichner, zum anderen in Gestalt jüngerer Manga-Kritiker und -Publizisten. Die Anmerkungen enthalten zum Teil zusätzliche Informationen, zum Teil aber auch getrost zu überlesende Quellenverweise, die sich ebenso wie eine Vielzahl von Titeln im Literaturverzeichnis an den des Japanischen kundigen Leser wenden.

Wer sich spezialistisch für *Manga* interessiert, mag bei entsprechender Sprachkenntnis zu den bereits erwähnten Standardwerken greifen, mit denen hier nicht konkurriert werden soll, vielleicht aber auch durch den Anhang dieses Buches versöhnt werden. *„Phänomen Manga"* erscheint in der JAPAN-EDITION bei edition q und ist deren Anliegen verpflichtet, deutschsprachigen Lesern die moderne und gegenwärtige Kultur Japans zu erschließen. Es beschränkt sich auf Darstellungen zum gegenwärtigen kulturellen Stellenwert des *Manga* (KAPITEL 1), zu den Manga-Gattungen für Jungen und Jugendliche, die das Erscheinungsbild des Manga insgesamt lange prägten (KAPITEL 2), zum spezifisch japanischen Mädchenmanga, dessen innovativer „Neuer Welle" und deren Folgen (KAPITEL 4) sowie zum erotisch-pornographischen *Manga*, der auch das Problem der Gewaltsamkeit aufwirft (KAPITEL 5). Abschließend erfährt das Heer der Fans und Amateurzeichner besondere Berücksichtigung. Aus dem Rahmen fällt KAPITEL 3, das sich mit der japanischen Diskussion über den *Manga* beschäftigt und den *Manga* auf traditionsbedingte Besonderheiten hin befragt. Die Kapitel folgen nur bedingt einer chronologischen Ordnung, vielmehr stellen sie die Manga-Gattungen und einige repräsentative Werke, ergänzt durch historisierende Einschübe, vor. Gefragt wird aus dem Blickwinkel des erwachsenen Lesers, der sich dem *Manga* als Jugendkultur nähert, aber auch seinen Interessen gemäß begutachtet.

Daß sich über Comics zum Teil besser mittels Comics kommunizieren läßt, zeigen neuere Tendenzen. *Manga* leben nicht allein von den erzählten Geschichten, die man – wenn schon – literarisch und in gebührender Ausführlichkeit schildern müßte. Statt also in Worte zu fassen, was in Worten nicht aufgehen kann, konzentriert sich der Text auf Sachinformationen und Anregungen zu möglichen Interpretationen, überläßt hingegen den Abbildungen, für sich selbst zu sprechen. Diese erscheinen nicht immer an der Stelle, an der ihre Schöpfer im Text erwähnt werden, und bei Bildzitaten aus japanischen Publikationen – im Unterschied zu jenen aus Übersetzungsausgaben (mit Ausnahme des deutschen „Genji Monogatari") – ist im übrigen zu beachten, daß sie sich von rechts nach links und von oben nach unten erschließen.

Ganz abgesehen davon, ob es „der" *Manga* oder – von Japanologen bevorzugt – „das" *Manga* heißt, mit einer Publikation wie dieser setzt man sich leicht zwischen alle Stühle. Der eine hätte gern mehr über Yakuza-, Sumô- oder Horror-Manga statt über Mädchen erfahren, der andere ist mit der Auswahl der Bildzitate unzufrieden (weil er nicht um ihre – ohne die Unterstützung eines japanischen Verlages – aufwendige Beschaffung weiß). Ein dritter interessiert sich für die Arbeitsweise von Manga-Zeichnern, ein vierter für die verlegerische Tätigkeit. Einem fünften fehlt die Analyse des Japanischen im *Manga*, einem sechsten sind die kulturtheoretischen Andeutungen zu kurz, einem siebten ...

Wenn Comic-Fans ebenso wie Leser der japanischen Literatur oder überhaupt am gegenwärtigen Japan Interessierte für sich aus diesem Buch einige neue Daten, Einsichten, Denkanstöße beziehen können und daraufhin – so wie die japanischen Manga-Leser – über den Gegenstand ins Gespräch kommen, dann hat *„Phänomen Manga“* seinen Zweck erfüllt.

Editorischer Hinweis

Wie in der „JAPAN-EDITION“ bei edition q üblich, steht bei japanischen Personennamen der Familienname vor dem Vornamen. Die Umschrift aus dem Japanischen erfolgt nach dem englischen Hepburn-System. Im Deutschen nicht gebräuchliche japanische Wörter sind kursiv gedruckt, deren Groß- und Kleinschreibung folgt dem Deutschen. Insbesondere bei Zeitschriften-Titeln wird darauf verzichtet, westlichen Sprachen entlehnte Wörter der japanischen Lesung gemäß wiederzugeben (z. B. „Jump“ statt *„Janpu“*). In der Regel wird der zwischen „l“ und „r“ liegende japanische Laut mit „r“ wiedergegeben – außer bei *„Lolikon“*, um die Nähe zu „Lolita Komplex“ zu wahren.

1. Kapitel

Ein populäres Medium

Zur gegenwärtigen Verbreitung

Das Phänomen Manga ist in Japan schon seit langem unübersehbar. Insbesondere in den achtziger Jahren hat es eine Popularität erlangt, die weltweit einzigartig sein mag. Mit seiner quantitativen Flut prägt es japanische Oberflächen. Wie stellt sich das dem ersten Blick von außen dar?

Gegenwärtig werden jährlich über zwei Milliarden Manga-Zeitschriften und -Bücher in Japan verkauft. Ein Drittel aller Druckerzeugnisse sind mittlerweile Manga. Monatlich erscheinen rund 300 Manga-Zeitschriften und 400 entsprechende Buchtitel. Ungefähr 130 der ca. 4000 Verlage in Japan bringen Manga heraus, wobei die drei Großen Shûeisha, Kôdansha und Shôgakukan diesen Markt zu siebzig Prozent beherrschen. Sie publizieren Zeitschriften mit Millionenauflagen sowie Manga in Buchform mit Erstauflagen von 300 000 bis 500 000.

Als kommerzielles Erfolgsbeispiel kann die Manga-Wochenzeitschrift für Jungen „Shônen Jump" (Shûeisha-Verlag) gelten. Gegründet 1968 mit einer anfänglichen Auflage von etwa 100 000 und spezialisiert auf Manga für Jungen – eine Gattung, die sich in den sechziger und siebziger Jahren nahezu ausschließlich durch aktionsbetonte Geschichten um Freundschaft, Kampf und Sieg auszeichnete –, sorgte sie bereits im Jahre 1984 mit dem Überschreiten der Vier-Millionen-Grenze für eine Sensation und erscheint seit 1991 mit einer Auflage von mehr als sechs Millionen. Das Gegenstück dazu bilden die Mädchenmanga. Deren zu Beginn der neunziger Jahre populärste Zeitschriften – „Nakayoshi" (Kôdansha-Verlag), „Ciao" (Shôgakukan-Verlag) und „Ribon"

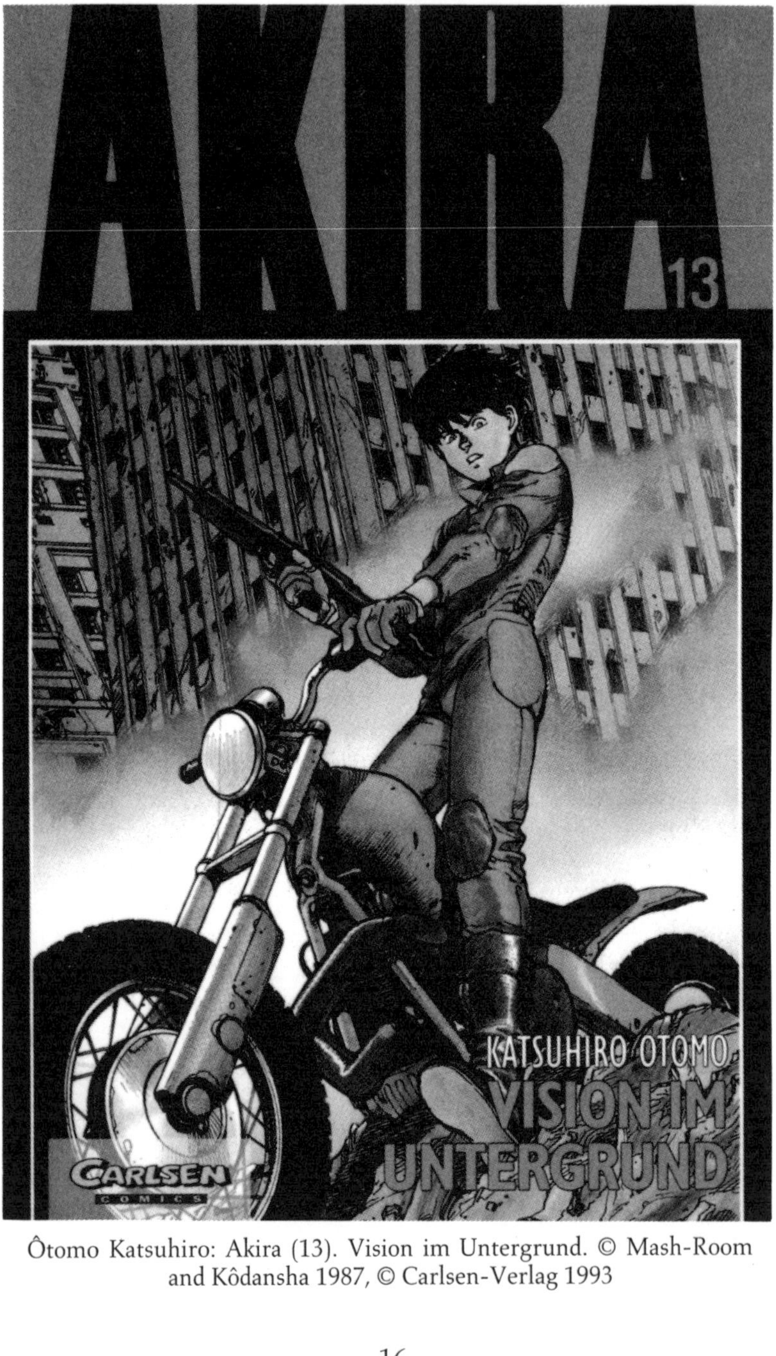

Ôtomo Katsuhiro: Akira (13). Vision im Untergrund. © Mash-Room and Kôdansha 1987, © Carlsen-Verlag 1993

(Shûeisha-Verlag), alle monatlich – setzen zusammen fünf Millionen Exemplare ab. Sicherlich hat der allgemeine Zeitschriftenboom im Japan der achtziger Jahre hier die Zahlen in die Höhe getrieben, aber auch bei Manga in Buchform stiegen Produktion und Verkauf sprunghaft an. Über den Verkauf von Druckerzeugnissen hinaus garantieren Manga den Verlagen ein einträgliches Geschäft durch das Merchandising beliebter Figuren, wie Doraemon, als Spielzeug, auf Kleidung, Geschirr, Schreibwaren und Süßigkeitenverpackungen sowie durch die Multimediaverwertung, die nun neben dem Videomarkt für die Trickfilmversionen auch die Computerspiele umfaßt. In jüngster Zeit bietet man darüber hinaus kombinierte Monatszeitschriften für Manga, Trickfilme und Computerspiele an, wie beispielsweise „V Jump" (Shûeisha, seit 1992), „Haô" (Kôdansha, seit 1993) und „GAME ON!" (Shôgakukan, seit 1993).

Während in Deutschland oder Frankreich Comics mit einem herstellungstechnisch vergleichsweise großen Aufwand publiziert werden, das teure Album der Regelfall bei den an Erwachsene und Jugendliche gerichteten Comics ist und man in den letzten Jahren auch einen Trend zum bibliophilen und luxuriösen Comic-Buch feststellen kann, sind für Japan die vorwiegend monochromen Manga-Zeitschriften auf stark holzhaltigem Papier typisch, die ungefähr ein bis zwei Dutzend in Fortsetzungsfolgen erscheinende Comic-Geschichten verschiedener Zeichner enthalten. Bei „Shônen Jump" beispielsweise sind es achtzehn Serien in jeder Ausgabe, und diejenigen, die bei den Lesern keinen Anklang finden, werden in der Regel bereits nach zehn Wochen abgesetzt. Diese serielle Publikation in Wochenzeitschriften, die – zumindest im Jungen- und Jugendmanga – seit den späten sechziger Jahren überwiegt, begründet medial auch den außergewöhnlichen Seitenumfang der Comic-Romane in Japan.

Manga sind so billig, daß sie sich als Wegwerflektüre verbrauchen lassen. Der durchschnittliche Preis einer Wochenzeitschrift – bis zu 400 Seiten stark – liegt unter 400 Yen und der von Manga-Büchern zwischen 400 und 1000 Yen. Der Shôgakukan-Verlag beispielsweise bringt Manga-Bücher zunächst für 390 Yen als Taschenbuch mit einer Auflage von 300 000 auf den Markt und schiebt bei Erfolg eine „teure" Hardcover-Version zum Preis von ca. 1200 Yen in einer Auflage von 30 000 nach. Ein Band des Manga *„Akira"* von Ôtomo Katsuhiro, über 400 Seiten umfassend und veröffentlicht von der Zeitschrift „Young Magazine", ist für 1200 Yen zu haben, wohingegen ein Album der deutschen Ausgabe (Carlsen-Verlag) bei etwa 120, allerdings kolorierten Seiten knapp 30 DM kostet. Zusätzlich zu den verschiedenen Manga-Ausgaben bieten die japanischen Verlage ihren Lesern noch sogenannte Illustrationsbücher beliebter Zeichner, die auf Glanzpapier und überwiegend in Farbe mit Einzelbildern der Manga-Helden, an Titel- oder Zwischentitelseiten erinnernden Gestaltungen sowie modisch gestylten Gruppendarstellungen auf ihre Art die Idolisierung unterstützen und für die Comic-Romane des jeweiligen Zeichners werben.

Mit „Manga" meint man gegenwärtig in erster Linie Story-Manga, literarischen Erzählmustern folgende Comics mit Längen von 16, 32 oder mehr als 64 Seiten, die oft über Jahre als Serie in Zeitschriften und anschließend in vielbändigen Buchausgaben erscheinen. Diese Story-Manga dominieren das Feld seit den sechziger Jahren, doch das Wort „Manga" umfaßt ein weiteres Spektrum. Ursprünglich wird es mit zwei chinesischen Schriftzeichen *(Kanji)* geschrieben, von denen das erste, *man* gelesene für „komisch, witzig, verzerrt" steht (so findet es sich auch in der Bezeichnung der volkstümlichen Bühnenposse *Manzai*) und das zweite, *ga* gelesene für gemalte, gezeichnete oder gedruckte Bilder. Der *Ukiyoe*-Holzschnittkünstler Katsushika Hokusai (1760–1849) verwendete dieses Wort für seine von 1814 an publizierten Skizzenbände[1], und der Zeichner Kitazawa Rakuten (1876–1955) griff 1899 auf Hokusai zurück, um seine Cartoons und Comic-Strips in der Sonntagsbeilage der Zeitung „Jiji Shinpô" mit diesem Namen aufzuwerten. Heute zieht man die Schreibung des Wortes in *Katakana-* oder *Hiragana*-Silben, die schlicht die Lesung wiedergeben, den *Kanji* zunehmend vor, weil diese zu eng das komisch Verzerrte und dessen Comic-Tradition konnotieren. Damit wird man der

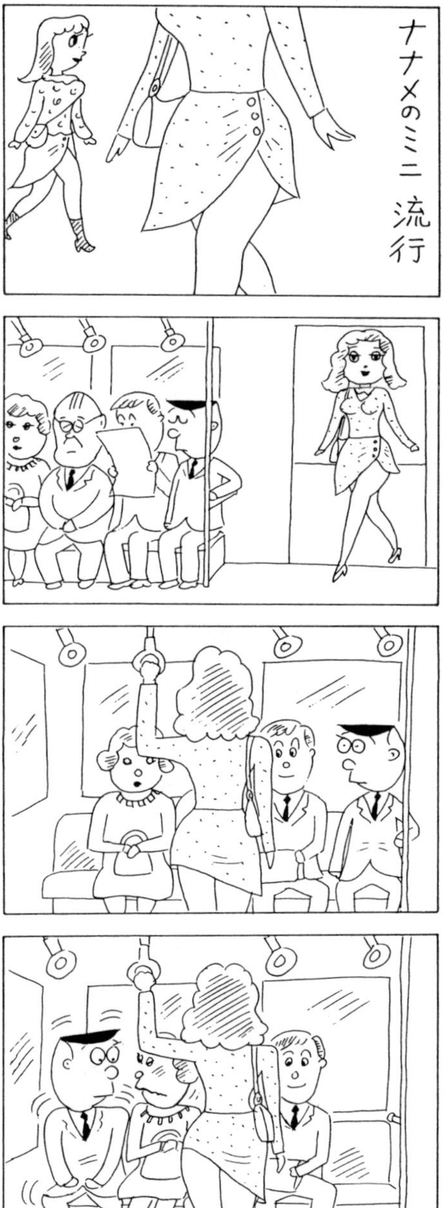

© Satô Sanpei: Fuji Santarô (in Tageszeitung „Asahi Shinbun" vom 16. 11. 1983)

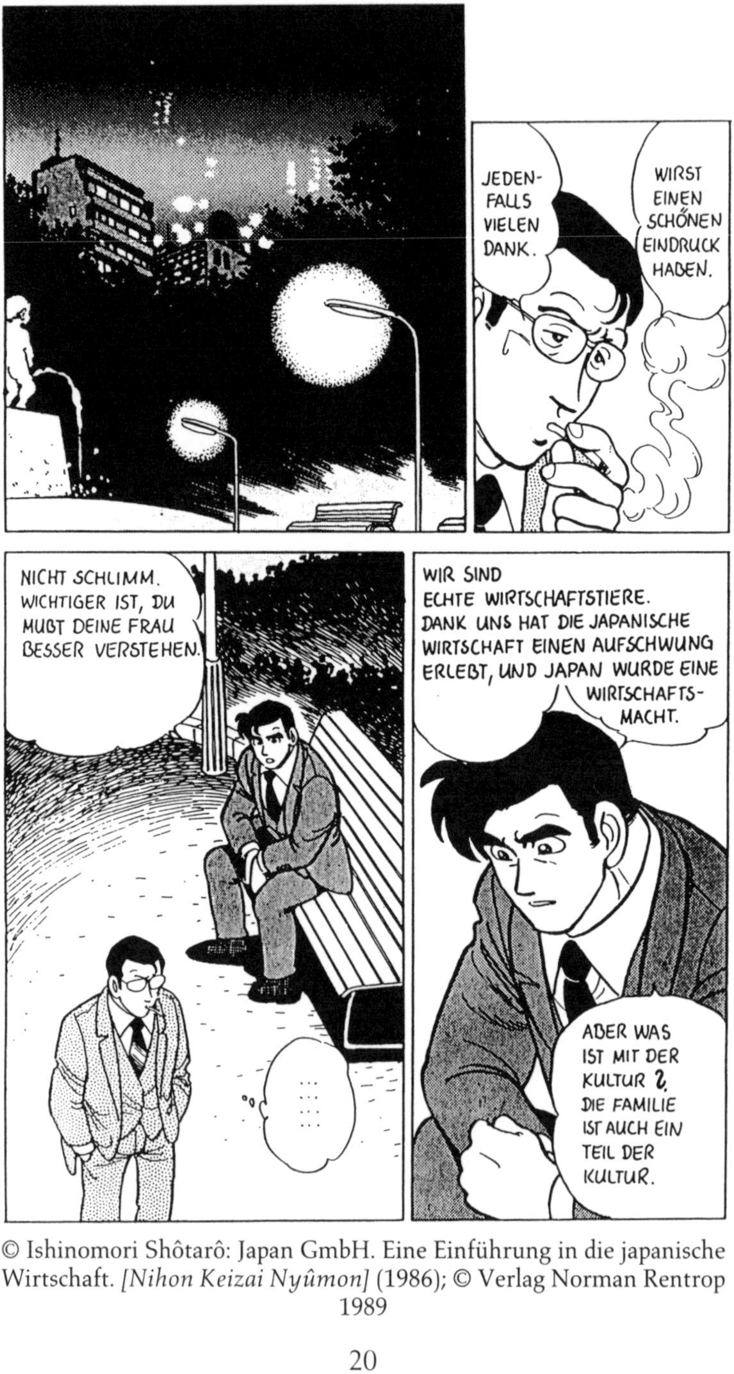

© Ishinomori Shôtarô: Japan GmbH. Eine Einführung in die japanische Wirtschaft. *[Nihon Keizai Nyûmon]* (1986); © Verlag Norman Rentrop 1989

Breite des Spektrums eher gerecht und kann auch den Zeichentrickfilm mit einschließen.

Das „Verzeichnis japanischer Manga-Zeichner“ *(Nippon Mangaka Meikan)*[2], ein Nachschlagewerk, das 500 Namen aufführt, unterscheidet sieben Kategorien:

1. meist satirische Cartoons oder Comic-Strips als Manga über Politisches oder Alltägliches *(Seiji·Fûzoku-Manga)*,
2. gleichermaßen die Kurzformen bevorzugende Gag- und Nonsens-Manga (wobei einzuräumen ist, daß es bis in die siebziger Jahre Gag und Nonsens auch in der Form des Story-Manga gab),
3. Story-Manga (auch „*Gekiga*“ oder „Comic“ genannt – der Story-Manga ist jedoch keineswegs vollständig mit dem *Gekiga* zu identifizieren)
4. Mädchenmanga *(Shôjo-Manga)*[3],
5. Lady's Comic,
6. „Fanzine-Comics“ (*Dôjinshi-Manga* – vorrangig auf der Basis nichtkommerzieller Fangruppen-Zeitschriften von Amateurzeichnern wie auch jüngeren Profis),

und erstaunlicherweise als eigentlich kunsthistorische Kategorie

7. acht Meister des „*Edo-Manga*“, die im 19. Jahrhundert *Ukiyoe*- und *Giga*-Holzschnitte schufen.

Andere Einteilungen sind denkbar. Günstiger wäre beispielsweise, zunächst von der Panelzahl – und den dadurch bestimmten Publikationsformen – auszugehen und das Manga-Spektrum zu unterteilen in:

Cartoon/Karikatur (oder Einzelbild-Manga), auf der Vier-Bilder-Reihung beruhenden *Koma-Manga* (Comic-Strips von 4, 8, 12 Panels)[4] und Story-Manga. Letzterer, der aufgrund seiner Vorrangstellung die folgenden Kapitel fast ausschließlich in Anspruch nehmen wird, umfaßt je nach Lesern, Erzählstil und Bildsprache verschiedene Gattungen: Jungen- und (männlichen) Jugendmanga, dessen eine Variante der *Gekiga* darstellt, Mädchenmanga, Erwachsenenmanga – einschließlich Pornomanga (in Japan zurückhaltender *Ero-*

Manga oder *Ero-Gekiga* genannt) und Lady's Comic – sowie *Dôjinshi-Manga*. All diese bieten kürzere oder längere Erzählungen, darunter beispielsweise auch Comic-Versionen klassischer Literatur oder Sachcomics.

Der Sachcomic als Story-Manga war eine Neuheit der achtziger Jahre. Für seinen Durchbruch steht – fast schon legendär – Ishinomori Shôtarôs „*Nihon Keizai Nyûmon*" von 1986, der vier Jahre später in deutscher Übersetzung unter dem Titel „Japan GmbH. Eine Einführung in die japanische Wirtschaft" erschien. Dieser Manga wurde vom Verlag der renommierten Wirtschaftszeitung „Nihon Keizai Shinbun" als Hardcover herausgebracht, womit er – damals ungewöhnlich für einen Manga – im Vertrieb unter der Sparte „Buch" rangierte. Der Kunstgriff des Zeichners, nicht einfach nur Informationen zu bebildern, sondern die Möglichkeiten des Story-Manga für ein Vermitteln von Wissen in fiktionalem Gewand zu nutzen (welches im übrigen stark an die Erzählmuster japanischer Fernsehserien erinnert), schlug sich 1988 in einem Verkaufserfolg von einer Million Exemplaren nieder. Japanische Studenten, Angestellte, Office Ladies und Hausfrauen greifen heute zu diesen neuen Sachbüchern, um sich auf unangestrengte und unterhaltsame Weise zu bilden. Darstellungen beispielsweise zur japanischen oder Weltgeschichte und neuerdings sogar zur modernen Kunst[5], in denen Manga-Szenen den Leser nach Art historischer Romane in konkrete Situationen versetzen und durch einige Seiten mit Fotos und sachlichen Informationen unterbrochen werden, sind nicht nur jugendlichen Lesern, sondern auch Eltern und Lehrern als didaktisch ausgeklügelte Kinderbücher willkommen.

Ob mit sachbezogenen oder erfundenen Geschichten, der Manga verfügt inzwischen über einen erstaunlich breiten Leserkreis. Seit der Vorkriegszeit in seiner erzählenden Form vor allem ein Medium für Kinder und seit den sechziger Jahren auch für Jugendliche, gehören heute zur „Manga-Generation" selbst die erwachsen gewordenen Leser von einst. So publiziert neuerdings der Shôgakukan-Verlag eine Manga-Zeitschrift für Firmenangestellte namens „Chairman", und es gibt allmählich sogar sogenannte „Silver Manga" für

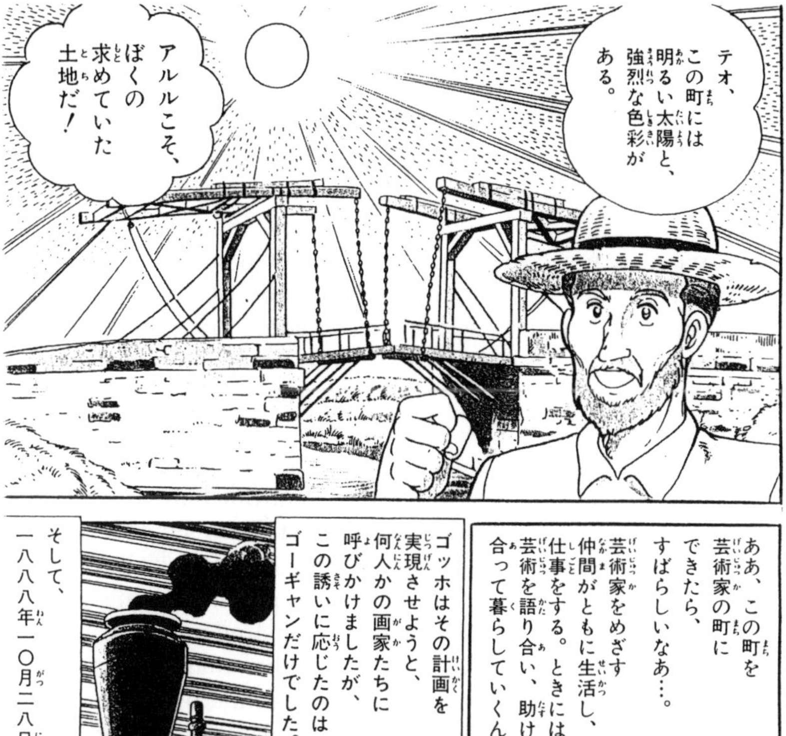

Manga „Europäische Kunstgeschichte“ von Takashina Shûji (fachliche Betreuung) und Kobayashi Shô (Manga-Teile), Band 3, © Bijutsu Shuppansha 1994

im Dienst der Firma ergraute Pensionäre, die das „zweite Leben" nach Beendigung der Arbeit thematisieren. Die Mädchenmanga-Zeichnerin Satonaka Machiko äußerte in einem Fernsehinterview[6] die Ansicht, daß sich der Manga in dem Moment als Kultur etabliert, da seine Beschränkung auf bestimmte Altersgruppen fällt, und so wünscht sie dem Rentner-Manga recht bald eigene Zeitschriften.

Mit der Ausweitung seiner Lesergeschichten, denen je spezielle Zeitschriften und Buchreihen gehören, nahm die Diversifizierung des Manga seit 1970 stetig zu. Wirkten bereits beim frühen Story-Manga für Kinder die geschlechtertrennenden Momente der modernen japanischen Kultur dahingehend, daß sich Manga für Jungen und – etwas verzögert – Manga für Mädchen als zwei eigenständige Gattungen herausbildeten, so erschien in dieser Traditionslinie auf dem Markt der achtziger Jahre der sogenannte Lady's Comic, mit dem Frauen ab Mitte Zwanzig als eine der letzten Gruppen ihre eigene Manga-Gattung bekamen. Eingeleitet wurde dieser Trend durch die 1980 vom Kôdansha-Verlag gegründete Zeitschrift „BE LOVE". 1984 gab es bereits 4, 1985 17, 1986 21 derartige Journale mit einer durchschnittlichen Auflage von 200000. Aufsehen erregten sie vor allem durch ihre direkten Sex-Darstellungen. Die Geschichten, die um Liebe und Seitensprünge, Ehe und Arbeit kreisen und zum großen Teil glücklich ausgehen, folgen – je nach Konzept der Zeitschrift – den Grundmustern des Mädchenmanga oder aber der Nachfrage nach erotischen Comics durch erwachsene Frauen.

Der Einfluß des Manga reicht heute bis in die Literatur hinein[7]. Der SF-Autor Noa Azusa beispielsweise gesteht, eine Manga-Geschichte von Satô Marino literarisiert zu haben, als die Zeitschrift „SF Magazine" eine Erzählung von ihm haben wollte. Die Autorin Umeda Kyôko hat sich für ihr 1986 mit dem „Bungeishô"-Literaturpreis ausgezeichnetes Werk „Sieges-Pitcher" *(Shôri Tôshu)* auf einen Baseball-Manga von Mizushima Shinji (*Yakyûkyô no Uta,* 1982) gestützt, und Sagisawa Megumu, ebenfalls ein Literaturpreisträger, war für „Der Weg am Fluß" *(Kawaberi no Michi)* einem Manga der Zeichnerin Yoshida Akimi gefolgt. Junge Bestsellerautorinnen wie Yamada Eimi, die sich früher selbst als Manga-Zeichnerin versuchte, oder Yoshimoto Banana[8], deren ältere Schwester unter dem Namen Haruno Yoiko Manga publiziert, bekennen sich zu ihrer Prägung durch den Mädchenmanga und nehmen dessen Stimmungsmalereien literarisch auf. So verhandelt Yoshimoto Banana in „Kitchen", ihrem 1988er Erstling (der 1992 in deutscher Übersetzung im Diogenes-Verlag erschien), – wie in anderen Werken auch – Liebe und Tod als Erfahrungen der Jugend, die losgelöst von einer bestimmten Zeit und einem bestimmten Ort simuliert werden. Aber weniger Jugend als solche wird atmosphärisch umkreist, vielmehr ein Bild der Mädchenzeit, wie man es aus dem Mädchenmanga kennt, als begrenzte „Ewigkeit" vor dem Eintritt in die Welt, die Erwachsenen ebenso wie jungen Männern kaum zugänglich, ein „Moratorium", das den Mythos Kindheit ebenso feiert wie es die Ahnung späterer Zwänge schon durchzieht. In dem Mädchenmanga ähnlicher Weise spricht Yoshimoto Banana ihre Leserschaft – zu über neunzig Prozent Mädchen und Frauen – auf eine persönliche, exklusive Weise emotional an.

Aber die gegenwärtige Infiltration Japans durch den Manga reicht weiter. Sie läßt sich in Computerspielen, auf T-Shirts und Handtüchern, im Verpackungs- und Posterdesign wie in der Fernsehwerbung entdecken. Das Maskottchen für das 1200jährige Jubiläum der altehrwürdigen Kaiserstadt Kyôto 1994 war ein rundliches, herziges kleines Mädchen im *Heian*-Zeit-Look, das alles andere assoziieren ließ als die Traditionen einer verfeinerten Hofkultur. Auf dem Bildschirm von Geldautomaten sowie den hochtechnologischen öffentlichen Telefonen des Internationalen Flughafens Kansai wird man von einem Comic-Fräulein begrüßt, das sich anschließend zum Dank für die Benutzung höflich verbeugt. Manche Banken geben Kontobücher mit Männchen-Aufdruck heraus, und Faltblätter von Behörden oder kommunale Informationsbroschüren im Manga-Stil sind, da die zuständigen Beamten mittleren Alters selbst Manga-Leser, keine Seltenheit mehr. Gebrauchsanweisungen von Geräten und Zubereitungshinweise für Instant-Gerichte stellen auch für den Ausländer kaum eine Hürde dar, kann er doch den Bildchen folgen und diese mit den angegebenen Ziffern verbinden. Wo man andernorts auf die sachliche Erklärungskraft der Worte baut oder mit deren ironischen Verkehrungen spielt, findet man sich in Japan in eine freundliche, oft verniedlichende, kindlich-naiv anmutende Bilderwelt versetzt, die Geborgenheit suggeriert.

Schritt für Schritt erlangte der Manga in den achtziger Jahren kulturelle Anerkennung. Zuvor überwog die Ansicht, Manga seien triviale Unterhaltung und hätten einen schädlichen Einfluß auf Kinder, hielten sie doch vom Lernen ab. Dahinter mögen sowohl Ängste vor dem Konkurrenten der Schriftkultur gestanden haben als auch ideologische Vorbehalte, etwa gegenüber dem Manga als Gegenkultur und dessen Befürwortung durch die Neue Linke, wie sie Tsurumi Shunsuke in seiner „Geschichte der Massenkultur Nachkriegsjapans 1945–1980“, einem Klassiker japanischer Massenkulturforschung, beschreibt. Vor allem Eltern und Lehrer erheben bis heute Einspruch gegen Manga, in denen Gewalt oder Sex dargestellt werden, selbst wenn diese – wie die Manga-Macher meinen – mit Pornographie nichts zu tun haben, und sie erwirkten zu Beginn der neunziger Jahre in Tôkyô und Ôsaka zum wiederholten Mal, daß gegen „jugendgefährdende Comics“ gerichtlich eingeschritten wurde. Gegen pauschale, ästhetische Kriterien außer Acht lassende Bannsprüche setzten sich Manga-Zeichner und -Verleger 1992 erstmals mit öffentlichen Protesten zur Wehr und organisierten sich in einer „Vereinigung zur Wahrung der Freiheit von Comic-Darstellungen“, als deren Vertreter Ishinomori Shôtarô auftrat.

Auch wenn es ab und zu heftige Reaktionen gibt, Skandale dienen dem Geschäft, und im übrigen wird der Manga – mit Differenzierungen – durchaus akzeptiert. 1986 erstellte die „Nationale Konferenz für Schulbibliotheken“ einen Kriterienkatalog. Zu den Manga, die als Lehrbuch verwendet werden dürfen, gehört beispielsweise die Comic-Version der klassischen „Geschichte vom Prinzen Genji“, 1980 publiziert von der Zeichnerin Yamato Waki unter dem Titel *„Asakiyume-*

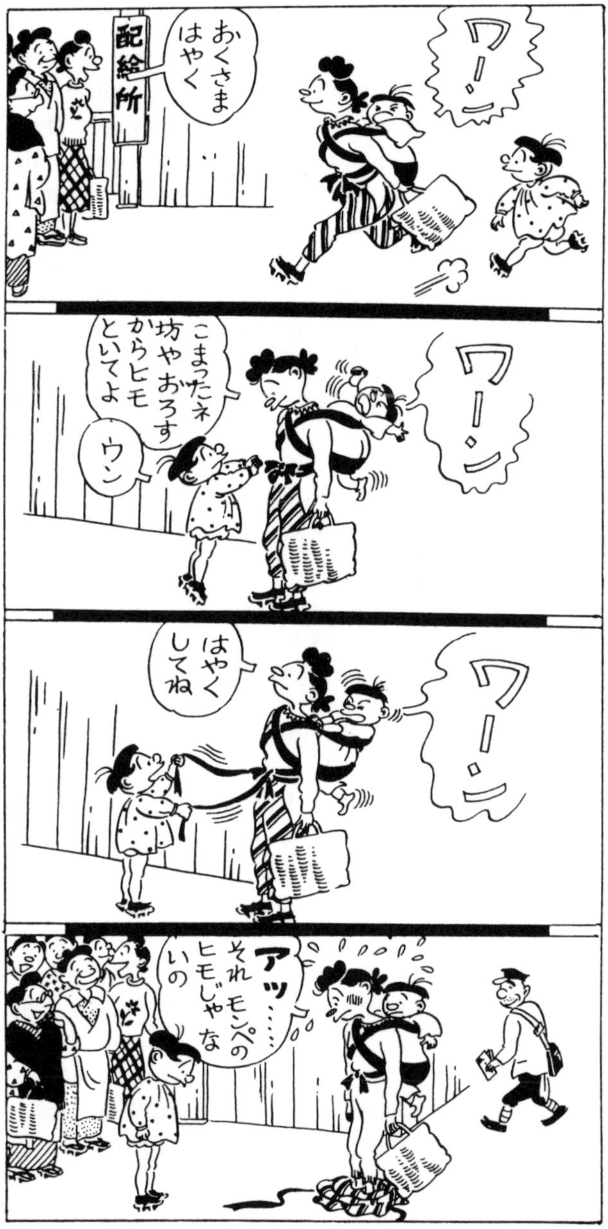

Hasegawa Machiko: Sazae-san (1946–1974) © Hasegawa Machiko Memorial Museum of Art 1994

mishi", die seit 1992 auch in einer deutschen Übersetzung[9] vorliegt. Manga-Besprechungen in Zeitungen sind seit etwa 1977 üblich. Und ein deutliches Signal der Anerkennung war 1983 die Verleihung des japanischen SF-Literatur-Preises an Ôtomo Katsuhiro für „Kindertraum" (*Dômu;* deutsche Übersetzung bei Alpha Comic unter dem Titel „Das Selbstmordparadies"), wozu es in der Laudatio hieß, er zeige, daß der Ausdruck des dramatisch erzählenden Manga durchaus den des Romans übertreffen könne[10].

1991 wurde der damals 71jährigen Zeichnerin Hasegawa Machiko der Preis des Kultusministers für ihre äußerst populäre Comic-Strip-Serie „*Sazae-san*" verliehen, die von 1946 bis 1974 in der Tageszeitung „Asahi Shinbun" erschienen war. Dem Anfang 1989 verstorbenen Altmeister des Kindermanga, Tezuka Osamu, galt im Sommer desselben Jahres die erste Einzelausstellung eines Manga-Zeichners im Nationalmuseum für Moderne Kunst Tôkyô. Im Frühjahr 1994 wurde dann in seiner Heimatstadt Takarazuka das Tezuka-Osamu-Museum eröffnet. Takarazuka ist keine Ausnahme. Seit der Einrichtung des ersten Museums für einen Manga-Zeichner – für Kitazawa Rakuten in Ômiya (Präfektur Saitama) 1966 – mußten zwar gut zwei Jahrzehnte vergehen, aber mittlerweile nutzen mehrere Städte den Manga zur Belebung der kommunalen Kulturlandschaft.[11] In Kôshoku (Präfektur Nagano) gibt es ein Manga-Museum für Kondô Hidezô, in Tsurumi bei Beppu (Präfektur Oita) eines für Tominaga Ichirô, und die Stadt Kawakami (Präfektur Okayama) inszenierte 1988 eine Sammelbewegung und brachte die 40000 eingegangenen Manga-Bände in einem eigens dafür errichteten Bibliotheksgebäude unter, welches nun Interessenten wie Touristen anzieht.

Der Manga ist für Japan neben Fernsehen, Video und Tonträgern eines der wichtigsten Massenmedien geworden. Schon ist von einer Mangaisierung der Printmedien die Rede und von einer Mangaisierung des Fernsehens, wegen der wöchentlich bis zu sechzig Trickfilme auf dem Bildschirm. Die Zweitverwertung populärer Manga in bewegten Bildern ist gang und gäbe. Erinnert sei beispielsweise an „Kimba, der weiße Löwe", der auf Tezuka Osamus Manga von 1951 „Herrscher des Dschungels" (*Janguru Taitei*) basiert, sowie an „Astroboy", ebenfalls als Manga von Tezuka unter dem Titel „*Tetsuwan Atomu*" erschienen, der 1963 als zweite japanische Zeichentrickserie für das Fernsehen produziert wurde. Seit den achtziger Jahren gelang es dem Zeichner Miyazaki Hayao, mit seinen abendfüllenden Trickfilmen zunehmend auch Erwachsene zu interessieren. Dies begann 1984 mit dem Trickfilm in Kinolänge „Nausikaä aus dem Tal des Winds" (*Kaze no Tani no Naushika*), der sich auf die ersten beiden Bände des von 1982 bis 1994 in der Zeitschrift „Animage" publizierten Story-Manga stützt. Die Zeichnerin Sakura Momoko erreichte mit ihren funnyartigen Geschichten um die kleine Maruko (*„Chibi Maruko-chan"*) in Buchform 1990 eine Erstauflage von 2,4 Millionen, an die sich sogleich eine Trickfilmserie für das Fernsehen anschloß, die auf Wunsch der Zeichnerin 1992 auslief. Auch für Spielfilme liefern Manga die Vorlage. Um nur drei Beispiele zu nennen, die sogar zu den von der Filmzeitschrift „Kinema Junpô" gekürten zehn besten japanischen des Jahres 1990 gehörten: „Der Kirschgarten" (*Sakura no Sono*) des Regisseurs Nakahara Shun beruht auf dem gleichnamigen Manga von Yoshida Akimi, das Regie-Debüt von Matsuoko Jôji „Mit den Füßen paddelnder Goldfisch" (*Bataashi no Kingyo*) auf dem ersten Manga von Mochizuki Minetarô und „Kindheit" (*Shônen Jidai*) von Shinoda Masahiro auf einem Manga von Fujiko Fujio Ⓐ, der wiederum von dem Autor Kashiwabara Hyôzô literarisiert worden war.

Mancher Japaner versteht den Manga schon ganz unspektakulär als drittes Hieroglyphensystem neben den japanische Texte konstituierenden ursprünglich chinesischen Schriftzeichen (*Kanji*) und den japanischen Silbenalphabeten (*Kana*). Welche Rolle der Manga als eigene Sprache, als Medium des Selbstausdrucks für Schüler und Studenten spielt, zeigen die von der Präfektur Kôchi jährlich veranstalteten Wettbewerbe für die Manga-Arbeitsgemeinschaften von Oberschulen. Im August 1992 wurden zum erstenmal zwanzig Oberschulzirkel von insgesamt 296, die sich beworben hatten, eingeladen und

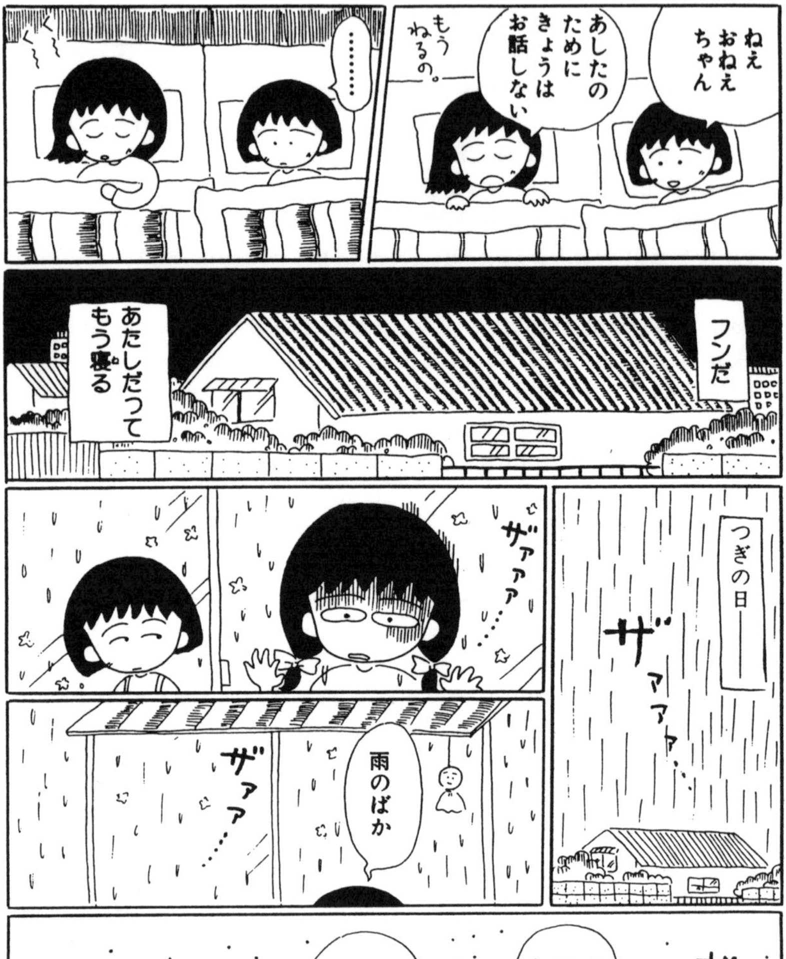

© Sakura Momoko: Die kleine Maruko *[Chibi Maruko-chan]* (1987)

nach den Ergebnissen ihrer zu vorgegebenen Themen vor Ort zu schaffenden Manga prämiert.[12]

Viele Jugendliche verwandeln sich von Lesern in Amateurzeichner, schaffen sich mit dem Manga ihre eigene Welt in Fangruppen und treffen sich zum Verkauf ihrer Fanzines und Büchlein auf Comic-Märkten. Deren erster, als Abkürzung für „Comic-Market" „Comike" oder „Comiket" genannt, wurde 1975 in Tôkyô/Harumi organisiert. Waren damals nur 32 Fangruppen beteiligt und 700 Besucher, so fand der Markt bald einen Zulauf, den sich die Veranstalter am Anfang nicht zu erträumen gewagt hätten: 1982 waren schon mehr als eintausend Gruppen vertreten, denn durch den Erfolg der Trickfilmversion des SF-Manga „Kosmisches Schlachtschiff Yamato" *(Uchû Senkan Yamato)* von Matsumoto Reiji fühlten sich auch Fernsehkinder angezogen, und gegenwärtig bietet man 10000 Gruppen und 200000 Besuchern Raum.

Heutzutage gibt es jährlich einen landesweiten Veranstaltungsplan für Comic-Märkte, auf dem Großstädte wie Nagoya, Ôsaka, Kitakyûshû, Kyôto stehen. Aus der Amateurgemeinde heraus ist ein regelrechter Markt entstanden, den die Verlage und Großhändler argwöhnisch verfolgen, zumal es sich neben dem Verkauf auf den Fantreffen auch eingebürgert hat, daß manche Buchläden den Amateuren Manga direkt abnehmen und bei sich auslegen.

Die Zahl der Manga-Zeichner in Japan schätzt man auf ungefähr 2500.[13] Realistisch betrachtet sind davon rund zwanzig Prozent kontinuierlich tätig. Von Publizisten wird befürwortet, etwa einhundert Männer und einhundert Frauen zu den gegenwärtig populären Zeichnern zu rechnen. Viele von ihnen sind per Exklusivvertrag an ihre Verlage gebunden. Vor dreißig Jahren noch galten Manga-Zeichner als gesellschaftliche Außenseiter, heute sind viele von ihnen anerkannte Persönlichkeiten des öffentlichen Lebens oder manchmal auch Medien-Stars, denn mit dem steigenden Alter der Leser wurde der Manga immer selbstverständlicher in den Alltag integriert. Die Aufmerksamkeit der Verlage hatte bis in die späten sechziger Jahre vor allem den Zeichnern gegolten, seither erfahren jedoch – resultierend aus dem Zwang zur Arbeitsteiligkeit – auch die Szenaristen zunehmende Anerkennung. Diese Veränderung verbindet man gemeinhin mit dem Autor Kajiwara Ikki (alias Takamori Asao), der mit seinen Szenarien für den Baseballmanga „Stern der Giants" (*Kyojin no Hoshi,* seit 1966) und die Geschichte um einen Boxer „Jô von morgen" (*Ashita no Jô,* seit 1968) zu einem der Träger des besonders in den sechziger Jahren populären Sport-Manga wurde. In seinem Gefolge traten beispielsweise Koike Kazuo, der Autor von „Crying Freeman" (1986), sowie Kariya Tetsu als Verfasser des Gourmet-Comics der fetten Bubble-Jahre „*Oishimbo*" (1985) hervor. Die Zeitschrift „Shônen Sunday" setzt mittlerweile jährlich einen Großen Preis für Szenarien aus, und „Shûkan Shônen Jump" unterhält eine Schwesterzeitschrift, „Jump Novel", in der literarische Fassungen populärer Manga mit Illustrationen der jeweiligen Zeichner publiziert werden.

Unter dem Vorstand von Ishinomori Shôtarô, Chiba Tetsuya und der Mädchenmanga-Zeichnerin Satonaka Machiko arbeitet seit dem 1. Januar 1994 eine Vereinigung von Story-Manga-Zeichnern unter dem Namen „Manga Japan". Zu ihren Zielen zählt die Einrichtung eines nationalen Manga-Museums sowie die längst fällige Förderung des internationalen Austauschs. So populär der Manga im Inland ist, so unterrepräsentiert war er bis Ende der achtziger Jahre international. Umgekehrt finden sich in den Manga-Ecken japanischer Buchhandlungen normalerweise keine Übersetzungen europäischer und amerikanischer Comics. Sie lassen sich nicht massenhaft verkaufen, wie einige mißglückte Versuche gezeigt haben sollen. Zwar gehören Mickey Mouse und Charlie Brown als Werbeträger zum Gemeingut, doch die Comics, denen sie entstammen, werden offenbar nicht als Comics gelesen. „Tim und Struppi" beispielsweise rangiert für die Buchhandlungen unter Kinderliteratur. Viele ausländische Comic-Klassiker erscheinen nur in kleinen Auflagen, oft nicht bei typischen Mangaverlagen[14], und sind von ihrer Aufmachung her nicht auf den durchschnittlichen Manga-Leser ausgerichtet. Hier haben – neben den in den sechziger, siebziger Jahren

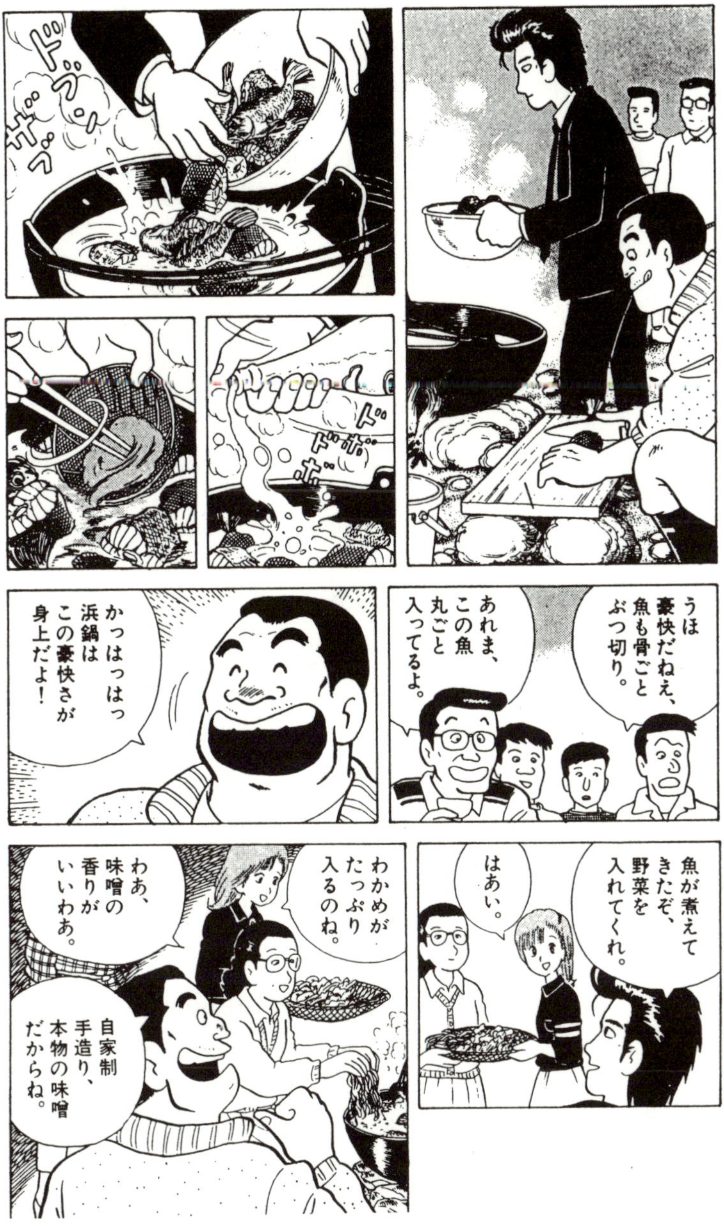

© Kariya Tetsu (Szenarium)/© Hanasaki Akira (Bild): Gourmets *[Oishimbo]* (1985)

ausgebildeten Lesegewohnheiten der heute Erwachsenen – zweifellos auch die großen Verlage ihre Hand im Spiel, die den Leser in erster Linie an die einheimische Produktion binden.

Frederik L. Schodt, Verfasser des ersten sachkundigen Buches zum Manga außerhalb Japans, meinte Anfang der achtziger Jahre: „Die gleiche kulturelle Isolation, die Japan geholfen hat, so eine reiche Comic-Kultur zu entwickeln, ist auch ein Faktor, der die Fähigkeit von Menschen anderer Nationen einschränkt, sie zu verstehen – und zu genießen."[15]

In dieser Allgemeinheit läßt sich über den Manga – angesichts der Vielfalt und Unterschiedlichkeit seiner gattungsbestimmten Erscheinungsformen – kaum noch guten Gewissens verhandeln. Wagt man es auf die Gefahr einer Pauschalisierung hin dennoch, dann mag, was als fremd erscheint, zum einen an den Inhalten und Stoffen liegen. Manga-Figuren bieten sich dem ausländischen Leser wohl schwerer zur Identifikation an. Übermenschliche Heldengestalten, oft gagartig überzeichnet, findet man vor allem im Kinder-, insbesondere Jungenmanga, im *Gekiga* hingegen begegnen einem statt positiven Supermännern eher tragisch scheiternde Hauptfiguren. Die romantisierende Favorisierung der Mädchenzeit in einer eigens dafür bestimmten Gattung und das japanische Verständnis von Jugend als „Moratorium" entsprechen westlichem Erleben wohl wenig. Exotisch sind Stoffe aus der japanischen Geschichte und mit ihnen verbundene Wertvorstellungen, wenngleich schwieriger nachzuvollziehen in ihren zeitgenössischen Bezügen. Schwer zugänglich dürfte dem Japan-Unkundigen der Humor der knappen, anspielungsreichen Comic-Strips im Gag- und Nonsens-Manga sein. Das in manchen Manga thematisierte Leben japanischer Angestellter mit seinen eigenartigen Integrationsfallen ist ihm fern. Die weite Verbreitung des Pornomanga entsetzt viele, und die Menge an Gewaltszenen, wie sie auch aus japanischen Computerspielen bekannt sind, löst in Europa Proteste aus.

Zum anderen mag es die spezifische Formgestalt des Manga sein, die Barrieren errichtet. Bildreihung und Textteile verlaufen grundlegend vertikal, wie es der japanischen Schreibweise von oben nach unten und von rechts nach links ent-

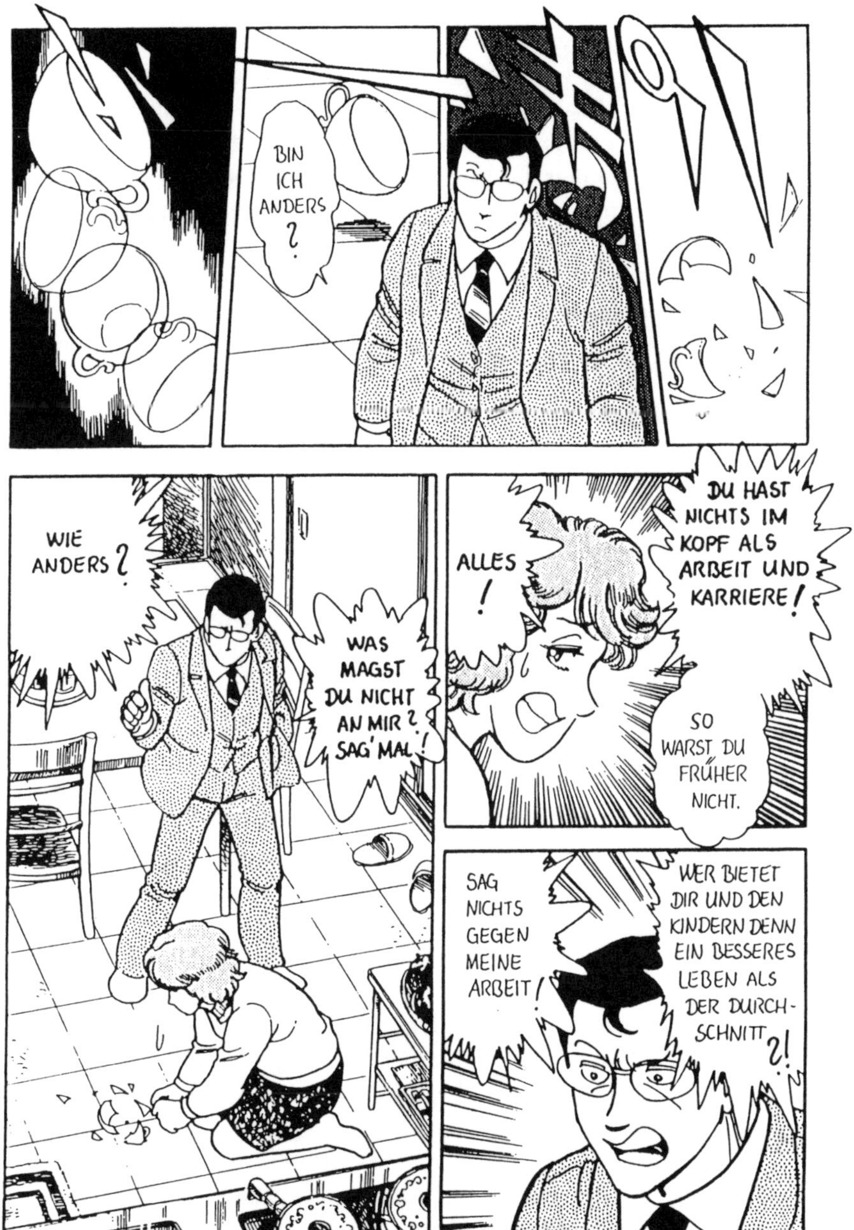
BIN ICH ANDERS?
WIE ANDERS?
WAS MAGST DU NICHT AN MIR? SAG' MAL!
ALLES!
DU HAST NICHTS IM KOPF ALS ARBEIT UND KARRIERE!
SO WARST DU FRÜHER NICHT.
SAG NICHTS GEGEN MEINE ARBEIT!
WER BIETET DIR UND DEN KINDERN DENN EIN BESSERES LEBEN ALS DER DURCHSCHNITT?!

spricht. Das bringt auch drucktechnische Schwierigkeiten für Übersetzungsausgaben mit sich. Bei der deutschen Version des „Genji Monogatari"-Manga ist man dem japanischen Vorbild so weit als möglich gefolgt: Man beginnt hinten mit dem Lesen, schlägt das Buch also von links nach rechts auf. In der deutschen Ausgabe von „Japan GmbH" hat man die graphisch ins Bild integrierten Sound-Zeichen teilweise unübersetzt und – im Zuge des Druckverfahrens – einfach spiegelverkehrt stehenlassen.

Die Vertikalität ist zudem gekoppelt mit Horizontalität, was dem ungeübten Leser die Orientierung zunächst erschwert, insbesondere wenn die Seitengestaltung die Panelrahmen sprengt. Des weiteren überwiegt beim Manga ein monochromer Druck, wobei die Untergrundfarbe des Papiers auch rosa, bläulich, blaßgrün oder violett sein kann. Bunt sind allein Titelseiten oder als Blickfang fungierende Teile. So ist beispielsweise die japanische Ausgabe des Manga *„Akira"* in schwarz-weiß gehalten (obwohl im Kôdansha-Verlag auch eine zehnbändige internationale „All Colour"-Ausgabe erschien), die deutsche hingegen durchgehend koloriert. Angesichts der Bandbreite von Manga-Stilen in den letzten Jahren ist es weder möglich noch statthaft, den Manga in seiner Formensprache als solchen zu beschreiben. Dennoch kann man festhalten, daß sein Erscheinungsbild insgesamt – das des Jungenmanga und des *Gekiga* ebenso wie das des frühen Mädchenmanga – durch Werke bestimmt war, deren Panels oft unter sparsamstem Linieneinsatz konventionell typisierte Figuren und stark reduzierte Bildhintergründe zeigten. Die Gestaltung der Seite/n war und ist hierbei wesentlicher als das Einzelbild. Dieses hat vor allem den Bilderfluß zu vermitteln, der durch Perspektiven- und Einstellungswechsel sowie die variierenden Formen und Größen der Einzelbilder dynamisiert werden kann.

Der Außenzwang serieller Produktion, der sich seit den sechziger Jahren mit der Publikation von Manga in Wochenzeitschriften verstärkte, führte zur Ausdehnung der Seitenzahl. Tausendseitige Manga-Romane sind keine Seltenheit, vielmehr die Regel unter den bis heute populärsten Werken, und häufig erlebt man in ihnen aktionsreiche Szenen, wie Duelle, über eine seitenlang visuelle, fast sprachlose Gestaltung. Dem (männlichen) japanischen Leser, der seine Manga mehr oder weniger verschlingt, kommt das entgegen. Während man noch vor dreißig Jahren Comics in Amerika und in Japan mit der gleichen Geschwindigkeit gelesen haben soll, legen die Japaner heute – dank der Strukturveränderungen des Story-Manga in dieser Zeit – ein rasantes Tempo vor: Viele schaffen sechzehn Seiten pro Minute. Mediale Übung vorausgesetzt, ermöglicht die Bildlichkeit, rasch die wesentlichen Informationen zu erfassen und im Sog der Stimmungen aufzugehen.

All dies macht den Manga zu einer fremden Kultur, doch läßt sich mit der Andersartigkeit im Ausland umgehen, wie die jüngsten Entwicklungen zeigen. In den USA[16] gibt es seit den achtziger Jahren eine wachsende Manga-Fangemeinde mit mehr als hundert Fanklubs und viele Publikationen populärer Manga durch kleinere Verlage. Etwas verzögert sind im deutschsprachigen Raum seit 1990 mehrere Übersetzungen von Manga für Jugendliche und Erwachsene erschienen, wenngleich die Auswahl vermuten läßt, daß man sich beispielsweise mit dem Mädchenmanga kulturell nicht anfreunden mag. Wenn Zeichnerinnen ins Blickfeld gelangen, dann solche, die – wie Takahashi Rumiko – im Jungenmanga erfolgreich sind.

Abgesehen von den Comic-Zeitschriften und Fanzines wird der Manga allmählich auch in Comic-Lexika[17] und -Fachbüchern einerseits, Japan-Büchern und japanologischen Graduierungsarbeiten andererseits behandelt. In Italien, Spanien oder Frankreich sind Manga zu haben, und dort kann man auch viele japanische Trickfilme sehen, seit neuestem nicht nur auf den ersten Blick kulturell schwer zu verortende Action- (z. B. „Dragonball Z") oder Tierstreifen, sondern wie *„Chibi Maruko-chan"* auch direkt im japanischen Kinderalltag angesiedelte. Selbst im deutschen Fernsehen, im Nachmittagsprogramm der Privatsender, laufen ab und an Zeichentrickserien, die – wenn man sie bis zum Abspann verfolgt – sich als japanische Produktionen entpuppen, im Gedächtnis sind wahrscheinlich noch „Heidi", „Marco" oder die „Biene Maja".[18] Die Mehrzahl der gegenwärtigen westlichen Fans hat den Manga über die Zeichentrickfilme entdeckt, und deren Vertrieb im westlichen Ausland wird offenbar von japanischer Seite im Zusammenhang mit der Expansion von Nintendo- und Sega-Computerspielen für sinnvoll erachtet, während man sich bei der Publikation von Manga in Übersetzungen weniger engagiert zeigt. Zumindest was den europäischen Markt betrifft.

In asiatischen Ländern wie Taiwan, Hongkong, Südkorea und Thailand ist der Manga auf dem Vormarsch, so daß mancher Japaner ihn schon als Initiator einer neuen asiatischen Comic-Kultur preist: Japan – das Exportland nun auch des Manga.[19] So kursierten beispielsweise in Taiwan, wo es traditionell nur den Comic-Strip gab, der zudem unter politischen Repressalien zu leiden hatte, seit den siebziger Jahren japanische Manga-Bücher für Kinder als Raubdrucke, gegen ein geringes Entgeld über Leihbuchhandlungen vertrieben[20], doch hat mit den jüngsten Lizenzverträgen zwischen taiwanesischen und japanischen Verlagen eine Legalisierung eingesetzt, in deren Gefolge sich auch Manga-Zeitschriften als Ableger der großen japanischen verbreiten. Die Nachfrage nach Manga in den anderen asiatischen Ländern muß so hoch sein, daß Herausgeber es sich mittlerweile leisten können, Lizenzen zu zahlen, weil sie genügend Gewinne machen. Was den Trickfilm anbelangt, so kommt im Falle Taiwans hinzu, daß japanische Filme erst seit 1992 dort aufgeführt werden dürfen – als einer der ersten lief mit Erfolg Miyazaki Hayaos Trickfilm „Totoro von nebenan" (*Tonari no Totoro,* 1988).

Lange gab es in südostasiatischen Ländern – aufgrund der Kriegsvergangenheit – Vorbehalte gegenüber japanischen Medienprodukten. Eine philippinisch-japanische TV-Koproduktion[21] dokumentierte 1991 einen in diesem Zusammenhang bemerkenswerten Vorfall: Die in Japan selbst kaum bekannte japanische Zeichentrickserie „Voltes 5" (eine Produktion der Tôei-Filmgesellschaft) mußte 1978, obwohl sie monatelang die höchsten Zuschauerquoten erreichte, auf staatliche Weisung aus dem Programm genommen werden.

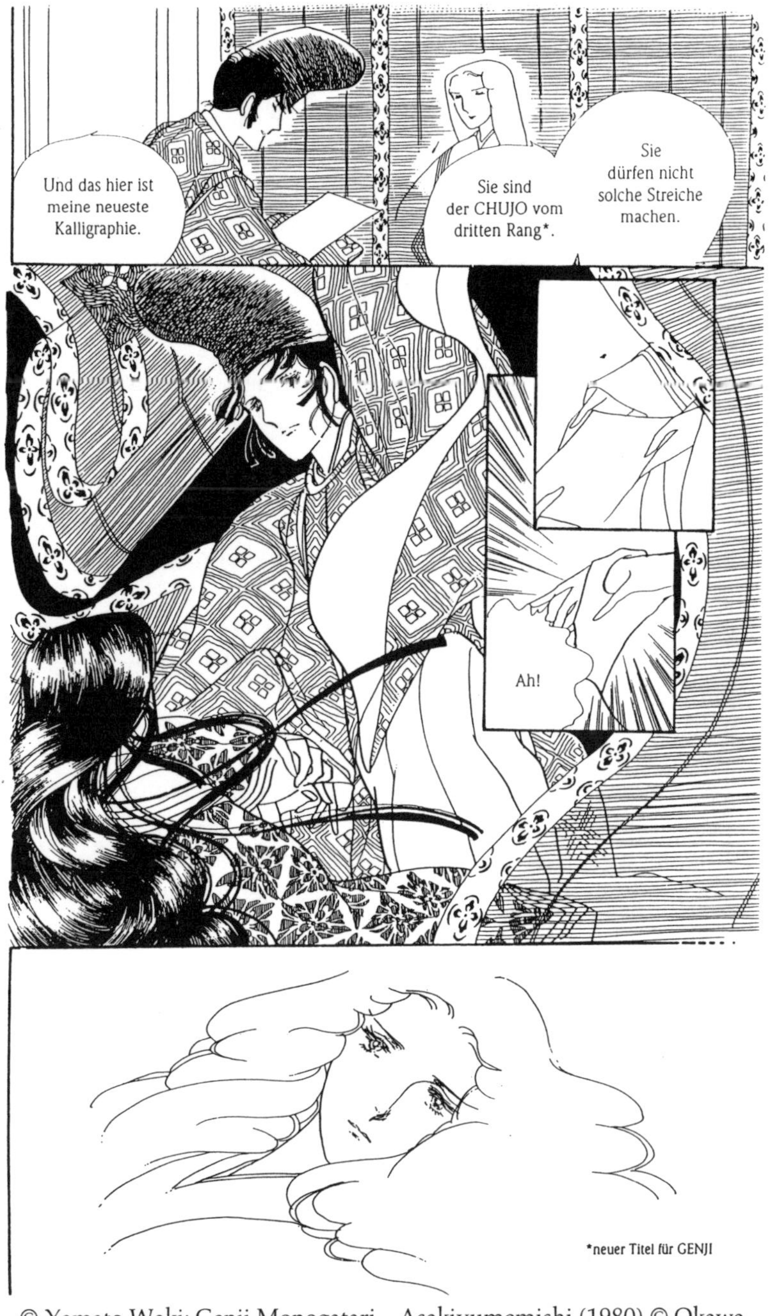
Und das hier ist meine neueste Kalligraphie.
Sie sind der CHUJO vom dritten Rang*.
Sie dürfen nicht solche Streiche machen.
Ah!
*neuer Titel für GENJI

Die philippinischen Kinder waren begeistert von den fünf jungen Raumfahrern, die mit Unterstützung des Roboters „Voltes 5" sämtliche kosmische Schlachten gewannen, aber nicht allein wegen dieser über böse Erwachsene triumphierenden Helden oder wegen der High-Tech-Visionen der SF-Serie, sondern auch wegen der hohen Bildqualität und faszinierenden Dynamik des Geschehens, die sie aus den amerikanischen Zeichentrickfilmen nicht kannten. Eltern jedoch organisierten sich mit Rechtsanwälten und Intellektuellen in einer Protestbewegung, die die Serie ihrer Gewaltsamkeit wegen ablehnte. Im Schwert des Roboters sahen sie das Symbol jener Samurai-Tradition, unter der die Philippinen während der japanischen Okkupation gelitten hatten, und die Serie insgesamt schien ihnen die Köpfe ihrer Kinder zu besetzen, um Japan den Weg für eine erneute, diesmal wirtschaftliche Expansion zu ebnen. Als die Serie kurz nach dem Sturz Marcos' wiedergesendet wurde, blieb das heftige Pro und Contra von 1978 aus. Die kindlichen „Voltes 5"-Fans von einst – und viele von ihnen wachsen in die Führungsschicht der Philippinen auf – gaben 1991 an, durch diese Serie im nachhinein ein positives Japan-Bild entwickelt zu haben.

Auch in Japan selbst beginnt man, dem ausländischen, insbesondere dem asiatischen Comic größere Aufmerksamkeit zu schenken. So spielen die Manga-Monatszeitschrift „Afternoon" und die Manga-Wochenzeitschrift „Shûkan Comic Morning" des Kôdansha-Verlages eine wichtige Rolle für die „Internationalisierung" des Manga auf dessen eigenem Territorium, indem sie seit 1988 Zeichner aus Europa und Amerika, China, Taiwan und vor allem auch Korea vorstellen. „Comic Morning" vergibt außerdem ein Förderungsstipendium für Japan-Aufenthalte ausländischer Zeichner – der fünfte Stipendiat war übrigens Jürgen Seebeck, dem unter anderem die deutschen „*Akira*"-Übersetzungen mit zu verdanken sind.[22]

Die Popularität des Manga in Japan und die Größe seines dortigen Marktes lassen japanische Verlage kaum über den Inselrand schauen. Viele Publizisten beschäftigt jedoch in den

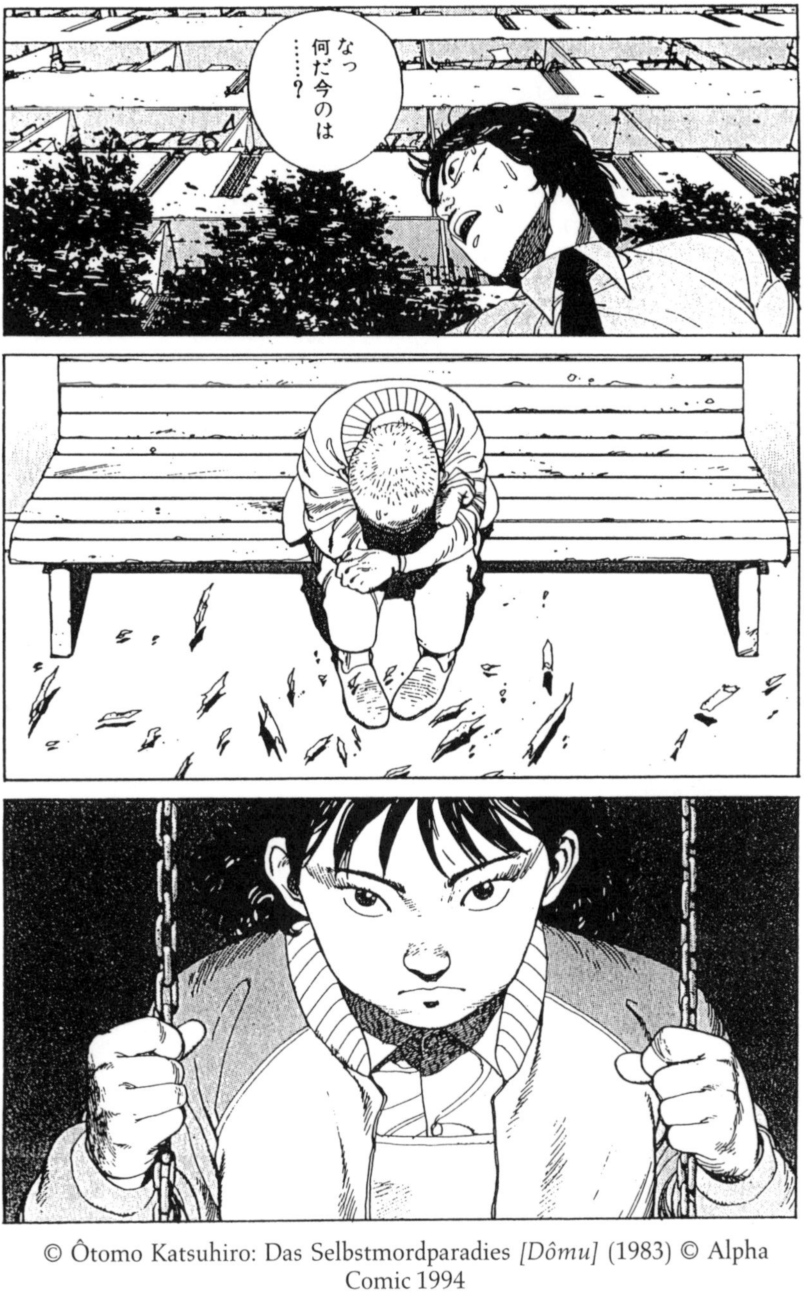

© Ôtomo Katsuhiro: Das Selbstmordparadies *[Dômu]* (1983) © Alpha Comic 1994

neunziger Jahren die Frage, wie international der Manga ist und wie international er noch werden kann. Gemeinhin erklärt man sich die neue Popularität im – asiatischen – Ausland mit der unaufwendigen Herstellungsweise des japanischen Comics, die einer zügigen Vermarktung in Ländern mit niedrigem Konsumtionsniveau entgegenkommt, daneben aber auch schlicht und einfach mit dem „staatenlosen", universellen Wesen des Mediums, das nach dem Muster des Hollywood-Films nun die Welt erobere.[23]

Das Medium Comic, Japanisierung per Manga? Daß es in dieser Welt, die unterschiedlichste Reize zu verwerten versteht, dennoch kulturelle Besonderheiten geben könnte, darauf verweisen beispielsweise die in Asien und Europa, in Süd- und Nordeuropa unterschiedlichen Rezeptionen des Manga. Und warum kennt der Westen durch Übersetzungsausgaben eigentlich Tezuka Osamu noch nicht, den „Gott des Manga"?

Anmerkungen

1 Bei Hokusai meint „Manga" weder einfache Skizzen noch den modernen Cartoon oder Comic. Es handelt sich um eine Art durchkonzipiertes Bildlexikon, das zur Aneignung zeichnerischer Darstellungstechniken ebenso genutzt wurde wie als Stütze für das Bildgedächtnis. Band 1 bis 4 sind noch als Modellbuch angelegt, vor allem für die landesweit etwa 200 Schüler Hokusais, und enthalten Bildtafeln zu Körperhaltungen, Mimik, Alltagsgegenständen, Pflanzen, Tieren, Landschaften und berühmten Orten; ab Band 5 großzügiger, auch mit erzählerischen Elementen, Bildabfolgen; vgl. Nagata 1989.

2 Nagatani 1994. Das Buch läßt sich als Einstieg nutzen, angegebene Jahreszahlen sind jedoch vorsichtshalber zu überprüfen.

3 Einige Zeichnerinnen, die gewöhnlich dem Mädchenmanga zugeordnet werden, wie Hagio Moto, Yamato Waki oder Sakura Momoko, finden sich hier unter der Kategorie „Story-Manga", was sich als Symptom für verschwimmende Grenzen zwischen den Leserkreisen deuten läßt.

4 Der jahrelange Stammzeichner der Tageszeitung „Asahi Shinbun", Satô Sanpei, teilt den Raum für vier Panels auch manchmal in drei auf, wobei das dritte dann zwei Viertel einnimmt.

5 Z. B. die dreibändige europäische Kunstgeschichte „*Manga Seiyô Bijutsushi*" unter fachlicher Betreuung des namhaften Kunsthistorikers Takashina Shûji im Kunstverlag Bijutsu Shuppansha, 1994.
6 *Kono Hito no Kotoba: Satonaka Machiko,* 15minütiges Fernsehinterview. Erstsendung 06.03.1994, NHK Kyôiku
7 Vgl. imago (Zeitschrift), S. 167; Nagatani 1994, S. 346
8 Vgl. Gespräch zwischen Fujiko F. Fujio und Yoshimoto Banana *(Shinshun Tokubetsu Taidan),* in: Comic '94, Tôkyô: Bungei Shunshû (Rinji Sôkangô) 2/1994, S. 363–373
9 Yamato Waki: Genji Monogatari – Asakiyumemishi. Böblingen: OKAWA-Verlags GmbH 1992, 3 Bände, je DM 30,–
10 *Gendai Mediaron,* hrsg. v. Kôichi S., Yamamoto T. u. a., Tôkyô 1987, S. 270
11 Vgl. Yoshihiro S. 118 f., Nagatani 1994, S. 311
12 Vgl. Nagatani 1994, S. 300
13 Vgl. Yoshihiro S. 11, der sich auf den „Comic Catalogue 90" (Fukuya Shoten) bezieht
14 „Maus" von Art Spiegelman erschien beispielsweise 1991 im Shôbunsha-Verlag.
15 Schodt S. 153 (Übers. J. B.)
16 Vgl. Smith S. 2
17 Das Ehapa-Comic-Lexikon (Hrsg. Franco Fossati, Autor der Japan-Teile Maurizio Costa) bietet elf Artikel zu einzelnen Manga-Werken (u. a. Akira, Doraemon, Kamuiden), sieben zu Manga-Zeichner/innen (u. a. Ikegami, Ishi [no] mori, Tezuka) sowie einen zu Manga-Zeitschriften und -Markt unter dem Titel „Nippon".
18 Vgl. Aufenanger
19 Zahlen zur Verbreitung von Manga und Unterhaltungsmusik bot Uwe Hohmann in seinem Vortrag auf der Jahrestagung der Vereinigung für sozialwissenschaftliche Japanforschung 1994.
20 Vgl. Comic Media S. 259 ff.
21 NHK Special: *Ajia no Dokyumentarii – Firipin: Nihonsei Anime ni nani o mita ka,* NHK 1991
22 Vgl. Nagatani 1994, S. 357
23 Vgl. Ôtsuka 1994, S. 155 ff.

2. Kapitel

Dynamische Stories

Manga für Jungen und Jugendliche

Tezuka Osamu ist ein Mythos: Er wird als der eigentliche Begründer des Story-Manga für Kinder verehrt, hat seit den späten vierziger Jahren Generationen von Manga-Zeichnern und -Lesern beeinflußt, mehr als hunderttausend Manga-Seiten und Dutzende von Zeichentrickfilmen hinterlassen. Ein Lehrer, ein Vater, ein Gott. Götter neigen dazu, gestürzt zu werden. Abgesehen von einigen entmystifizierenden Versuchen jüngerer japanischer Manga-Publizisten erregte 1991, zwei Jahre nach dem Tod des Altmeisters, eine Protestkampagne gegen den „Herrscher des Dschungels" (*Janguru Taitei*; Kimba, der weiße Löwe) Aufsehen[1]: Die amerikanische „Association to Stop Racism against Blacks" kritisierte Tezukas typisierte Darstellung von Schwarzen – halbnackt, mit dicken Lippen und ein gebrochenes Japanisch sprechend – als rassistisch und diskriminierend. Das hatte zur Folge, daß der Manga kurzzeitig aus japanischen Buchhandlungen verschwand. Seit 1992 werden die meisten Ausgaben dieses oder anderer Manga von den Verlagen und der Tezuka Production um eine Stellungnahme[2] ergänzt, in der man mögliche diskriminierende Wirkungen bedauert und diese mit Hinweisen auf die Entstehungszeit sowie das verzerrende, übertreibende Grundprinzip des Manga zu entkräften versucht. Man betont, daß derartige Darstellungen keineswegs auf Vorurteile Tezukas zurückgehen, daß seine Schuld eher darin besteht, sich keiner Schuld bewußt gewesen zu sein.[3]

Die Kritik schmälert nicht Tezuka Osamus Leistungen. Diese liegen vor allem darin, daß er den Schwerpunkt des Kindermanga von der Didaktik auf die spannende Unterhaltung

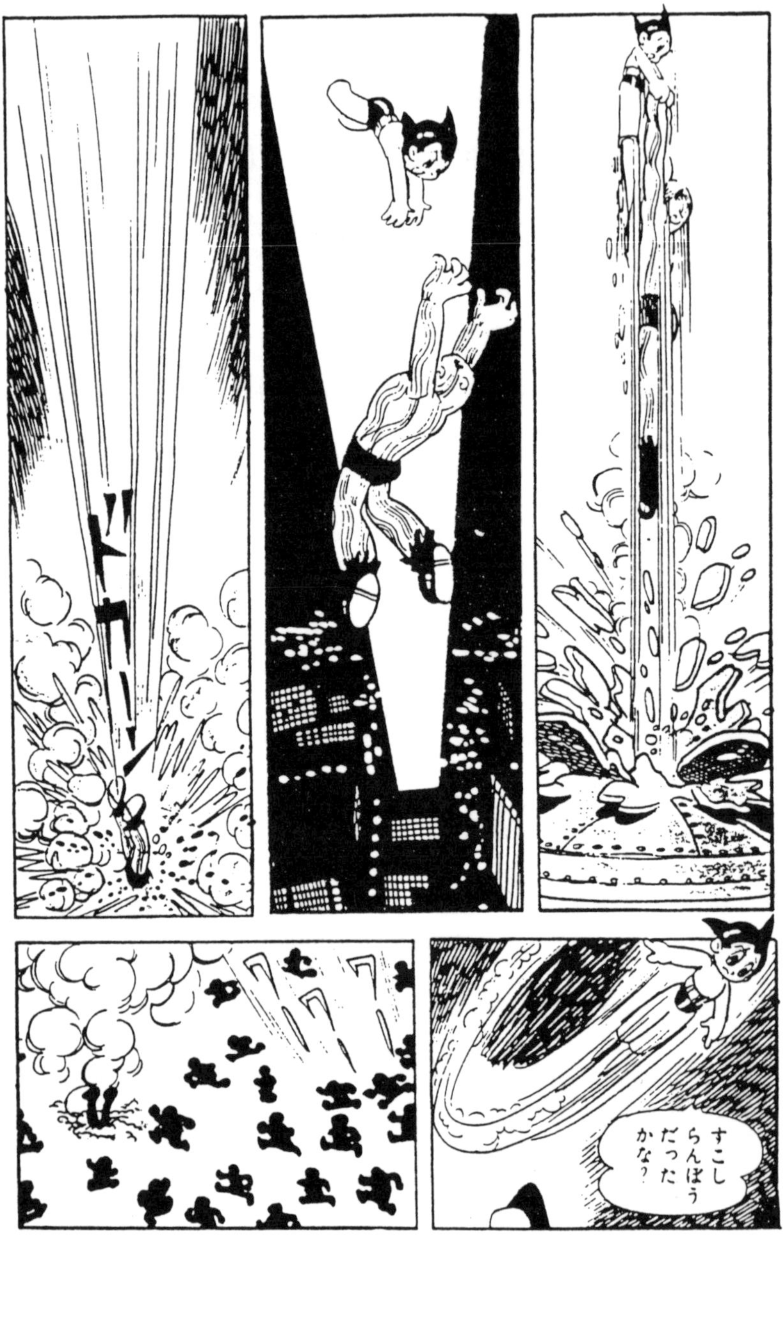
ドカーン
すこしらんぼうだったかな？

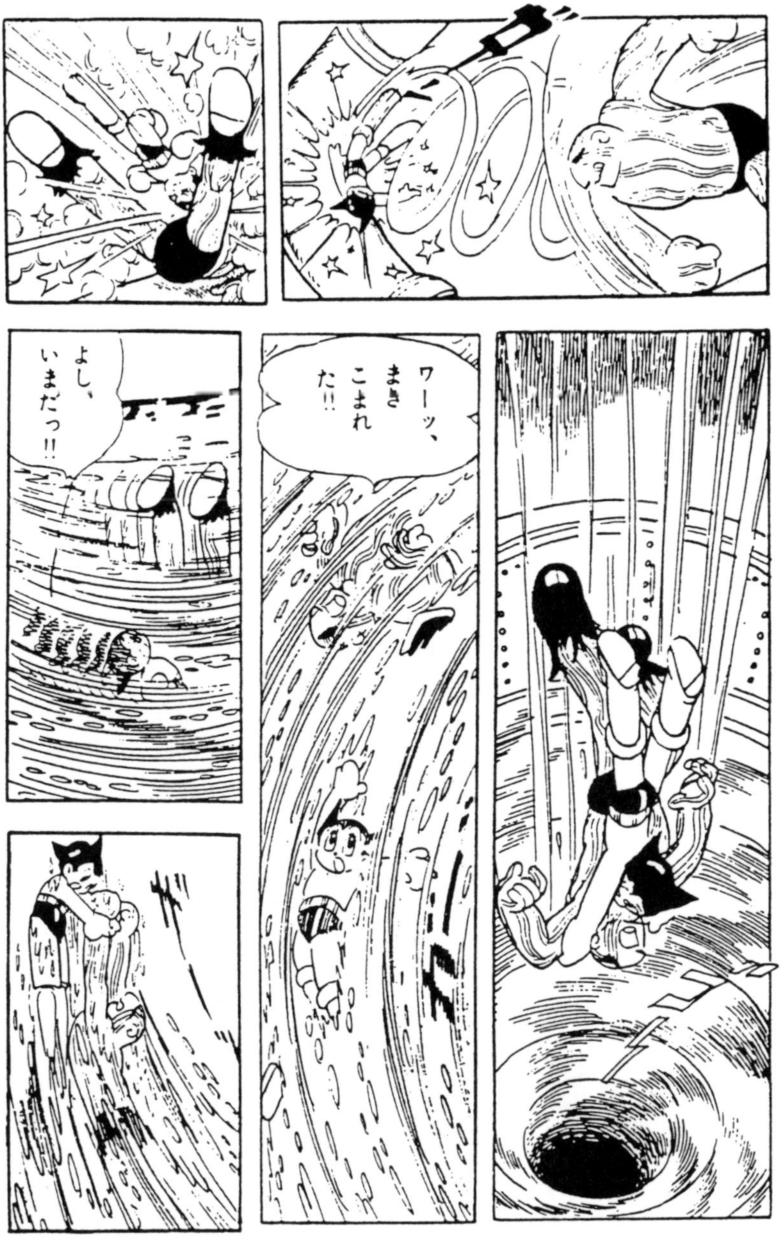

Tezuka Osamu: Astroboy *[Tetsuwan Atomu]* (1951–1968) © Tezuka Production verschob, die am *Koma-Manga* orientierte vierstufige Episodenstruktur zugunsten eines durchgehenden, handlungsbetonten Erzählkonzepts aufbrach und zu deren bildlicher Gestaltung eine „filmische Methode" einführte.

Den Umschlagspunkt markierte die 1947 erschienene „Neue Schatzinsel" *(Shin Takarajima)*, in der Tezuka und sein Szenarist Elemente aus der „Schatzinsel", aus „Robinson Crusoe" und „Tarzan" verarbeiteten. Manga-Kollegen haben später immer wieder bezeugt, wie sehr sie das neuartige Tempo dieses Manga beeindruckte, das durch den Wechsel der Perspektiven und Rahmengrößen zustandekam. Mancher Kritiker[4] hält heute dagegen, daß dies so neu nicht gewesen sei: Nahaufnahmen und veränderliche Blickwinkel habe es bereits vor 1945 im Manga gegeben, und im Vergleich zu dem, was sich seit den sechziger Jahren durchsetzte, bleibe Tezuka in Bildaufteilung und Komposition eher konservativ, es dominiere die Unterteilung der Seitenfläche in drei Stufen, und die Figuren seien vorrangig in voller Größe abgebildet (auch um ihrer Körpersprache Raum zu geben). Der Tezuka-Spezialist Takeuchi Osamu hingegen vergleicht die „Neue Schatzinsel" mit zwei anderen, ebenfalls 1947 erschienen Jungenmanga – „Shingo, Herrscher der Savannen" *(Shônen Ôja)* von Yamakawa Sôji und „Die goldene Fledermaus" *(Ôgon Batto)* von Nagamatsu Takeo –, und er weist nach, daß sich der Übergang vom statischen zum dynamischen Manga, von der malerischen Konzentration auf das Einzelbild zum „filmischen" Bilderfluß erst bei Tezuka vollzog.[5] Tezuka schildert eine Einzelhandlung bevorzugt über mehr als zwei Panels. Vor einem gleichbleibenden Hintergrund erscheint so die Abfolge eines einzigen Vorgangs in mehreren Bildschritten. Außerdem nutzt er das Prinzip der Montage, um den Leserblick mit dem der Figuren zusammenzuschließen. Der Leser sieht nicht mehr als die Figuren, sondern gemeinsam mit ihnen oder sogar leicht verzögert – wenn sich beispielsweise erst im folgenden Panel zeigt, was die Aufmerksamkeit der Figuren auf sich zog – und wird dadurch in die Geschichte förmlich hineingezogen. Vor allem aber läßt Tezuka die Bilder sprechen: 45 Prozent der „Neuen Schatzinsel" erzählen wortlos.

Er rückt Text und Bild so auseinander, daß sie sich sinnvoll ergänzen, nicht doppeln. Diese Neuerung verändert auch die Wortarten: Während der redundante Manga Verben bevorzugte, fällt deren Erklärungswert bei Tezuka den Bildern zu, die, wo nötig, korrelativ durch Substantive und Adjektive angereichert werden.

Tezukas „Neue Schatzinsel" erschien als Buch, als eines jener *Akahon*-Bücher, die populäre, unterhaltsame Literatur boten und damals von landesweit zwei- bis dreitausend kleinen Verlagen herausgegeben wurden. Entscheidend für den Aufschwung des Story-Manga sollte schon wenig später die Manga-Zeitschrift werden, wie sie noch heute als japanische Besonderheit ins Auge fällt. Im gleichen Jahr wie die „Neue Schatzinsel" erscheint das Kindermagazin „Manga Shônen".

Ganz am Anfang dessen, was modern als Manga bezeichnet wird, stand jedoch die Karikatur und die Zeitung als deren Bewegungsraum. Schon bevor 1870 das erste moderne japanische Tagesblatt, die „Yokohama Mainichi Shinbun", verlegt wurde, gab es neben Vorformen japanischer Zeitungen seit den 1860er Jahren fremdsprachige Blätter für in Japan weilende Ausländer. 1862 schuf der Engländer Charles Wirgman in Yokohama den „Japan Punch", und in Anlehnung an diesen nannte man das politisch-satirische Bild jener Zeit – mit einer Lautverschiebung – zunächst „*Ponchi-e*". Dieses fand sein erstes japanisches Forum in der 1877 entstandenen „Maru Maru Chinbun", tauchte jedoch schon bald in Zeitungen wie der „Yomiuri Shinbun" (seit 1874, Tôkyô) und der „Asahi Shinbun" (seit 1879, Ôsaka) auf. Um sich vom „*Ponchi-e*" abzugrenzen, führte Kitazawa Rakuten für seine Cartoons und Comic-Strips, die sich hauptsächlich in ironischer Sittensatire und Situationskomik übten, das Wort „Manga" ein. Oft ersetzte der Manga in dieser Zeit noch die Pressefotografie, aber der *Koma-Manga*, dessen Vier-Bilder-Reihungen stärkere Kontrastierungen und einzelne abgeschlossene Episoden ermöglichen, eröffnete bereits Möglichkeiten des Erzählens in Sequenzen.

In den frühen zwanziger Jahren wurden Übersetzungen amerikanischer Comics – beispielsweise „Bringing up Father" (George McManus, 1911) ab 1923 in der „Asahi Shinbun" –

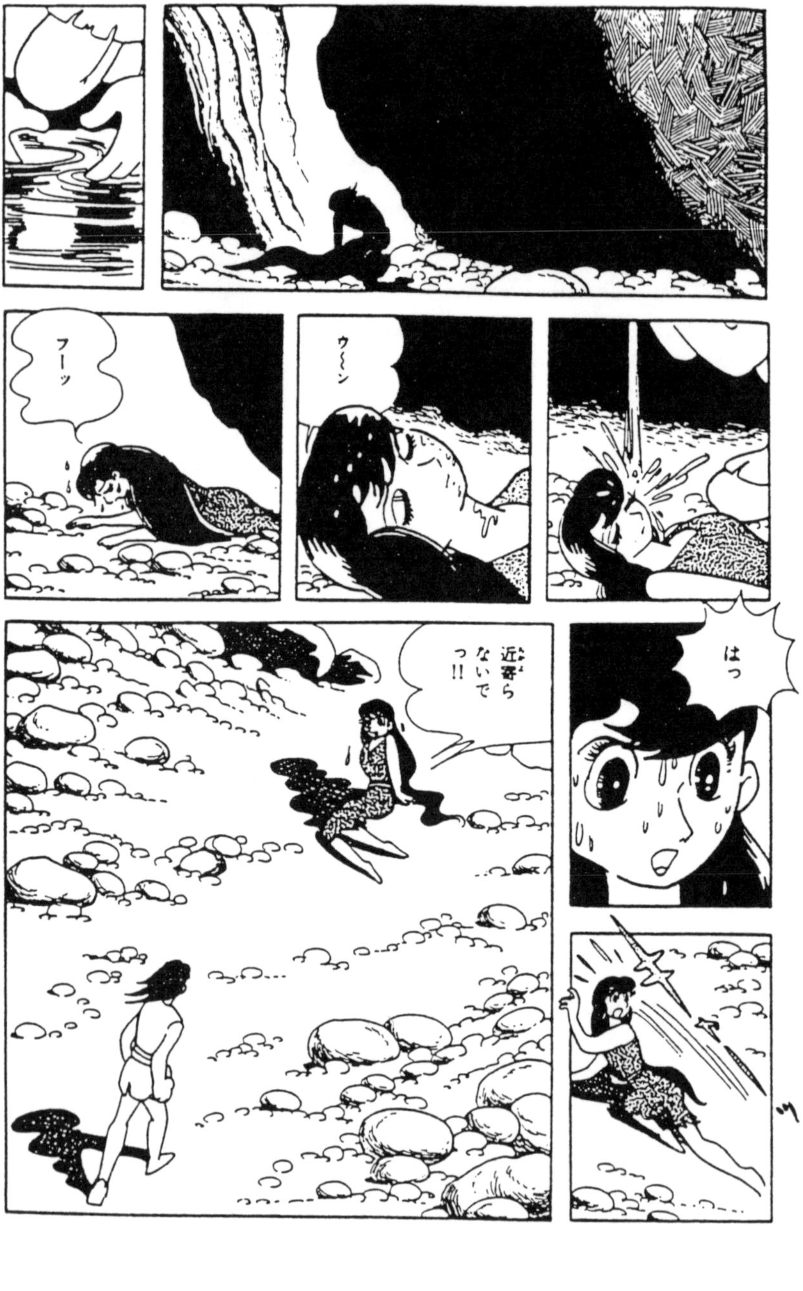
ウ〜ン
フーッ
はっ
近寄らないでっ!!

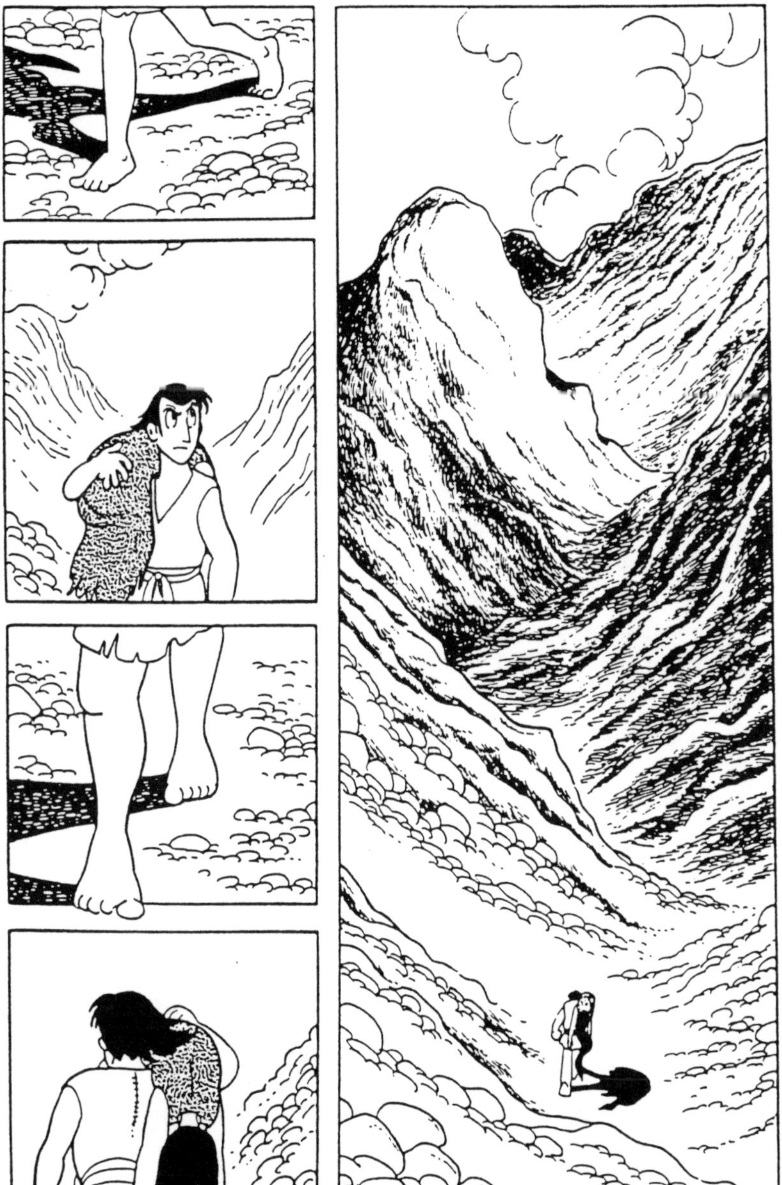

Tezuka Osamu: Phönix *[Hi no Tori]* (1967–1988) © Tezuka Production unter den neuen städtischen Mittelschichten populär. Zur gleichen Zeit erlebte der Geschichten erzählende Kindermanga mit „Die Abenteuer von Shô-chan" (*Shô-chan no Bôken*, ab 1923 in „Asahi Graph") einen ersten Höhepunkt – bis hin zur erfolgreichen Vermarktung der Comic-Figur und ihrer Pudelmütze. Im Unterschied zur frühen Karikatur stand der Manga nun unter amerikanischem Einfluß. Es wurde mit der Feder statt mit dem weichen Pinsel gezeichnet, der Text ging großteils in Sprechblasen über und die Geschichte war in Fortsetzungen strukturiert. Damit wurde „*Shô-chan*" zum Ahnherrn des Story-Manga, der sich zunächst ausschließlich an Kinder richtete. Doch anders als im damaligen amerikanischen Comic sind die Panels hier vertikal aufgereiht, so daß sich das betrachtende Auge von oben nach unten bewegt. Sie bleiben in Form und Größe gleichförmig starr und füllen additiv die Seitenfläche, der kein anderer Wert zukommt, als bloße Unterlage zu sein.

Bis Ende der dreißiger Jahre breitete sich der Story-Manga beständig aus – die Flut von Manga-Büchern für Kinder setzte eher ein als in den USA. Besondere Popularität genoß beispielsweise der Hund „*Norakuro*" von Tagawa Suihô, der ab 1931 zehn Jahre lang in einer Zeitschrift für Jungen und parallel dazu in Buchform erschien. 1938 erging jedoch ein Erlaß des Innenministeriums an alle Verlage, Manga-Fortsetzungen zu kürzen, und 1941 wurden Story-Manga – angesichts begrenzter Papier- und Druckkontingente – schließlich nicht mehr für dem Kriegsziel dienlich befunden. Nun wandelte sich die politische Funktionialisierung des Manga von alltagsorientierter Unterhaltung zu nationalistischer, vor allem gegen die USA gerichteter Hetze. Zeichner, die sich mit dem Manga – vorrangig als Karikatur – antimilitaristisch geäußert hatten[6], waren schon Anfang der dreißiger Jahre unter Berufsverbot gestellt worden.

Nach seiner radikalen Einschränkung bis zum Kriegsende lebte der Manga Ende der vierziger Jahre in einer neuen Vielfalt auf. Erwachsene bevorzugten den *Koma-Manga* in Zeitungen, beispielsweise „*Sazae-san*" von Hasegawa Machiko. Für Kinder gab es schon bald Story-Manga mit Science-fiction-Stoffen oder Sport-Geschichten (so zum Baseball als einem Symbol der amerikanischen Demokratie), wohingegen Samurai-Geschichten von der Besatzungsmacht aus ideologischen Befürchtungen zunächst unterbunden wurden. Anders als in der Vorkriegszeit rückte nun zunehmend die spannende Handlung ins Zentrum. Die vertikale Bildabfolge wurde mit der horizontalen gekoppelt, die Seitenfläche kam gegenüber dem Panel allmählich zu ihrem Recht, und die Rahmen und Größen der Einzelbilder gerieten in Bewegung. Hier neue Wege eröffnet und über Jahrzehnte verfolgt zu haben, ist das Verdienst Tezuka Osamus.

Tezuka wird darüber hinaus oft als großer Humanist gepriesen, der – und damit begegnet man auch dem Vorwurf diskriminierender Darstellungen – mit seinen Manga-Erzählungen das Vertrauen in den technischen Fortschritt, die Hoffnung auf eine friedliche Nutzung wissenschaftlicher Erkenntnisse und auf eine demokratische, tolerante Gesellschaft genährt habe. Seine Leistung aber liegt darin, diese Hoffnung nicht als simples populärkulturelles Märchen, sondern voll Gebrochenheit aufrechterhalten zu haben. Optimismus und Pessimismus, Licht- und Schattenseiten menschlicher Zivilisation durchdringen sich in seinen Manga, deren Figuren die Möglichkeit zugestanden wird, sich moralisch zu wandeln, was aber deshalb nicht unweigerlich auf ein Happy-End hinauslaufen muß. Selbst Tezukas populärste Figur – Astroboy, eigentlich „Eisenarm Atom" (*Tetsuwan Atomu*, 1952–1968) – ist nicht so einschichtig, wie die Zeichentrick-Version nahelegt. Der Wissenschaftler Dr. Tenma verliert im Jahre 2003 durch einen Unfall seinen Sohn und schafft sich einen Roboter nach dessen Vorbild. Durch Atomenergie angetrieben, ist dieser 100 000 PS stark, kann seinen Körper als Rakete nutzen und seinen Hintern als Maschinengewehr. Seinem Elektronenhirn verdankt er eine übernatürliche Sehkraft und ein außergewöhnliches Gehör sowie die freie Beherrschung von sechzig Sprachen und die Fähigkeit zu sekundenschnellen Berechnungen. Aber er verfügt auch über ein Gewissen, das ihn in die Lage versetzt, zwischen Gut und Böse zu unterscheiden, und er kann weinen, was ihm mädchenhafte Züge verleiht. Atom hat nur einen Fehler: Er wächst nicht, weshalb ihn sein Schöpfer verstößt. Damit beginnen die Abenteuer im Kampf für die Gerechtigkeit, wenn nötig, bis zur Vernichtung der bösen Gegenspieler, obgleich Atom – als Kind der japanischen Nachkriegsdemokratie – gemeinhin eher zum Verhandeln neigt. Neben die Mär vom heldenhaften Streiter tritt jedoch ein zweites Motiv, das in der Zeichentrick-Serie unterbelichtet bleibt: Atoms Einsamkeit und seine Traurigkeit darüber, von Menschen benutzt und seiner Andersartigkeit wegen ausgegrenzt zu werden. So thematisiert Tezuka in dieser Pinocchio-Adaption nicht nur Kriegserfahrungen oder den Umgang mit der Atomkraft, sondern auch die Vorurteile gegenüber dem Fremden. Ob als Außerirdische oder Roboter, als Vogelfrauen oder Pflanzenwesen, die Darstellung von Zwischenexistenzen in einer diese stigmatisierenden Umgebung bleibt ein lebenslanges Motiv in Tezukas Manga.

Tezuka war ein Kind der japanischen Moderne, genauer gesagt jener Kultur, die man in Japan „Modernismus" nennt, und die sich, beschränkt auf die großstädtische Mittelschicht, nur ein Fünfzehntel der Gesamtbevölkerung, seit den zwanziger Jahren herausbildete. Tezukas Familie war westlichen Bräuchen gegenüber aufgeschlossen, Fotoapparat, Plattenspieler und Filmvorführungen gehörten zum Alltag seiner Kindheit, und er wuchs in Takarazuka auf, einem Ort unweit von Ôsaka, der sich aus dem durch Kaufhaus, Revuetheater und Vergnügungspark aufgewerteten Endpunkt einer Eisenbahnlinie erst allmählich zu einer Stadt entwickelte. Eine Welt fürs Auge, kristallisierte sich in den Kulissen Takarazukas der japanische „Modernismus" als Ästhetik einer modernen Unterhaltungskultur. Der Militarisierung des Alltags konnte sich auch die hier lebende Minderheit auf Dauer nicht entziehen. Schließlich erschütterten die amerikanischen Bombardements vom Frühjahr und Sommer 1945 Tezuka für sein weiteres Leben: Durch die Prägungen seiner Kindheit vertraute er einerseits der modernen westlichen Wissenschaft – er studierte nach dem Krieg Medizin und promovierte sogar 1961 noch, obwohl er schon hauptberuflicher Manga-Zeichner war –, zugleich aber hegte er eine an Pessimismus grenzende Skepsis gegenüber deren Nutzung durch die menschliche Gesellschaft. Diese Gebrochenheit gewinnt, befördert durch persönliche Krisen, seit den späten sechziger Jahren die Oberhand in seinen Manga-Geschichten, so zum Beispiel in „Black Jack" (1973–1978), einer aus 225 unabhängigen Episoden bestehenden Serie um einen genialen Chirurgen, einen Außenseiter ohne Approbation, der von vielen Mächtigen zu Hilfe gerufen wird und für Geld die schwierigsten Operationen meistert, im nachhinein aber seine rein medizinische Rettung stets in Frage stellt und die durch den Mammon bestimmte Zuteilung von Lebensrecht mit einer weiteren Operation unterläuft. In „Appell an Adolf" (*Adorufu ni tsugu*, 1983–1985) erzählt Tezuka von der fatalen Beziehung zweier Jungen, die sich Ende der dreißiger Jahre in Japan anfreunden – Adolf Kaufmann, Sohn eines Nazi-Diplomaten und einer Japanerin, und Adolf Kamil, Sohn jüdischer Emigranten –, die während des Krieges zu Gegnern werden und Jahre später ihre Feindschaft im Krieg zwischen Palästinensern und Israelis bis zum Tod austragen, der eine wie der andere im Namen der „Gerechtigkeit". Für diesen abenteuerlichen Manga, der sich an einem zwischen Deutschland und Japan hin- und herwandernden Dokument über Hitlers jüdisches Blut entzündet und bis zu politischen Ereignissen der frühen achtziger Jahre fortgeführt wird, erhielt Tezuka mehrere Preise.

Als Manga-Zeichner war Tezuka ein Meister der Typisierung und Stilisierung und hat als solcher das Erscheinungsbild des Manga insgesamt für lange Zeit geprägt, als Erzähler entwarf er in seinen reifen Jahren immer größere Epen mit immer mehr Protagonisten, deren Dramaturgie die Figuren aus ihrer augenscheinlichen Konventionalität hinauszudrängen scheint. Daß Tezuka sich auf diesen Widerspruch einließ und Manga für erwachsene Leser schuf, obgleich er eher zur Welt der Kinder neigte, lag nicht zuletzt an der Zeichnergeneration, die Ende der fünfziger Jahre antrat und mit ihrer rauhen Strichführung, ihren das fröhliche Lachen aus dem Manga bannenden, psychologisierenden Geschichten und deren illusionslosem Realismus den Manga à la Tezuka radikal in Frage stellte – was diesen in eine schwere Krise stürzte. Mit dem 1957 erschienenen „Geistertaxi" *(Yûrei Takushi)* von Tatsumi Yoshihiro kam dafür die Bezeichnung *„Gekiga"* (wörtlich: dramatische Bilder) auf, die von den Zeichnern auch als schroffe Abgrenzung vom bisherigen Kindermanga gebraucht wurde. Angesichts von rennenden Körpern ohne Haupt oder als Geister zurückkehrenden Toten erfuhr der *Gekiga* allgemeine Ablehnung als grausamer und minderwertiger Manga. Seine Leser aber fand er bei den zahllosen jungen Arbeitern, die das beginnende japanische Wirtschaftswunder in die Städte gespült hatte, für sie erzählte er von Gewalt, Überlebenskämpfen und scheiternden Helden.

Eines der bis heute berühmtesten Werke ist Shirato Sanpeis „Von den Kriegskünsten der Ninja" (*Ninja Bugeichô*, 1959–1962). Es handelt von den Machtkämpfen und Bauernerhebungen in der zweiten Hälfte des 16. Jahrhunderts, zentriert um den *Ninja* Kagemaru und seine sieben Gefährten, die den Aufständischen in ihrem Kampf für eine Welt ohne Standesunterschiede zur Seite stehen. Als Manga-Figur hat Kagemaru ein gleichbleibendes Gesicht, als *Ninja* aber beherrscht er die Kunst, sich in Sekundenschnelle zu verwandeln und unterschiedliche Gesichter aufzulegen, womit er den Gegner irritiert und den Leser in Spannung versetzt. Der Zeichner läßt Bild werden, was der *Ninja* tatsächlich vollführt: schnelle Bewegungen, in deren Ablauf er als in mehrere Körper aufgesplittert erscheint, Halluzinationen von Zwillingen, Drillingen, Vierlingen. Kagemaru, der trotz einiger Wiederauferstehungen schließlich doch getötet wird, ist aber kein geniales Individuum, vielmehr die Verkörperung des kollektiven Helden, des Rebells an sich. Nur eine plurale Rhizom-Existenz wie er, für die es unmöglich, ja sinnlos geworden ist, zwischen eigentlicher Person und jeweiliger Rolle zu trennen, ist vor dem Untergang gefeit – anders als der Gegenspieler Sakagami Ôzen, der starr an der ihm durch die Standeshierarchie gegebenen Substanz festhält. Die außergewöhnliche Popularität dieses Epos rührte somit zum einen aus der virtuosen Umsetzung der Verwandlungsmöglichkeiten, die der Manga bietet – als Bewegung im Bild ebenso wie im Entwurf der Figuren –, zum anderen aber aus der Realistik, mit der die Geschichte der Klassenkämpfe (viele haben damals Shirato mit Marx verglichen) gezeichnet wird. Hier wie im späteren „Kamui" *(Kamuiden)* finden sich die Rebellen nach dem Ausbruch aus der Ständegesellschaft in einer anderen, nur diesmal oppositionellen Rangordnung wieder, bekämpfen sie sich in ideologischen Fraktionen auch untereinander, scheitert der Reformversuch letztlich an der Stärke der Herrschenden und ihrer eigenen Kraftlosigkeit. Shiratos Sicht auf den Kollektivhelden lief teleologischen Geschichtsauffassungen zuwider, löste aber offenbar ein „Trotz alledem!" bei den gegen den japanisch-amerikanischen Sicherheitsvertrag demonstrierenden Studenten und sogar bei später zur japanischen RAF gehörenden Lesern aus.

Den Sinn für spektakuläre Szenen und effektvolle Darstellungen bezogen viele der *Gekiga*-Zeichner aus dem Papiertheater *(Kamishibai)*, das seit der Vorkriegszeit Kindern auf der Straße eine erschwingliche Unterhaltung bot. Ein Erzähler führte handgemalte Einzelbilder – meist arbeitsteilig durch einen Zeichner beigesteuert – vor und gab dazu eine gekonnt ausgeschmückte Geschichte zum besten. Wenn man den Manga innerhalb einer Tradition des Erzählens über die Verschmelzung von Schrift und Bild verstehen will, so darf doch nicht vergessen werden, daß er einen seiner Vorfahren auch im mündlichen Vortrag zu Bildern hatte, der durch das Fernsehen – welches auch das Papiertheater Anfang der sechziger Jahre verdrängte – in Vergessenheit geriet. Die meisten Zeichner des *Gekiga* kamen vom Papiertheater zu den Leihbuchhandlungen *(Kashihonya)*[7]. Diese arbeiteten gegen ein geringes Entgelt als Bibliotheken und traten zugleich als Kleinstverlage auf. Sie publizierten in den frühen sechziger Jahren insgesamt etwa einhundert monatliche Manga-Zeitschriften für jugendliche Leser in festem Einband. Anfangs enthielten diese auf 96 Seiten Anthologien kurzer Geschichten, später große Epen. Zu den Zeichnern der ersten Generation, die dort veröffentlichten, gehörten neben Shirato Sanpei beispielsweise Mizuki Shigeru und Tsuge Yoshiharu, in

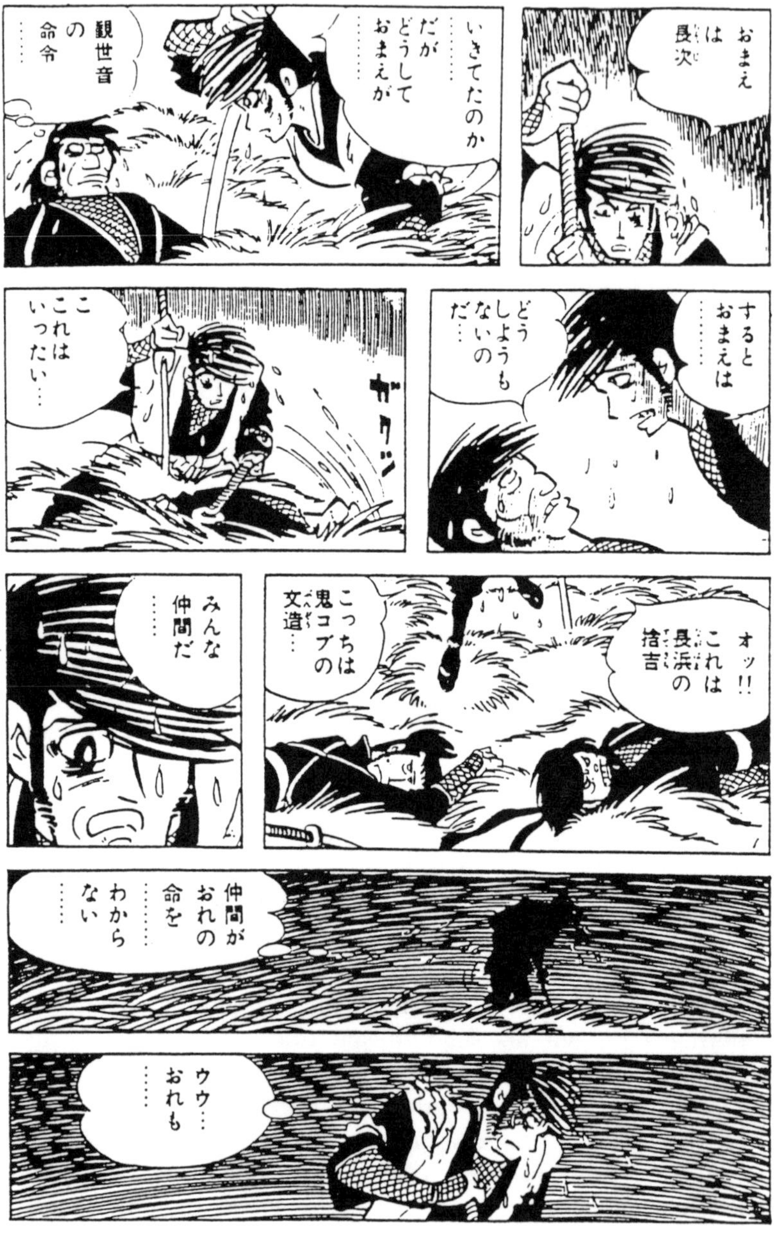
おまえは長次
いきてたのか……
だがどうしておまえが……
観世音の命令……
するとおまえは……
どうしようもないのだ……
ガクッ
こ これはいったい……
オッ!! これは長浜の捨吉
こっちは鬼コブの文造……
みんな仲間だ……
仲間がおれの命を……わからない……
ウウ……おれも……

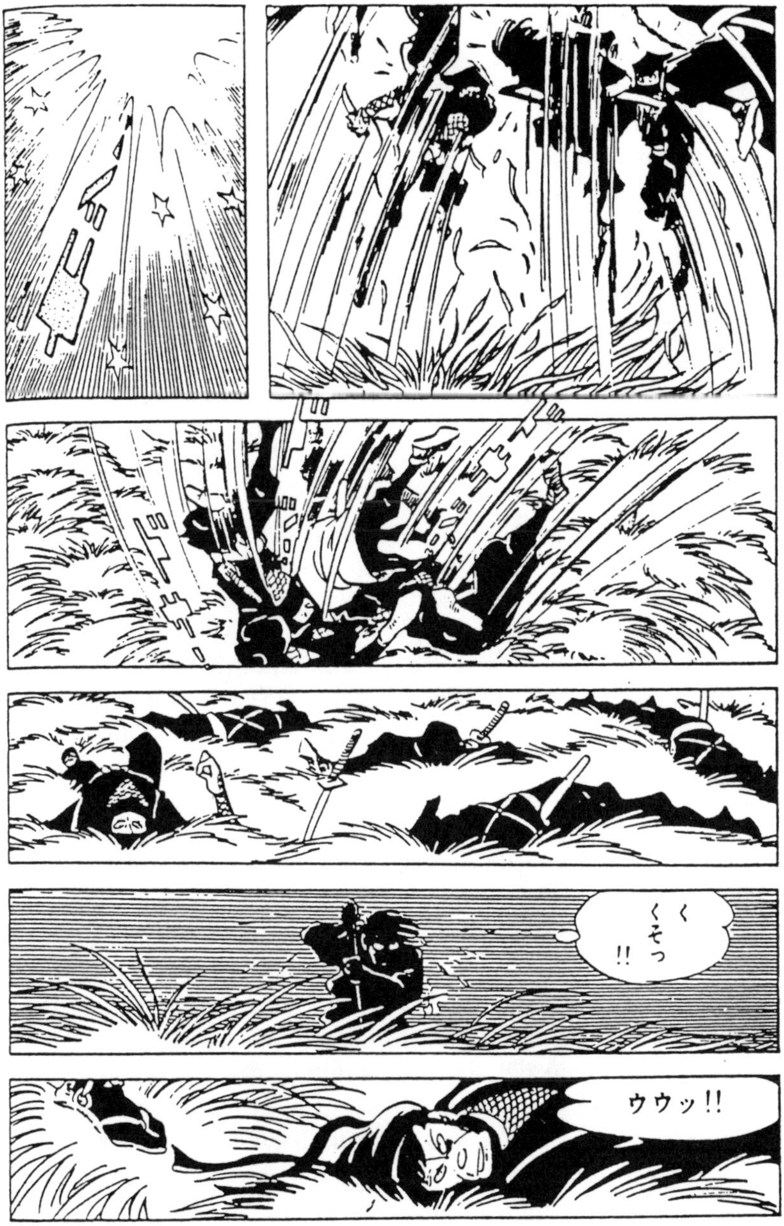

© Shirato Sanpei: Marionettentausch *[Kugutsu gaeshi]* (1962)

der Spätphase der Leihbuchhandlungen fielen besonders Kojima Gôseki und Ikegami Ryôichi auf. Mit ihrem A5-Format galten die *Kashihonya*-Publikationen als Markenzeichen des subkulturellen *Gekiga*, bis die erstarkenden Manga-Wochenzeitschriften Ende der sechziger Jahre den Untergang der Leihbuchhandlungen herbeiführten. Den Verlust fingen die zur gleichen Zeit entstehenden Manga-Zeitschriften für Jugendliche auf – 1968 gab es bereits 47 davon. Durch sie erweiterte sich der bis dahin beschränkte Kreis der *Gekiga*-Leser, erlangte der neue Manga zunehmend gesellschaftliche Anerkennung.

Mit dem *Gekiga* löste der Story-Manga in den sechziger Jahren seine ausschließliche Bindung an die Kinderkultur. Während sich die Älteren zuvor auf Karikatur und *Koma-Manga* konzentriert hatten, nahmen nun serielle Comic-Romane für Jugendliche und Erwachsene zu und wiesen den anderen Manga-Formen allmählich Nebenrollen zu. Entstanden war eine Nachfrage nach großen Geschichten, die es mit der Erzählprosa aufnehmen konnten. Der Manga versuchte, sich als Literatur zu beweisen, wodurch auch der Anteil von Text außerhalb der Sprechblasen stieg. Die dabei immer wieder betonte Realistik bezog sich auf die illusionierende Darstellung von Figuren und Szenen. Tezuka Osamu beispielsweise reagierte auf den *Gekiga* nicht allein mit vielschichtigeren Erzählungen oder häufigeren Großaufnahmen, die das psychologisierende Moment unterstreichen sollten, sondern auch, indem er die Proportionen seiner Figuren streckte – statt des bisherigen Kopf-Körper-Verhältnisses von 1:3 bevorzugte er nun in seinen erwachseneren Manga ein Verhältnis von 1:7 – und den Händen nicht nur cartoonartig vereinfachte vier, sondern fünf Finger zugestand.

Der Siegeszug der Realistik vollzog sich auf Kosten der Gag-Elemente des Manga und verdrängte Experimente auf der Metaebene, in denen Zeichner ihren Superhelden (und dem Leser) vorführten, wie begrenzt deren Allmacht sein muß, wenn sie schon am Bildrahmen scheitern kann, in denen Sprechblase und Rahmen selbst zu Requisiten werden mochten und der Zeichner – wie früher im Papiertheater – hinter

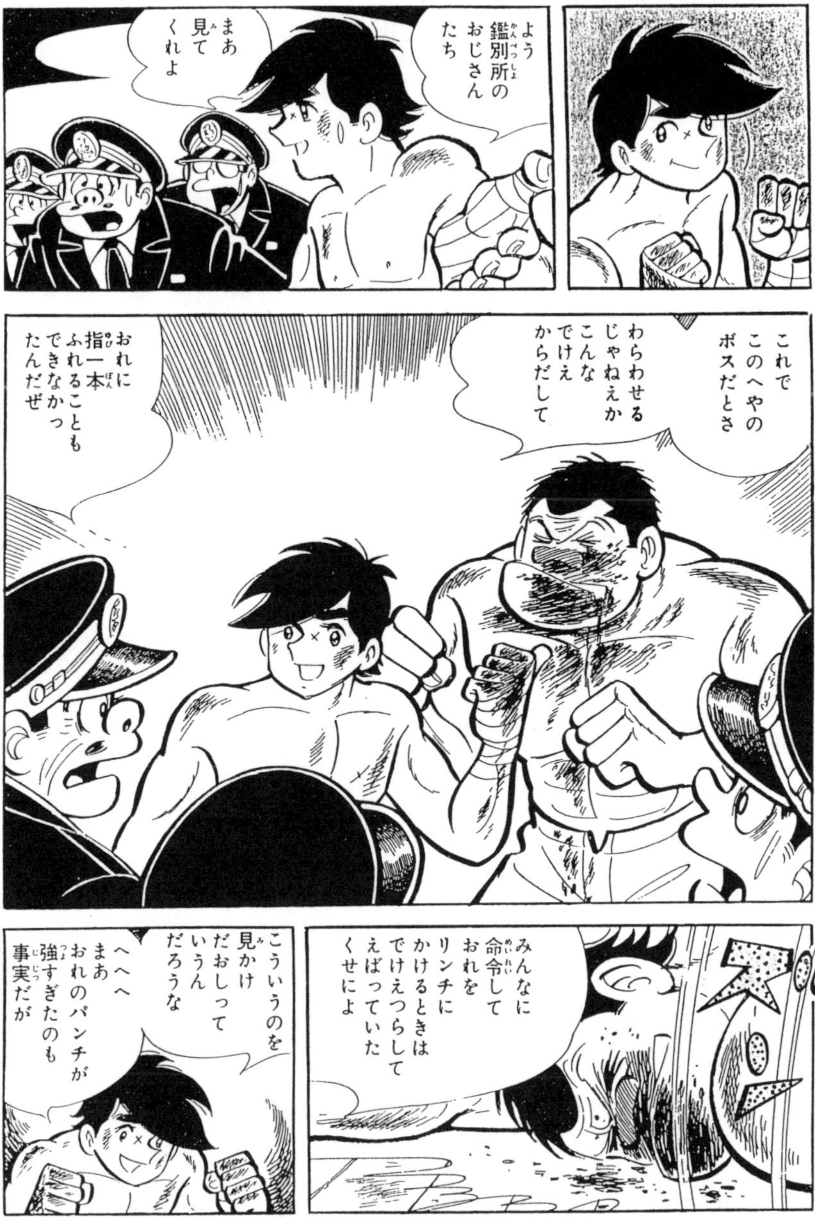

© Chiba Tetsuya (Bild)/© Takamori Asao alias Kajiwara Ikki (Szenarium): Jô von morgen *[Ashita no Jô]* (1968–1973; 1995)

dem Panel hervorschauen konnte, um die Reaktionen seiner Zuhörer, jetzt Leser zu prüfen. Das Gemachtsein von Manga auszustellen und sich mittels Improvisationen erzählerischer Kausalität zu verweigern, fiel dem gegen das unbefangene Lachen angetretenen *Gekiga* zum Opfer. In den siebziger Jahren, in denen Japan nach Ölschock und Krise die Ergebnisse seines hohen Wirtschaftswachstums als materiellen Wohlstand zu erfahren begann, erlangten Gag und Nonsens in Form des Story-Manga für Kinder noch einmal Popularität. Wie Yamagami Tatsuhiko in seinem Manga über den kleinen Möchtegern-Polizisten „*Gaki Deka*" (ab 1974) attackierten Zeichner die propagierten Werte – Leistungsstreben, Karriereindex, Recht und Ordnung – und führten sie mit schwarzem Humor ad absurdum. Die an Erwachsene gerichteten Gags als Formexperiment und das Cartoonhafte als deren Element mußten jedoch dem Story-Manga das Feld räumen und erlebten erst anderthalb Jahrzehnte später einen neuen Boom im Vier-Bilder-Streifen. Den Hauptstrom des Story-Manga als *Gekiga* bildete die straffe, effiziente Erzählung, die keine verspielten Abweichungen zuläßt. Mit ihm nahm die heute hochdifferenzierte Arbeitsteiligkeit ihren Anfang, erfuhren Szenaristen eine starke Aufwertung.

Ein Manga, dessen Szenaristen man bis heute im gleichen Atemzug wie seinen Zeichner rühmt, ist „Jô von morgen" (*Ashita no Jô*, 1968–1973) von Kajiwara Ikki, damals als Takamori Asao, und Chiba Tetsuya. Erzählt wird das Leben von Yabuki Jô, der bereits im Waisenhaus als gewalttätig auffiel, es aber unter der Anleitung seines Trainers vom jugendlichen Kriminellen zum Profi-Boxer mit Weltniveau bringt und auf dem Höhepunkt seines Erfolges nach bestandenem Kampf im Ring stirbt. Was Shirato Sanpeis „Von den Kriegskünsten der Ninja" den jugendlichen Demonstranten gegen den japanisch-amerikanischen Sicherheitsvertrag von 1960 bedeutete, fanden die politisch aufbegehrenden Leser von 1970 in Jô und dessen Freund-Feind Rikiishi Tôru. Als dieser nach seinem Schicksalskampf mit Jô 1970 starb, veranstaltete der Dramatiker Terayama Shûji (1935–1983) mit Unterstützung des Kôdansha-Verlages in Tôkyô eine feierliche Beerdigung.

Der Sport-Manga ist symptomatisch für die sechziger Jahre, die Phase des hohen Wirtschaftswachstums mit dem nationalen Ziel, die westlichen Industrienationen einzuholen. Wie ihr Land durchlaufen die jungen Helden einen Reifeprozeß, unterwerfen sich um ihres Zieles willen härtesten Anstrengungen, vergießen Schweiß und Tränen, folgen der Vaterfigur des gestrengen Trainers und siegen unter den Bedingungen der Erwachsenengesellschaft. Sie leben leidenschaftlich, erfahren Freundschaft, Feindschaft und auch erste Liebe, aber eine pubertäre Zwischenstufe gibt es bei ihnen – anders als im Mädchenmanga – nicht. Die Massen der Sport-Manga, die um Selbstaufopferung, Durchhalte-Parolen und Kampfszenen kreisen, wechseln thematisch mit der Zeit vom Profi- zum Schulsport, vom Baseball und Boxen zum Tennis und Fußball. In den achtziger Jahren, da sich schicksalhafte Geschichten nicht mehr so leicht erzählen lassen, gehen Elemente dieses in den sechziger Jahren so populären Genres in die Sciene-fiction über oder aber werden gänzlich aufgegeben zugunsten von Stoffen, die zwischenmenschliche Beziehungen im Alltagsleben erkunden. Für die letztere Tendenz steht Anfang der neunziger Jahre beispielsweise der Zeichner Taniguchi Jirô. In „Vaters Kalender" (*Chichi no Koyomi,* 1995) kehrt ein mittdreißigjähriger Tôkyôter zur Beerdigung seines Vaters in die ländliche Heimat zurück und lernt, den einseitigen Zorn seiner Kindheit zu relativieren, mit dem er den Vater für die Scheidung der Eltern verantwortlich gemacht hatte. Taniguchi erzählt den Erinnerungsprozeß über Rückblenden: Diese deuten sich als innere Stimme in Kastenform an und schieben sich in die bildlich gebotene Gegenwart, deren Töne wiederum nachklingen, wenn vor dem Auge sich bereits die Szene aus der Vergangenheit eingestellt hat.

Während der Hauptstrom des Jungen- und Jugendmanga seine Figuren auf die Meisterung von Gefahren trimmte und in der Erzählweise beständig das Tempo erhöhte, gab es jedoch schon in den sechziger Jahren einige wenige Zeichner, die sich der Rasanz verweigerten, obwohl sie aus dem *Gekiga* und den Leihbuchhandlungen kamen. Einer, der es versteht, Ruhe zu gestalten – den traurigen Stillstand der Zeit unter an alte Bild-

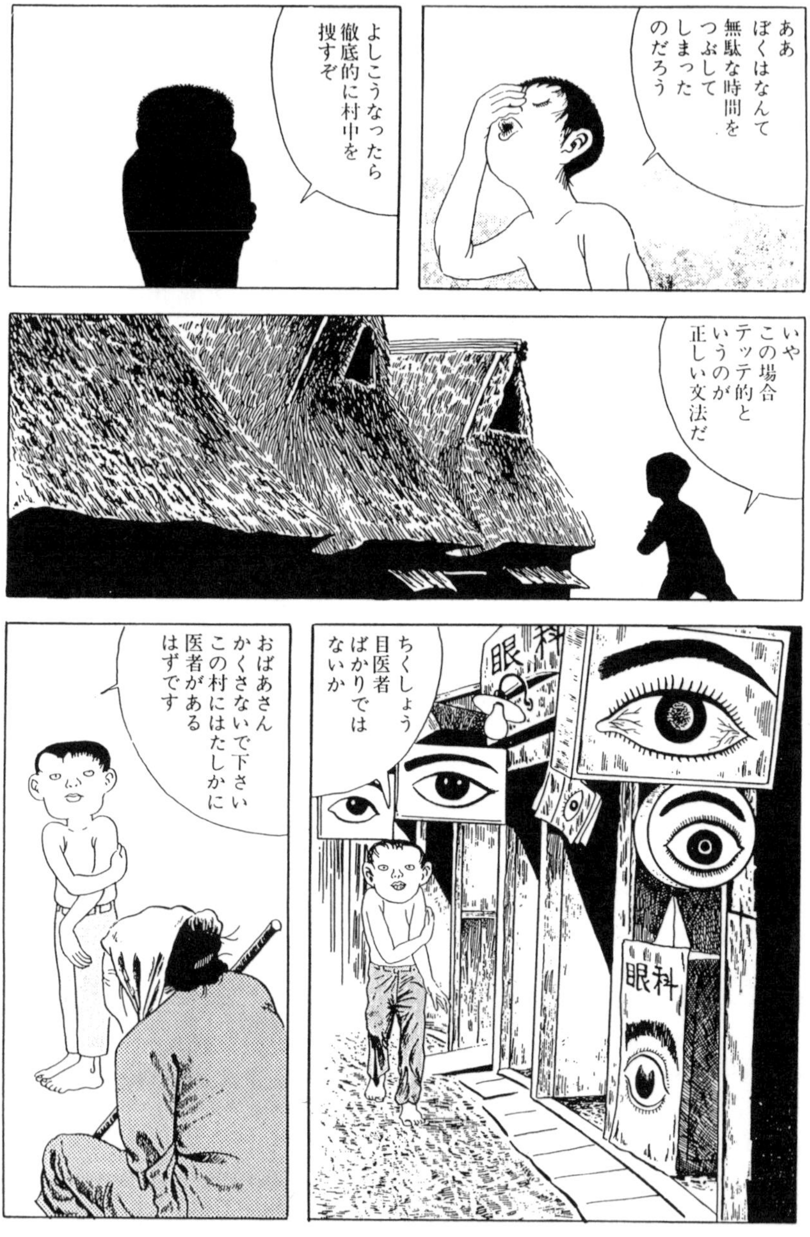

© Tsuge Yoshiharu: Mit einer Schraube *[Nejishiki]* (1968; Werkausgabe Band 6, Chikuma Shobô 1994)

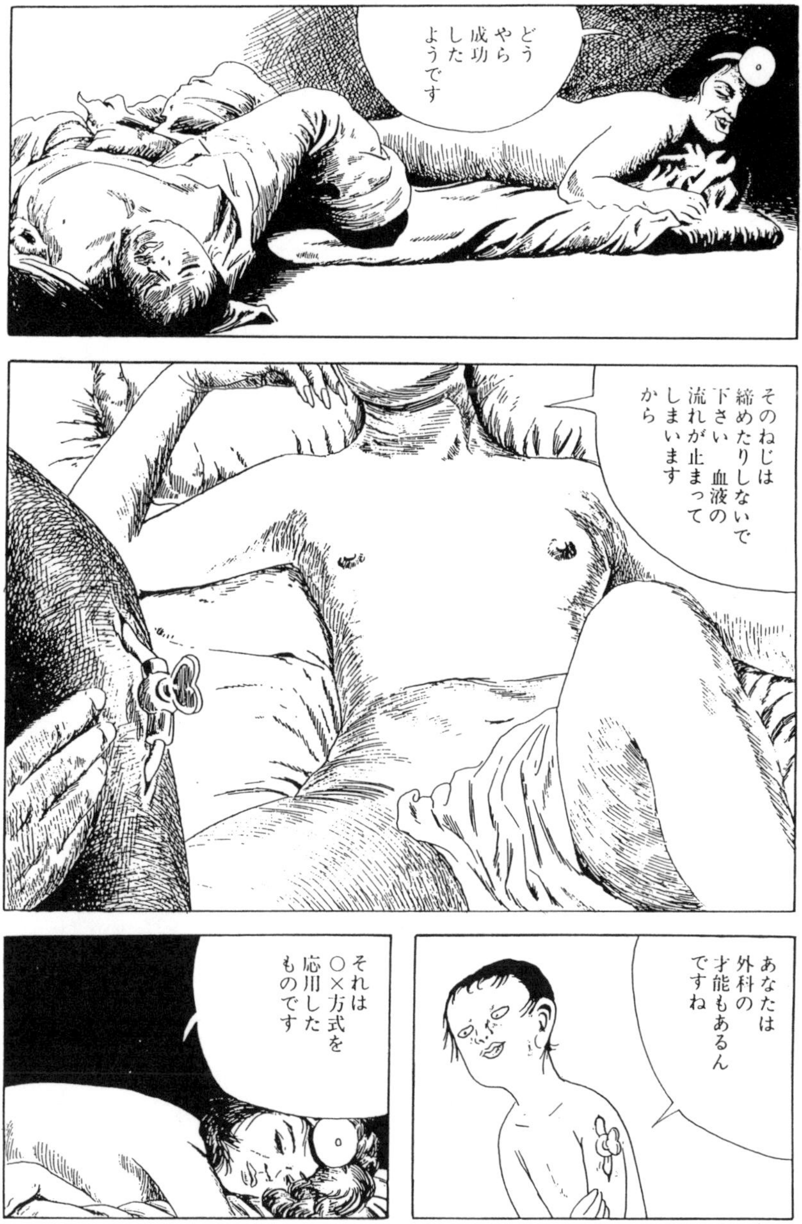

© Tsuge Yoshiharu: Mit einer Schraube *[Nejishiki]* (1968; Werkausgabe Band 6, Chikuma Shobô 1994)

rollen erinnernden schwebenden Nebeln –, ist Mizuki Shigeru, der Geisterbeschwörer im japanischen Comic. Er versucht, bildlich zu fassen, was sich dem modern privilegierten rationalen Blick entzieht, ja, diesen irritiert: die seltsam geformten Wesen der Nacht und die animistisch zum Leben erwachenden Dinge, die mit ihrem lärmenden Unfug die Menschen verwirren, aber nicht bedrohen. Mehr als fünfhundert – und nicht allein japanische – Geister hat Mizuki bisher wie ein Ethonologe, auch in Form von farbigen Anschauungsbänden, gesammelt. Diese veränderlichen, zwar spürbaren, aber kaum zu begreifenden Wesen waren im Laufe der Modernisierung unter das Verdikt des Aberglaubens gefallen, hatten in den Winkeln der Volkskultur überlebt und waren mit den jungen Arbeitern und Angestellten der sechziger Jahre in die Städte gekommen, haben aber in den vergangenen Jahrzehnten in einem Maße an Wirklichkeit verloren, daß sie heutigen Kindern höchstens noch als okkultes Kuriosum Schauer über den Rücken treiben. Und vielleicht ist dies auch ein Ergebnis von Mizukis verbildlichendem Bewahren, das die Erinnerung wachhält, indem sie sie dem Auge präsentiert.

Einer von Mizukis bekanntesten Manga erzählt, basierend auf einem Mitte der dreißiger Jahre populären Stück des Papiertheaters, von dem Waisenjungen Kitarô (*Gegege no Kitarô*, 1959–1967). Seine Eltern waren die letzten Überlebenden eines Geisterstammes, der von der die Erde in Besitz nehmenden Menschheit in elendigliche Waldhöhlen abgedrängt wurde. Aber Kitarô ist nicht allein, wenn es Auseinandersetzungen mit Hexen, Vampiren oder Gespenstern gibt: Er hat den schlauen, wenn auch auf den eigenen Vorteil bedachten Mäuserich Nezumi-Otoko zur Seite, dem er stets verzeiht angesichts von Reue, und den weisen Augapfel seines Vaters, der als eigenständige Figur agiert und sich wie ein Blick des Manga auf sich selbst lesen läßt. Das Motiv des untergegangenen Geisterstammes erinnert an ausgerottete Ureinwohner ebenso wie an die eigene unter den schillernden Stadtneubauten versunkene Volkskultur. Vor allem aber betritt mit Kitarô ein entspannter Held die Bühne, kein Musterschüler wie Astroboy, der sich zu Ruhmestaten verpflichtet sieht.

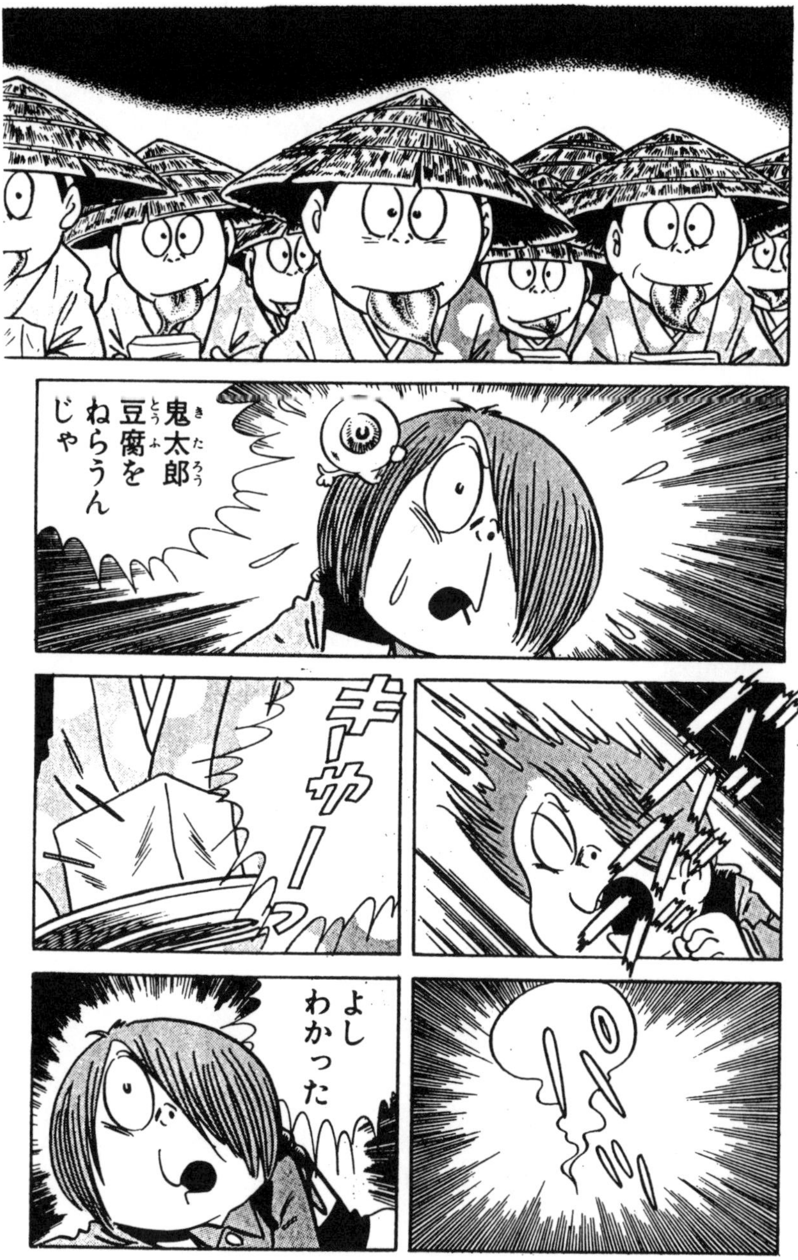

© Mizuki Shigeru: Kitarō *[Gegege no Kitarō]* (1959–1967)

Auch bei Mizuki Shigeru findet man Momente des *Gekiga,* aktionsreiche Kampfszenen und fotorealistische Hintergrundgestaltungen. Die Eigenart des *Gekiga* wird oft mit seiner Nähe zur Literatur beschrieben. Fragt man jedoch, welche Literatur damit gemeint sein könnte, so stößt man auf Erzählstrukturen, wie sie der europäische Entwicklungsroman des 19. Jahrhunderts ausbildete und wie sie später in die handlungsbetonte Populärliteratur übergingen. Jene, die die Kurzgeschichten von Tsuge Yoshiharu als „reinliterarische Manga" schätzen[8], haben aber etwas anderes im Auge: die japanische „Ich-Erzählung" (oder „Ich-Roman", *Shishôsetsu*)[9]. Die Verwandtschaft wird damit begründet, daß auch Tsuge auf äußere Spannungselemente verzichtet und scheinbar autobiographisch Episoden schildert, ohne auf eine Entwicklung abzuheben. Im Verzicht darauf, den Leser über eine zentrale Handlung einzubeziehen, tendieren Tsuges Manga zu einer kontemplativen individuellen Selbsterkundung, zu einem beunruhigenden, offenen Prozeß, der sich nicht auf eindeutige Botschaften festlegen läßt. Das sprachlich nicht Faßbare bedient sich der Manga-Bilder.

Seine bekannteste Geschichte „Mit einer Schraube" (*Nejishiki,* 1968) eröffnet Tsuge mit einem ganzseitigen Bild, dessen oberes Drittel ein bedrohliches schwarzes Flugzeug zeigt und darunter einen aus dem Meer auf den Betrachter zukommenden Jungen, der sich den linken Oberarm hält. Seltsam, daß er mit einer langen Hose bekleidet ist, obwohl er gerade schwimmen war, wie die Worte in der Mitte bezeugen, mit denen in der ersten Person und in der Vergangenheitsform die Erzählung beginnt, ehe sie zwei Bilder weiter ins Präsens wechselt, um auf der letzten Seite das ganze wieder in die Vergangenheit zu rücken. Dem Jungen ist beim Schwimmen eine Ader durchbissen worden, und um nicht zu verbluten, braucht er dringend einen Arzt. Aber die Bewohner des unbekannten Fischerdorfs zeigen sich abweisend oder gehässig. Mit einer Lokomotive, die von einer Katzenmaske gesteuert wird, hofft er in den Nachbarort zu gelangen, findet sich jedoch inmitten des soeben verlassenen Dorfes wieder, in dem es nur Augenärzte zu geben scheint. Fast schon verzweifelt, trifft er auf eine

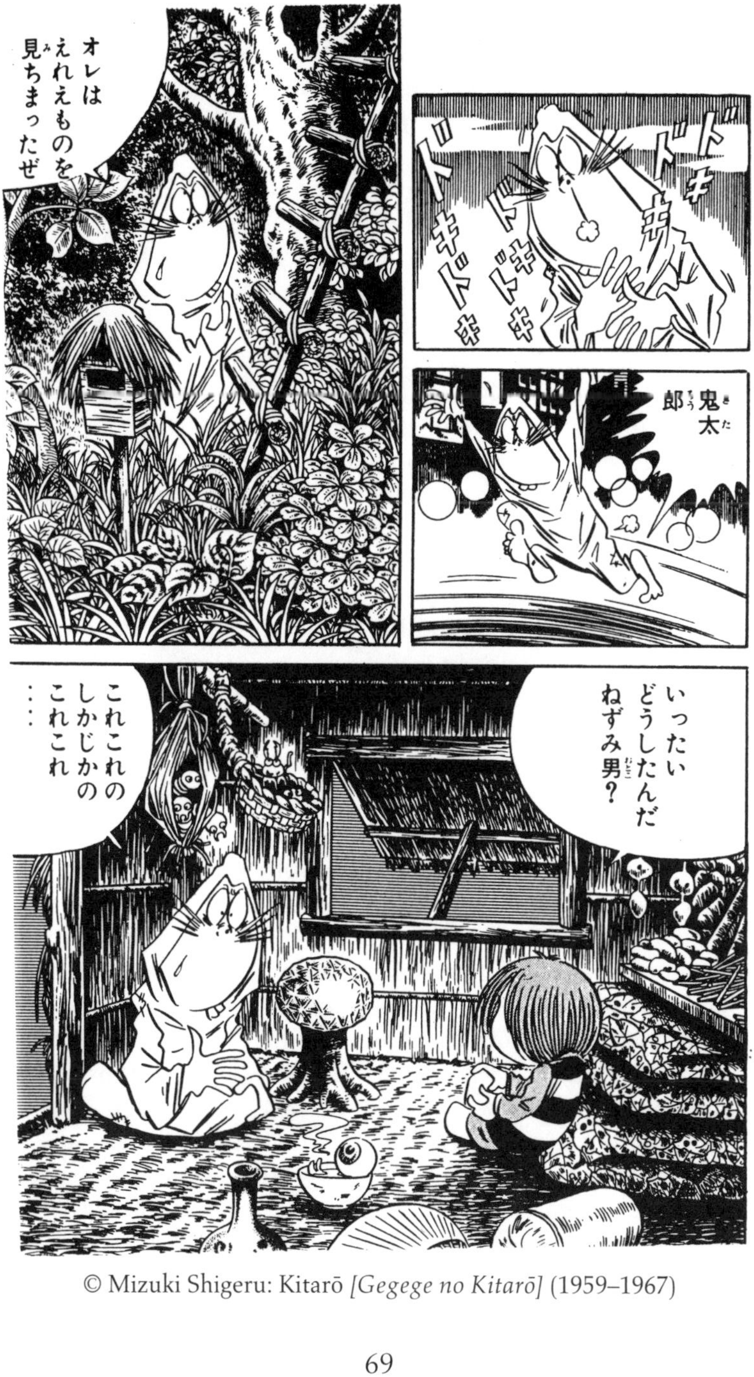
ドキドキ
ドキドキ
ドキドキ
鬼太郎
オレはええものを見ちまったぜ
いったいどうしたんだねずみ男？
これこれのしかじかのこれこれ……

kühle verführerische Gynäkologin, die ihn zwischen Bettlaken schließlich rettet, indem sie die Enden seiner Ader mit einer Flügelschraube zusammenfügt, woraufhin er – ihr gegenüber plötzlich gleichgültig – mit einem Motorboot davonfährt.

Wie in einem Alptraum ziehen die Gefühle und Eindrücke als Momentaufnahmen vorbei – Schwäche und Hilflosigkeit, menschliche Kälte und Angst, Sehnsucht nach der Mutter und Überwältigung der älteren Frau. Der Schockzustand durch die Verletzung überträgt sich auf den ersten sieben Seiten durch den Einsatz einer orangeroten Farbe, die die fremde Siedlung in ein gleißendes Licht taucht, das Pulsieren des Bluts und die Erhitzung des Jungen unterstreicht. Diesen Zwei-Farben-Druck der Erstveröffentlichung hat man für die Tsuge-Werkausgabe von 1994 wiederbelebt. Das durchgängig schwarzweiße Erscheinungsbild des japanischen Comics setzte sich erst mit den Manga-Wochenzeitschriften durch, die – da weitaus anfälliger für Mißerfolge als Monatsmagazine – so billig wie möglich produziert werden.

Tsuges Manga erreichten ihren ersten Höhepunkt um 1970 und lösten unter Intellektuellen eine Debatte um die Kunstfähigkeit des Manga aus. Ihre Popularität verdankten sie den gleichen Lesern, die Shirato Sanpeis Ninja-Geschichten und Chiba Tetsuyas „Jô von morgen" politisch interpretierten, obwohl sie bei Tsuge keinerlei Hinweise auf Ideen oder Ideale fanden. Aber die unbestimmten Gefühle, die Tsuge zeichnete, waren ihnen offenbar als verborgene Kehrseite der eigenen politischen Aktionen vertraut. Und Tsuges Kurzgeschichten zeigen an, welche innere qualitative Differenzierung der Manga zu diesem Zeitpunkt bereits erreicht hatte. Raum für all das, was nicht vorschnell auf Kommerzialität und Unterhaltung – ob im Lachen oder Grauen – abzielte, war vor allem in zwei Zeitschriften, der von Tezuka Osamu und seinen Schülern getragenen Zeitschrift „COM" (1967–1973) und der Monatszeitschrift „Garo", die 1964 von dem *Kashihonya*-Redakteur Nagai Katsuichi begründet wurde. Bis heute sieht „Garo" ihre Aufgabe darin, junge Zeichner zu fördern, die den großen Zeitschriften als Außenseiter zunächst nicht er-

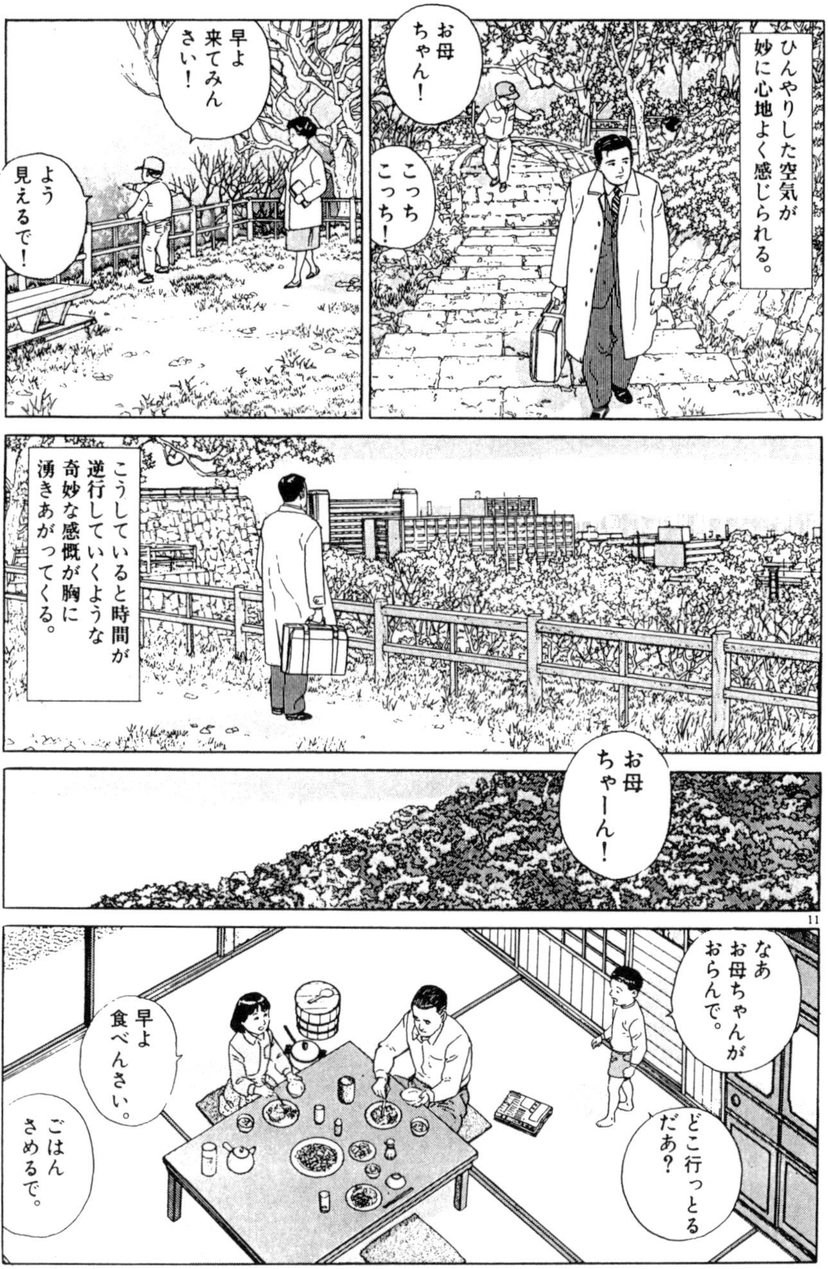
ひんやりした空気が妙に心地よく感じられる。
お母ちゃん！
こっちこっち！
早よ来てみんさい！
よう見えるで！
こうしていると時間が逆行していくような奇妙な感慨が胸に湧きあがってくる。
お母ちゃーん！
なあお母ちゃんがおらんで。
どこ行っとるだあ？
早よ食べんさい。
ごはんさめるで。

folgsversprechend scheinen, und gewährte so in den achtziger Jahren beispielsweise Maruo Suehiro, Uchida Shungiku oder Sugiura Hinako Publikationsmöglichkeiten.

Läßt man den Jungen- und Jugendmanga historisch Revue passieren, so gewinnt man den Eindruck, als sei – ungeachtet der gegenwärtigen Menge kämpferischer Geschichten – dessen Innovationsfähigkeit in den siebziger Jahren erlahmt und auf den Mädchenmanga übergegangen. Stillere Geschichten wie die eines Taniguchi Jirô sind von anderen Erzählweisen als denen des *Gekiga* beeinflußt, und die selbst für die Verlage erstaunliche Popularität von Wiederauflagen älterer Manga – derzeit als Taschenbuch und versehen mit Nachwort-Essays – wirkt wie eine Kritik am Ausbleiben vergleichbarer Neuproduktionen. Sollte man also meinen, der Zeichner Ôtomo Katsuhiro sei nur deshalb außerhalb Japans so bekannt geworden, weil seine Werke besonders geschickt vermarktet wurden? Keineswegs. Ôtomo gilt unter japanischen Manga-Publizisten und Intellektuellen als der große Erneuerer, der Schöpfer eines gegenwartsgemäßen Realismus, dem es gelungen sei, den Bann Tezukas zu sprengen[10] – was einmal mehr belegt, wie stark dieser bis heute ist. Seit „Das Selbstmordparadies" (*Dômu*, 1981) hat er – weniger durch seine Themen und Geschichten, als durch seinen zeichnerischen Stil – viele junge Manga-Macher geprägt, darunter beispielsweise Taniguchi Jirô und Yoshida Akimi. Seine Manga kennzeichnet eine merkwürdige Distanziertheit, die sich nicht allein aus der Einfühlung verwehrenden Konturierung der Charaktere ergibt. Sie entsteht vielmehr durch den kalten Blick von außen, die Reduzierung aller noch so gewaltsamen Vorgänge auf eine aseptische, anorganische Visualität von verstörender Glätte. Bei Ôtomo haben die Einzelbilder einen Eigenwert gewonnen. Gerade, künstliche Linien führen in eine neue Tiefendimension, Schatten und Lichtkegel, fast selbständig gegenüber ihren Verursachern, erzeugen Raum als Raum, Details sind überscharf gezeichnet. Alle Gegenstände – ob Maschinen oder menschliche Körper – werden als parallele Existenzen behandelt, die Figuren im Bildaufbau nicht mehr hierarchisch dem Hintergrund vorgezogen.

Ôtomo kommt bei der Gestaltung von Katastrophenszenen auch ohne Sound-Words aus, und er war der erste, der die dekorative Konventionalisierung von Geschwindigkeitslinien mit einem größtmöglichen Verzicht auf diese beantwortete, was seine Panels verfremdend wirken läßt, wie angehaltene Bewegungen, wie Fotos. Seinen Manga eignet eine unheimliche Stille, im Vergleich zu der zum Beispiel die Zeichentrick-Version von „*Akira*" durch die Konkretisierung der Stimmen und Geräusche nur verlieren konnte[11]: Diese heben das Entkörperlichte wieder in eine körperliche Dimension.

Ôtomos Figuren tragen meist asiatische Gesichter mit flachen Nasen, schmalen Augen und hohen Jochbeinen – was als Realismus verzeichnet wird.[12] Wie in „*Akira*" gilt sein besonderes Interesse Kindern und Alten oder Mischformen dieser, in denen Anfang und Ende des Lebens sich verbinden. Im Mittelpunkt von „*Akira*" aber stehen nicht die mit übernatürlichen Kräften ausgestatteten Personen und auch nicht die Beziehungen zwischen den Menschen – was Ôtomos von der Mehrzahl der Manga grundliegend unterscheidet –, sondern die Beziehungen von Mensch und Stadt. Der anorganische Raum Neo-Tôkyô, die futuristische Cybercity aus Glas, Beton, metallenen Röhren und elektronischen Verdrahtungen, aus der es kein Entrinnen in andere Länder oder in eine Natur gibt, ist die eigentliche Hauptperson. Die Popularität von „*Akira*" in Japan rührte sicher aus Ôtomos Stil und wurde von dem allgemeinen Science-fiction-Boom der achtziger Jahre mit getragen, sie läßt sich aber auch mit der Veränderung Tôkyôs in diesem Jahrzehnt zusammendenken, auf die Ôtomo sensibel und kühl reagiert. „Wir stellen oft fest, daß uns die ‚reine Literatur' kaum noch interessiert, und erklären uns das damit, daß sich der allzu weit fortgeschrittene Raum Tôkyô mit dem bisherigen Japanisch letztlich nicht fassen läßt. Das ist mit dem heutigen Manga oder *Gekiga* oder Bildern überhaupt wahrscheinlich eher möglich. Vielleicht ist Tôkyô selbst weniger sprachlich als vielmehr bildlich geworden. Denn ich verstehe die Geschichte der Technologieentwicklung als einen Prozeß, der Unsichtbares sichtbar gemacht hat, eine Umsetzung in Bilder, eine Visualisierung der Welt."[13]

1 Vgl. Ôtsuka 1994, S. 20 f.; Koechlin S. 130 ff.
2 Eine vollständige Übersetzung findet sich bei Koechlin S. 208/209. Daraus nur einige Sätze: „In letzter Zeit wurde darauf hingewiesen, daß diese Art der Zeichnungen eine Diskriminierung gegenüber Schwarzen und einem Teil der Ausländer darstellt. Solange es Leute gibt, die über diese Bilder nicht erfreut sind und sich beleidigt fühlen, werden wir ihren Stimmen ernsthaft Gehör schenken. Allerdings ist es eine der wichtigsten Techniken des Humors von Comics, die charakteristischen Merkmale von Menschen zu übertreiben und zu parodieren. [. . .] Sogar des Autors Selbstbildnis bildet keine Ausnahme, und seine eigene Nase ist um ein Vielfaches größer gezeichnet, als sie in Wirklichkeit ist. [. . .] Wir bitten auch Sie, sehr geehrte Leserschaft, wenn Sie mit Tezukas Werken in Berührung kommen, sich die Tatsache bewußt zu machen, daß verschiedene Diskriminierungen existieren, und ihr Verständnis dieser Probleme zu vertiefen."
3 Ôtsuka 1994, S. 36
4 Kure 1986, S. 201 f.
5 Vgl. Takeuchi 1992, S. 232–243
6 Beispielsweise Yanase Masamu (1900–1945), Suyama Keiichi (1905–1975), Matsuyama Fumio (1902–1982); vgl. auch Karsten.
7 *Taishû Bunka Jiten* S. 141 f., 231
8 Kure 1987
9 Vgl. Hijiya-Kirschnereit 1990, insbesondere Kapitel VIII
10 Das betonen fast alle Autoren in dem Ôtomo gewidmeten Sonderheft der Zeitschrift „Eureka" von 1988.
11 Eureka 8/1988, S. 74
12 Kamewada in: Eureka 8/1988, S. 36
13 Kawamoto Saburô in einem Gespräch über „Akira", in: Eureka 8/1988, S. 92 (Übers. J. B.)

3. Kapitel

Der andere Blick

Ansichten über den Manga und seine kulturelle Spezifik

Mit der enormen Verbreitung des Manga in den vergangenen Jahrzehnten entwickelte sich auch eine breite Publizistik[1] über ihn. Fast täglich findet man heute in einer der großen Tageszeitungen einen Artikel zum Manga, und Zeitschriften bringen thematische Sondernummern. Manga-Journalisten können durch die außergewöhnliche Größe des Marktes und die Aufsplitterung der Leser auf je bestimmte Periodika, die aber Gleiches enthalten, ihre Elaborate mehrfach verwerten und freiberuflich recht gut leben. Dem Interessenten erleichtern darüber hinaus die seit Beginn der neunziger Jahre erscheinenden Nachschlagewerke zu Zeichnern und Manga-Werken die Orientierung.

Manga-Leser, auch wenn sie nicht gerade an einem kulturwissenschaftlichen Uni-Seminar teilnehmen, wissen recht gut Bescheid über das Angebot an Sekundärliteratur, von der anekdotischen, die aus dem Nähkästchen plaudert (à la „Die Geheimnisse des . . .") und gleichwohl nützliche Daten liefert, über die verbalen Selbstzeugnisse berühmter Zeichner[2] bis zu jenen Büchern, die sich wissenschaftlich geben oder/und es auch sind. Unter diesen stößt man auf unterschiedlichste Studien, die den Manga als Materialfundus nutzen – kulturanthropologische, literaturhistorische, soziologische –, vor allem aber auf historiographische Auflistungen und motivgeschichtliche Abhandlungen, die sich ohne Vergleichsangebote innerhalb von Leben und Werk einzelner Zeichner bewegen. Manga über Manga gibt es erst in Ansätzen. Neben den bislang üblichen technischen Anleitungen für Hobby-Zeichner in Manga-Form bauen Zeichner spätestens seit Tezuka

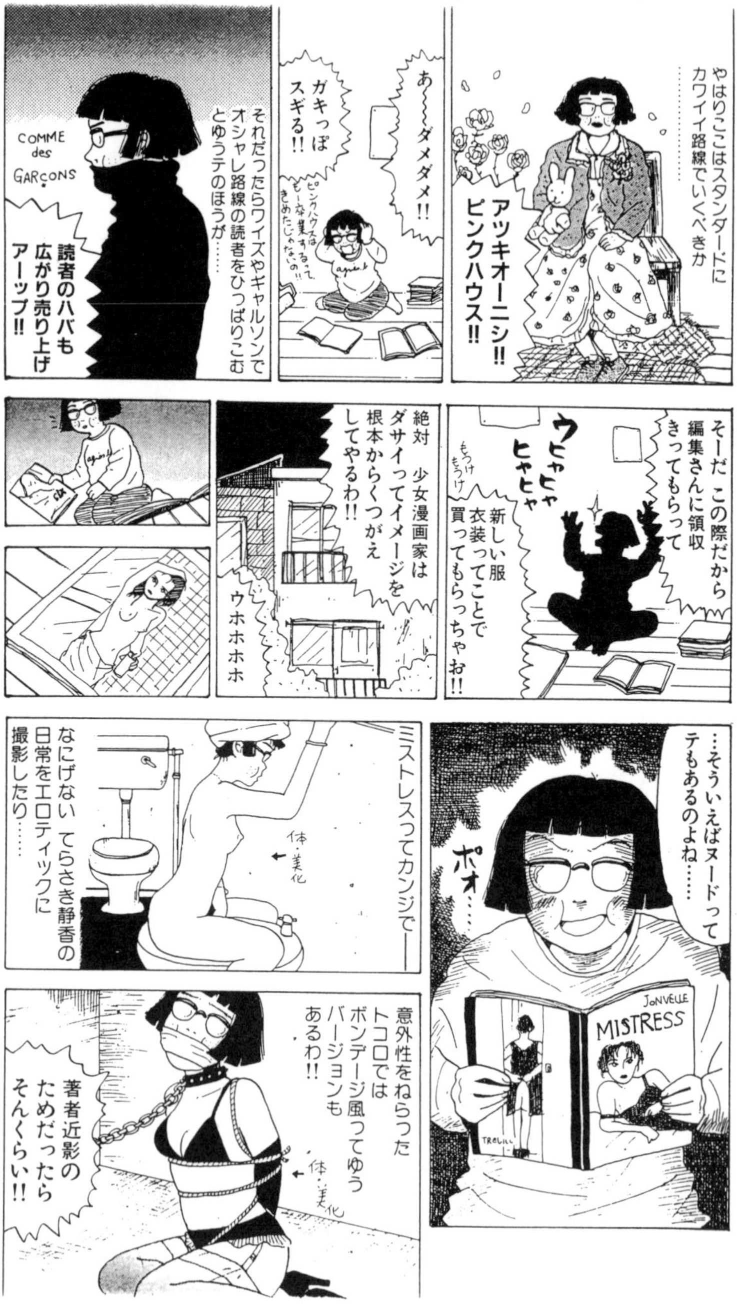

やはりここはスタンダードにカワイイ路線でいくべきか……
アツキオーニシ!! ピンクハウス!!
あ～～ダメダメ!!
ガキっぽスギる!!
ピンクハウスはもー卒業するってきめたじゃないの!!
それだったらワイズやギャルソンでオシャレ路線の読者をひっぱりこむとゆうテのほうが……
COMME des GARÇONS
読者のハバも広がり売り上げアーップ!!
そーだ この際だから編集さんに領収きってもらって
ウヒャヒャヒャヒャ
もうけもうけ
新しい服 衣装ってことで買ってもらっちゃお!!
絶対 少女漫画家はダサイってイメージを根本からくつがえしてやるわ!!
ウホホホホ
…そういえばヌードってテもあるのよね……
ポオ……
JONVELLE
MISTRESS
ミストレスってカンジで——
なにげない てらさき静香の日常をエロティックに撮影したり……
体・美化
意外性をねらったトコロではボンデージ風ってゆうバージョンもあるわ!!
体・美化
著者近影のためだったらそんくらい!!

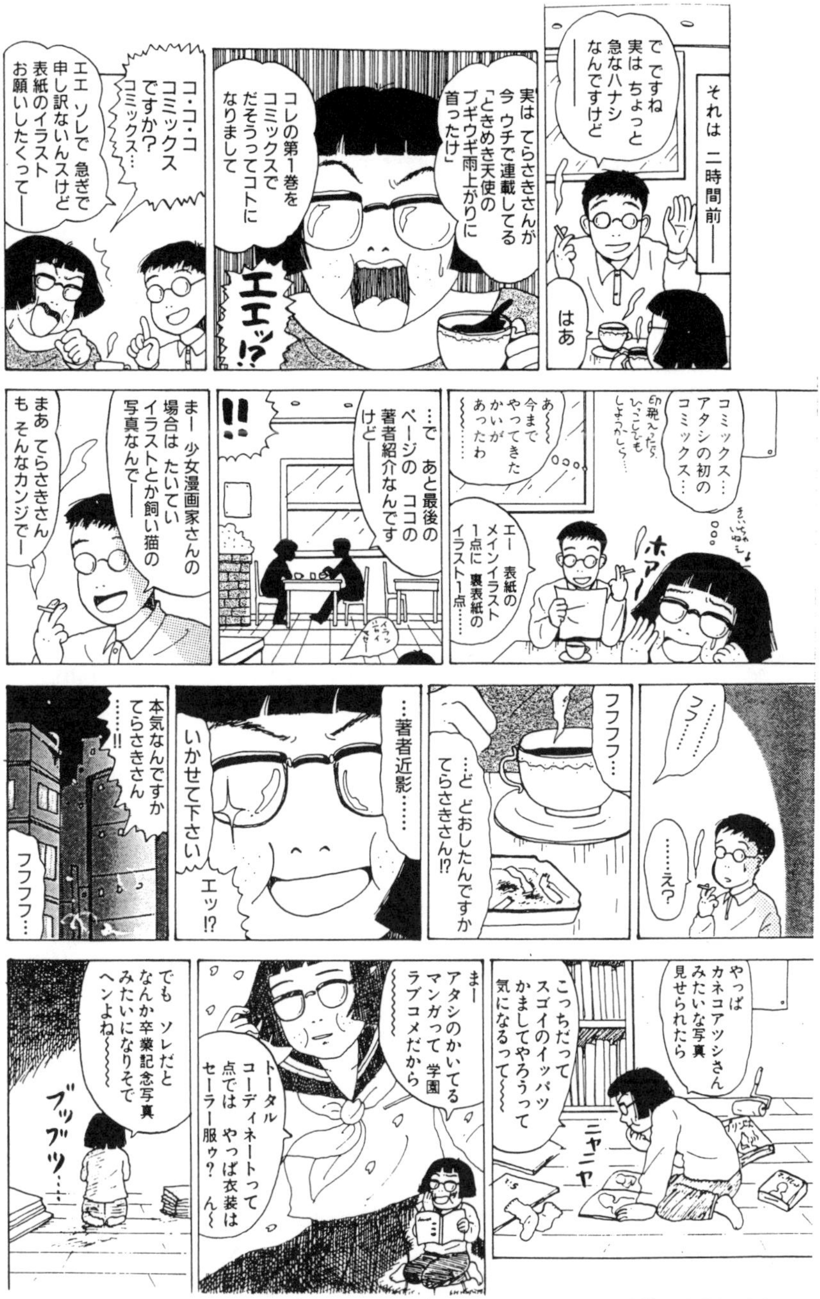

© Abiko Marie: Items of the Onnanoko *[Onna no Ko no Jôken]*, Nr. 24: Die Trübsal der Mädchenmanga-Zeichnerin Terasaki Shizuka, Kapitel: Darstellung heißblütiger Liebe (1990–1995)

Osamu eine reflexive Ebene in ihre Werke ein, indem sie sich selbst auftreten lassen und mit ihren Figuren kommunizieren oder über deren vorgeführte Manipulation die Ausdrucksmöglichkeiten des Mediums testen – eine Tendenz, die für das Gag-Genre typisch ist und im Zuge der Vorliebe für Parodien viele Manga der letzten zehn Jahre kennzeichnet. So schildert auch Abiko Marie in weitgehend selbständigen Einschüben sehr ironisch die alltäglichen Zwänge der von ihr erfundenen Mädchenmanga-Zeichnerin Terasaki Shizuka. Ein Meta-Comic des japanischen Manga, der beispielsweise das, was Yomota Inuhiko auf 250 Seiten Text anhand von einigen Bildbeispielen verbal ausbreitet, als Manga vorführen würde, steht noch aus.

Trotz der Fülle von Publikationen über den Manga wird in Japan bemängelt, daß die massenhafte Präsenz des Manga und das Nachdenken über ihn in einem Mißverhältnis stehen, daß vor allem analytische Auseinandersetzungen mit dem Phänomen als ganzem nach wie vor verschwindend gering seien. Und tatsächlich bleiben für den von außen Kommenden, der diese Literatur sichtet, einige Fragen offen. Vor allem: Warum ist der Manga so populär und warum ausgerechnet in Japan? Und dies nicht nur im Zusammenhang von marktwirtschaftlichen, sozialen und konsumgesellschaftlichen Komponenten, sondern im Hinblick auf Besonderheiten seiner Gestalt. Was verbirgt sich beispielsweise hinter den Beobachtungen von Scott McCloud? In seinem Meta-Comic „Comics richtig lesen" geht er auffallend häufig auf den Manga ein. Was seiner Meinung nach den Manga interessant macht, sind dessen Sprengung der Kinderfixierung durch erwachsene Themen und dessen Charakter als Zeichensystem, das sich einer abbildenden Realitätsnähe entzieht. Konkret entdeckt er letzteren in dem hohen Maß an Stilisierung und in der subjektiven Bewegung, die den Leserblick in den Sehakt der Figur direkt integriert, was auf Tezuka Osamus Leistungen und deren Einfluß ebenso verweist wie das hohe korrelative Maß der Wort-Bild-Kopplung und die Kunst der Pause, wie McCloud das nennt, wovon bereits die Japonisten beeindruckt waren: die Akzeptanz der Leere, das Spiel mit dem Unsichtbaren zugunsten der Gesamtwirkung – ob als stummes Panel oder als Bildausschnitt –, das Nebeneinander verschiedener Gesichtspunkte eines Augenblicks statt des schnellen Nacheinanders.

So selten japanische Manga-Publizisten ausländische Comics oder gar Publikationen über sie zur Kenntnis nehmen, so gering ist das ausländische Interesse an der entsprechenden Diskussion in Japan – bis auf Ausnahmen sogar unter Japanologen, die von jeher „Primärquellen" bevorzugen. Haben uns die japanischen Publizisten nichts zu sagen? Daß westliche Überblicksdarstellungen wie die von Schodt und Groensteen, aber keine Übersetzungen japanischer Standardwerke zum Manga erschienen sind, liegt an der inlandsbezogenen Detailversessenheit vieler japanischer Publikationen, der die Gesamtschau des Phänomens geopfert wird, vor allem aber an der so oft fehlenden Außenperspektive auf das eigene. Da die japanische Manga-Publizistik jedoch einen nicht zu unterschlagenden Bestandteil des Phänomens Manga darstellt und deren Autoren nicht zuletzt Manga-Leser sind, wird hier ein selektiver Einblick versucht.

Die bekanntesten, mehr oder weniger auf ein Gesamtbild des Manga zielenden Vertreter lassen sich grob in zwei Generationen einteilen: die ältere der 68er und die jüngere der achtziger Jahre.[3] Die Bezeichnung der beiden Generationen ist willkürlich, zumal sie nicht nur im zeitlichen Nacheinander, sondern auch Nebeneinander auftreten, die Unterteilung ist es nicht.

Aufbauend auf Forschungen zur japanischen Massenkultur und den ersten Zusammenstellungen zur Geschichte des Manga (z. B. von Suyama Keiichi) begannen die Älteren, in den siebziger Jahren zu publizieren. Biographisch waren sie durch die sechziger Jahre geprägt, vom Kampf gegen den japanisch-amerikanischen Sicherheitsvertrag bis zu den Studentenunruhen, und ob orthodox-kommunistisch oder neulinks, ihre Grundhaltung zum Manga weist Gemeinsamkeiten auf: Im Gestus der Aufklärung untersuchen sie ihn als gesellschaftliches Phänomen, dessen kulturelle Anerkennung sie einklagen. Im Mittelpunkt steht bei ihnen die inhaltliche

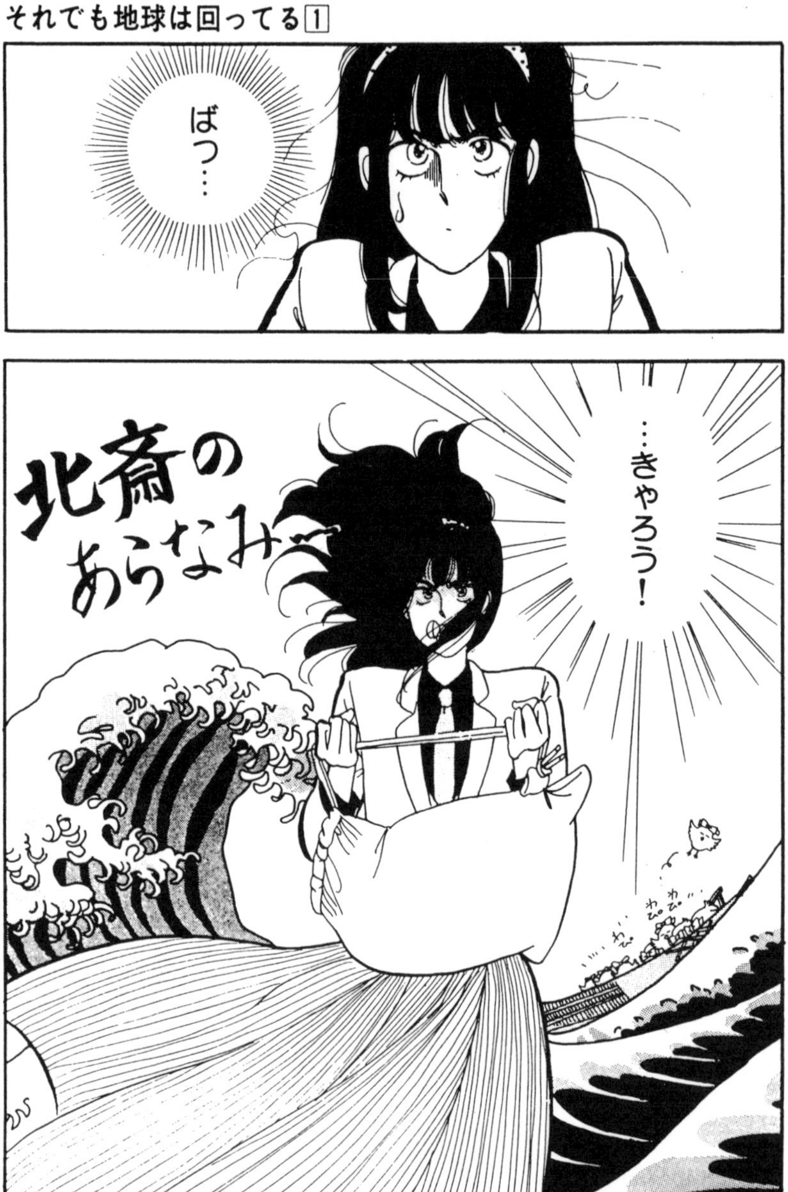

© Akisato Wakuni: Und sie dreht sich doch . . . *[Soredemo Chikyû wa mawatteiru]* (1985)

Frage nach dem Was statt nach dem Wie des Manga, die Frage nach seiner wahrhaftigen Repräsentation von Wirklichkeit, nach seiner wahrhaftigen Wirkung im Sinne des „Volkes". Von heute aus stellen sich einige Vertreter dieser Generation, überspitzt formuliert, so dar: Als Intellektuelle mit sozialem Gewissen, die sich für den Manga von außen her interessieren, begeben sie sich in die Niederungen der Massenkultur, um diese zu „erheben", und verbleiben letztlich im modernen Muster der Entgegensetzung von Hoch- und Populärkultur, auch wenn sie die Vorzeichen umkehren. In den achtziger und neunziger Jahren dann, als die Populärkultur und mit ihr der Manga so umwerfend gesiegt hat, daß die Hochkunsttraditionen der Moderne im Alltag kaum noch präsent sind, da führen sie die Karikatur gegen den Manga ins Feld.

Exemplarisch für ein solches Herangehen ist Ishiko Jun (Jahrgang 1935), dessen „Geschichte des japanischen Manga" – Erstauflage 1979, überarbeitete Neuauflage 1988 – sich in jeder Literaturliste einer japanologischen Arbeit zum Thema findet. Für Ishiko ist der Manga eine künstlerische Gattung und eine „Stimme der Zeit". Besorgt zeigt er sich über deren Zukunft: Der Manga-Boom der letzten Jahre sei einseitig, weil er den Story-Manga in den Vordergrund schiebe. Was den Manga aber eigentlich ausmache, sei eine „Idee", seien Warnung und Kritik, Ironie und Satire. Und das heißt im Hinblick auf seine kulturelle Spezifik auch: Der Manga sei eine seit dem Ende des 19. Jahrhunderts importierte Kunst, denn die politische Satire habe sich durch Zensurmaßnahmen des Tokugawa-Shôgunats während der Abschließungsperiode nicht bis zur Moderne hin tradieren können. Zwar habe es durchaus japanische Traditionen von Satire gegeben – so zum Beispiel in den komischen Bildrollen von Vögeln und Tieren *(Chôjû Giga)* des Priester Toba Sôjô aus dem 12. Jahrhundert, die stets als Manga-Urahn angeführt werden –, aber erst unter europäischem Einfluß, dank solcher Vermittler wie Charles Wirgman und Georges Bigot, habe der moderne Manga entstehen können. Anders als Tsurumi Shunsuke, der die europäischen und amerikanischen Impulse in eine weit zurückreichende Tradition des erzählenden und/oder karikierenden Ausdrucks mit dem Pinsel einordnet, interessieren Ishiko solche Gestaltungsweisen nicht, im Gegenteil: Je mehr sich der Manga von einheimischen Bildtraditionen löse, desto mehr werde er zum Manga. Die Ausrichtung auf die Ideengehalte und den Kunstcharakter verhält sich proportional zur Abwertung des Story-Manga – Ishiko bevorzugt die Karikatur und den Comic-Strip. Diese sind zwar gleich dem Story-Manga massenmedial untersetzt, lassen sich aber aufgrund ihrer individuelleren Schöpfung – keine Arbeitsteilung zwischen Meister und Assistenten, zwischen Zeichner und Szenarist – sowie als Instrument satirischer Kritik hochkünstlerisch aufwerten.

Offenbar machte es aus der Perspektive einer bestimmten Zeit Sinn, den Manga insgesamt als Kunst zu fassen. Interessanterweise bestimmt jedoch diese Geste, den Massen stereotypisierter Stories gegenüber die Karikatur ins Feld zu führen, heute noch die Ausbildung an der einzigen universitären Manga-Abteilung. Sie besteht seit 1973 an der Seika-Universität Kyôto und verfügt seit 1992 auch über einen *Daigakuin*-Aufbaukurs. Drei Hochschullehrer und fünf Lehrbeauftragte unterrichten durchschnittlich einhundertzehn Studenten, von denen viele bei Studienbeginn eigentlich den Story-Manga im Auge hatten.

Seit den achtziger Jahren verschiebt sich der Blickwinkel. Für die jüngere Generation der Manga-Publizisten, die mit diesem Medium aufgewachsen ist, erübrigt es sich allmählich, den Gegenstand ihrer Begeisterung unter Zuhilfenahme künstlerischer Argumente zu rechtfertigen. Einer der ersten, der eine genauere Sichtung der Leistungen *und* Grenzen des Manga fordert, ist Ôtsuka Eiji (Jahrgang 1958). Auch sein Interesse richtet sich – wie das der Älteren – auf das Verhältnis des Manga zur Wirklichkeit, auf Möglichkeiten provokativer, beunruhigender Wirkungen, aber er wählt andere Zugänge. Ende der achtziger Jahre kritisiert er Tendenzen zum Simulakrum im Manga, indem er auf die japanische Volkskunde zurückgreift und die traditionell gleichrangige Bedeutung von Räumen (Diesseits/Jenseits) und Zeiten (Alltag/Fest) als Modell für ein anderes Verhältnis von Fiktion und Wirklichkeit anführt, und Anfang der neunziger Jahre beschäftigt er sich semiologisch mit der Selbstgenügsamkeit des Manga-Codes, die bis zur verniedlichten Gewalteinwirkung auf den Körper reicht (siehe Kapitel 5).

Yomota Inuhiko hingegen (Jahrgang 1953) legt den Schwerpunkt auf die Potenzen des Mediums Manga und versucht, die ideologischen Diskussionen auf das Verhältnis von Linien und Flächen zurückzuführen. Seine Frage lautet: Warum treten bestimmte Geschichten ausgerechnet als Manga auf? Welche besondere Sicht auf die Welt bildet er aus, und wie werden über das Auge die anderen Sinne aktiviert? Er enthält sich verallgemeinernder Schlußfolgerungen, kommt jedoch mit seinen detaillierten Ausführungen zum Verhältnis von Wort und Bild, zur Seitenfläche und zum Panelrahmen, zur Verzerrung, zur Sprechblase und zur Farbe bei der Bedeutung der Form an. Der Wandel der Manga-Publizistik von der Außensicht auf den Manga als gesellschaftliches Symptom zur Erschließung seiner inneren Logik, der Übergang vom Was zum Wie ist hier vollzogen. Man kann Yomota zugutehalten, daß er die Rede über den Manga versachlicht, und man kann ihm vorwerfen, daß er sich aus den Auseinandersetzungen um die Wirksamkeit des Manga in der massenhaft konsumierenden Massendemokratie geschickt heraushält. Ihn interessieren die Grammatik und Rhetorik des Manga als Comic, nicht in erster Linie japanische Besonderheiten, und so vernachlässigt er auch das theatralische, spektakuläre Moment, das den Manga mit den Traditionen japanischer Volkskultur verbindet.

Für viele Publizisten spielt die japanische Spezifik des Manga eine untergeordnete Rolle. Wenn sie sich ihr nähern, dann vorrangig über kulturanthropologische Strukturen in den erzählten Geschichten, ihren Zeiten und Räumen, ihren Figuren als Bewohner dieser oder als Grenzgänger. Neben Ôtsuka Eiji hat auch Ôshiro Yoshitake (Jahrgang 1946) in seiner „Kultursemiotik des Manga" (1987) die Kontrastschemata von Manga-Figuren im Hinblick auf solche Zusammenhänge wie Gut/Böse, Zentrum/Peripherie, Individuum/Gruppe, das Moratorium usw. untersucht. Zumindest in dem

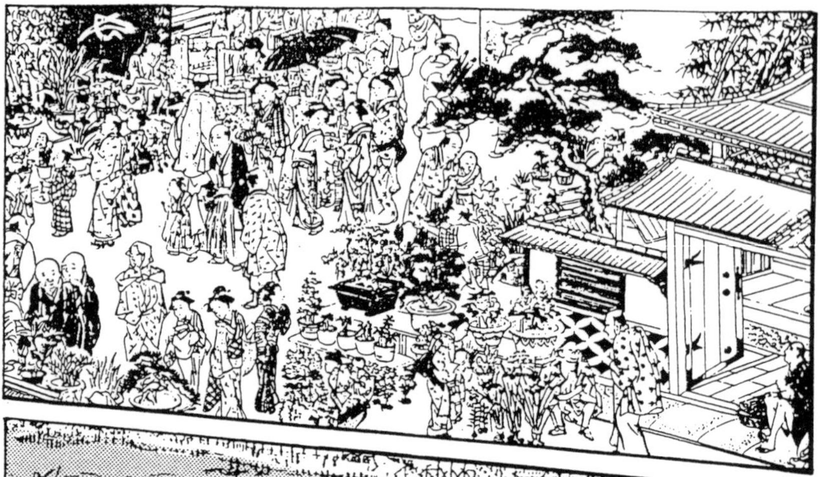

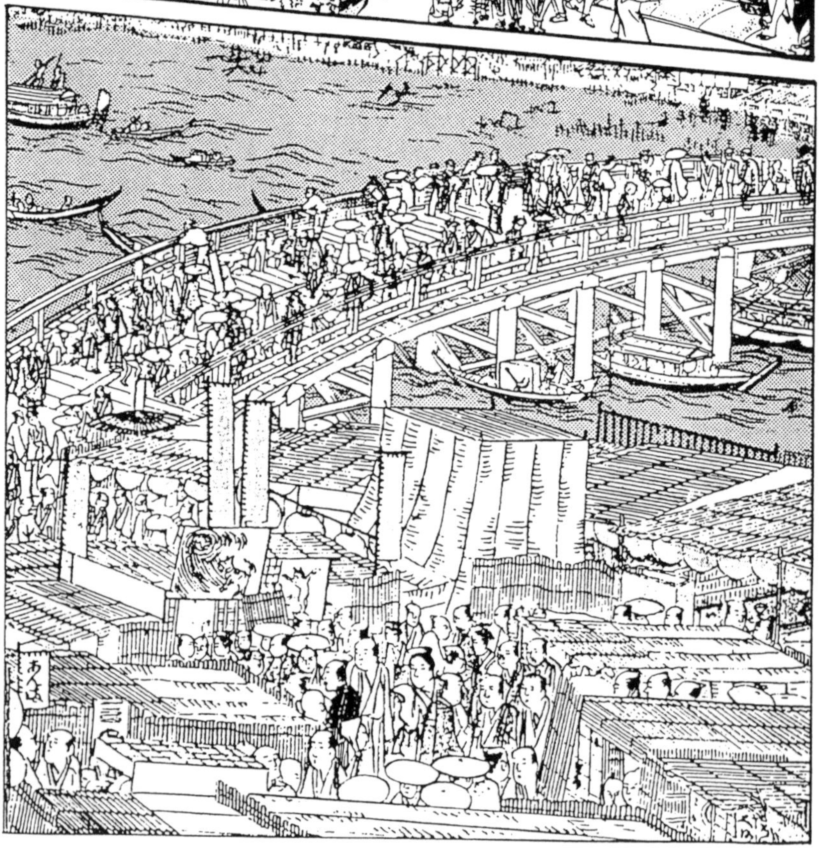

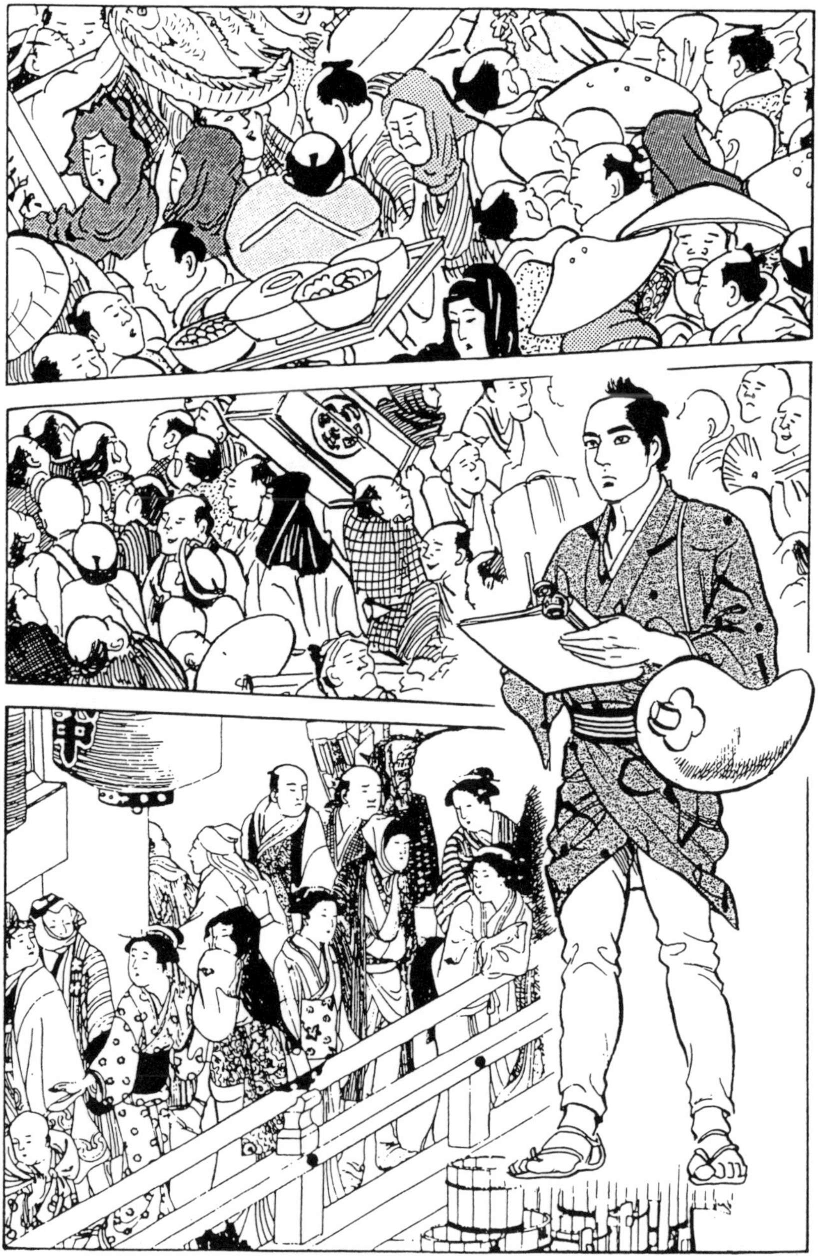

Manga „Hokusai“ von © Sawada Tôru, 1993

den Einzelanalysen vorangestellten Teil bietet er jedoch einige darüber hinausgehende Überlegungen zu Besonderheiten des Manga als Manga. Aus seiner Sicht bestimmt sich der Manga dadurch, daß er fiktionale Räume voller Übertreibungen, Verzerrungen und Verkürzungen schafft, volkstümliche Spektakel inszeniert und von dem engen Wechselverhältnis zwischen Macher und Leser lebt. Hier wirke – so Ôshiro – eine Kunst des Aufschneidens fort, eine den Betrachter aufstachelnde Verwandlungskunst, die – vom Alltag abhebend und eine andere Ordnung errichtend – Ähnlichkeiten mit dem Kabuki-Theater aufweise. Mit dem Kabuki ist bereits angedeutet, wo Ôshiro die wesentlichen Traditionsbezüge des modernen Manga entdeckt: in der städtischen Kultur des 18./19. Jahrhunderts, und daß Manga-Zeichner selbst sich dieser Traditionsbezüge bewußt sind, zeigt deren unterschiedliche Verarbeitung in einigen der hier angeführten Abbildungen – bis hin zum enthistorisierten Zitat.

Worauf aber Ôshiro zielt, ist das intensive Miteinander von Wort und Bild in der Kunst jener Zeit, in der eine simultane, sinnlich aktivierende Visualität den Ton anzugeben scheint: Das Kabuki-Theater vollzieht sich auf einer breiten Bühne ohne Tiefe und gestaltet seine Höhepunktszenen zu eindrucksvollen Tableaus, der flächig montierende Farbholzschnitt integriert kalligraphisch geformte Schrift in seine Bildkompositionen, die unterhaltenden Fortsetzungsromane jener Zeit führen Text und Bild auf der Seite zusammen, wenn auch ohne gerahmte Panels und Sprechblasen[4]. Aus dieser Tradition der Verschmelzung von Wort und Bild speist sich für Ôshiro der Manga, und unter diesem Gesichtspunkt – und weniger dem der Satire – kann er seine Ahnen in den mittelalterlichen Bildrollen finden. Mit diesen bildete sich ein Ästhetik der gleichzeitigen Darstellung von Ungleichzeitigem heraus: Vor ein und demselben Hintergrund reihen sich verschiedene, aufeinander folgende Handlungen einer Figur. Bildliches Nebeneinander und erzählendes Nacheinander gehen ineinander über.

Zudem betont Ôshiro, daß das große Gewicht der Bildlichkeit den Manga mit der traditionellen Kultur des „wortlosen

Verstehens" verbinde. Alltäglich wird selbst heute noch weniger über für sich selbst stehende verbale Behauptungen, über Worte als Aussagen und Träger von Bedeutungen kommuniziert als vielmehr über wechselseitige Andeutungen und Gesten, eine Art von „Gedankenübertragung", die unterstellt, daß sich Klarheit aus der Beziehung der Beteiligten ergibt. Was sich hinter der „Kultur des wortlosen Verstehens" verbergen könnte, soll – auch auf die Gefahr einer Abschweifung hin – kurz angedeutet werden[5]. Die „Gedankenübertragung", in der visueller, im weitesten Sinne nonverbaler Kommunikation eine besondere Rolle zukommt, funktioniert nur, solange die Beteiligten über einen gemeinsamen Code verfügen und gemeinsame Kontexte teilen. Inwieweit dies im gegenwärtigen Japan noch umfassend gegeben ist, sei dahingestellt. Den in seiner modernen Entwicklung tradierten Umgang mit Zeichen jedoch hat beispielsweise der Kulturphilosoph Jens Heise folgendermaßen bestimmt: „Für die ostasiatischen Gesellschaften kann man vielleicht von einer ‚Logik des Präsentativen' sprechen. Ihr kommt vor allem die Aufgabe zu, den Austausch der Zeichen zu begrenzen: die Bedeutungen, in denen sich die Beziehungen in der Welt ausdrücken, lassen sich nicht adäquat im Bewußtsein oder in der diskursiven Sprache vergegenständlichen. Sie sind an einen vorrepräsentativen Raum gebunden, der sich nur für ein Subjekt erschließt, das selbst als integraler Bestandteil in diesen Kontext gehört."[6]

Subjektivität konstitutiert sich traditionell in Japan nicht in erster Linie in Gestalt des Individuums abendländischer Prägung, sondern über die Gebundenheit des Einzelnen an bestimmte Gruppen, bestimmte Rollen, bestimmte soziale Orte. In der symbolischen Reproduktion ihrer stark normierten Welt gehen diese Einzelnen mit konventionellen, traditionell abgestützten Zeichen um, deren Bedeutung sich – anspielend, assoziativ – durch den Bezug auf andere Zeichen einstellt, die bildhaft-synästhetisch von der konkreten Wahrnehmung abstrahieren. Lévi-Strauss nannte dies in einem 1988 gehaltenen Vortrag den japanischen „Cartesianismus der Wahrnehmung" gegenüber dem abendländischen Cartesianismus des Begriffs. In der japanischen Kultur bestehe ein

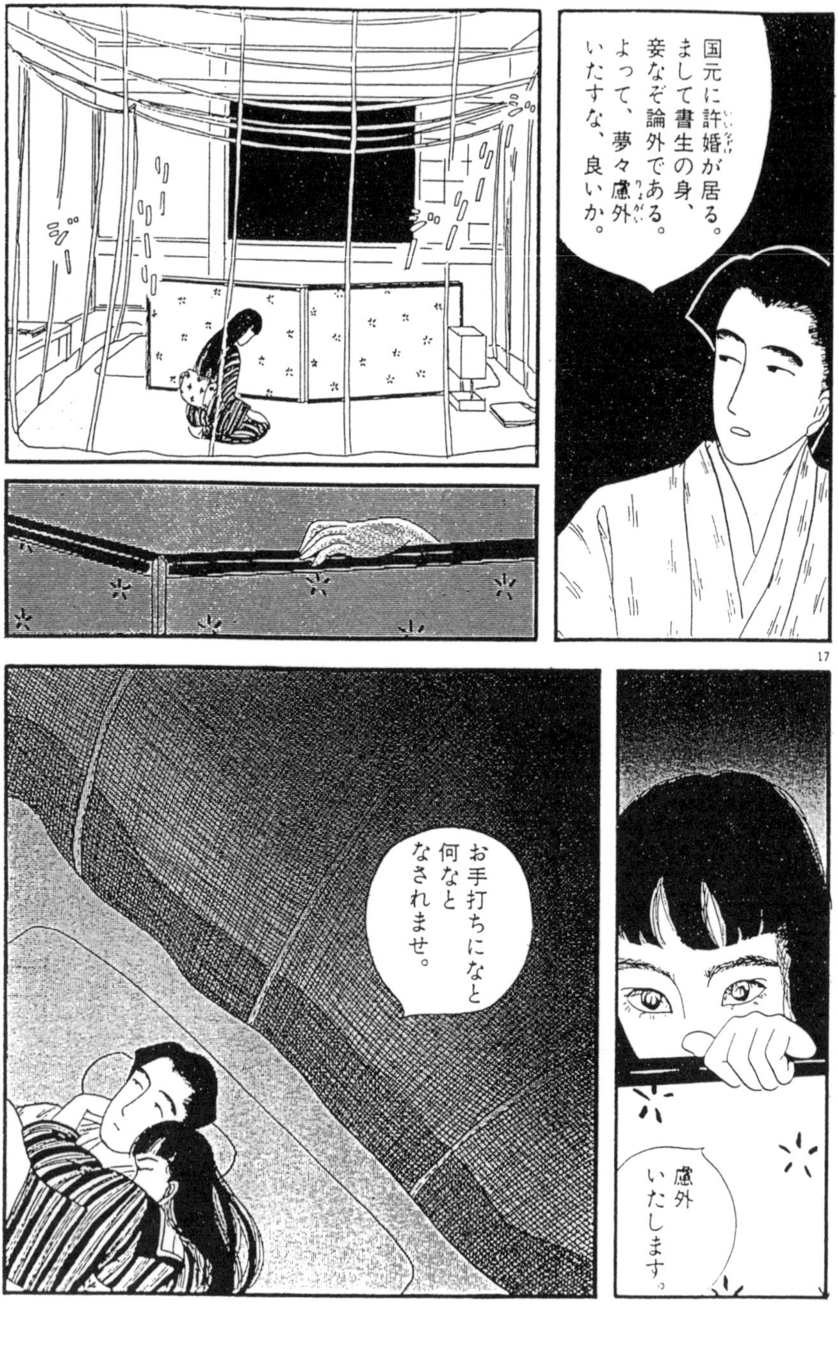
国元に許婚が居る。
まして書生の身、
妾なぞ論外である。
よって、夢々慮外
いたすな、良いか。
慮外
いたします。
お手打ちになと
何なと
なされませ。
17

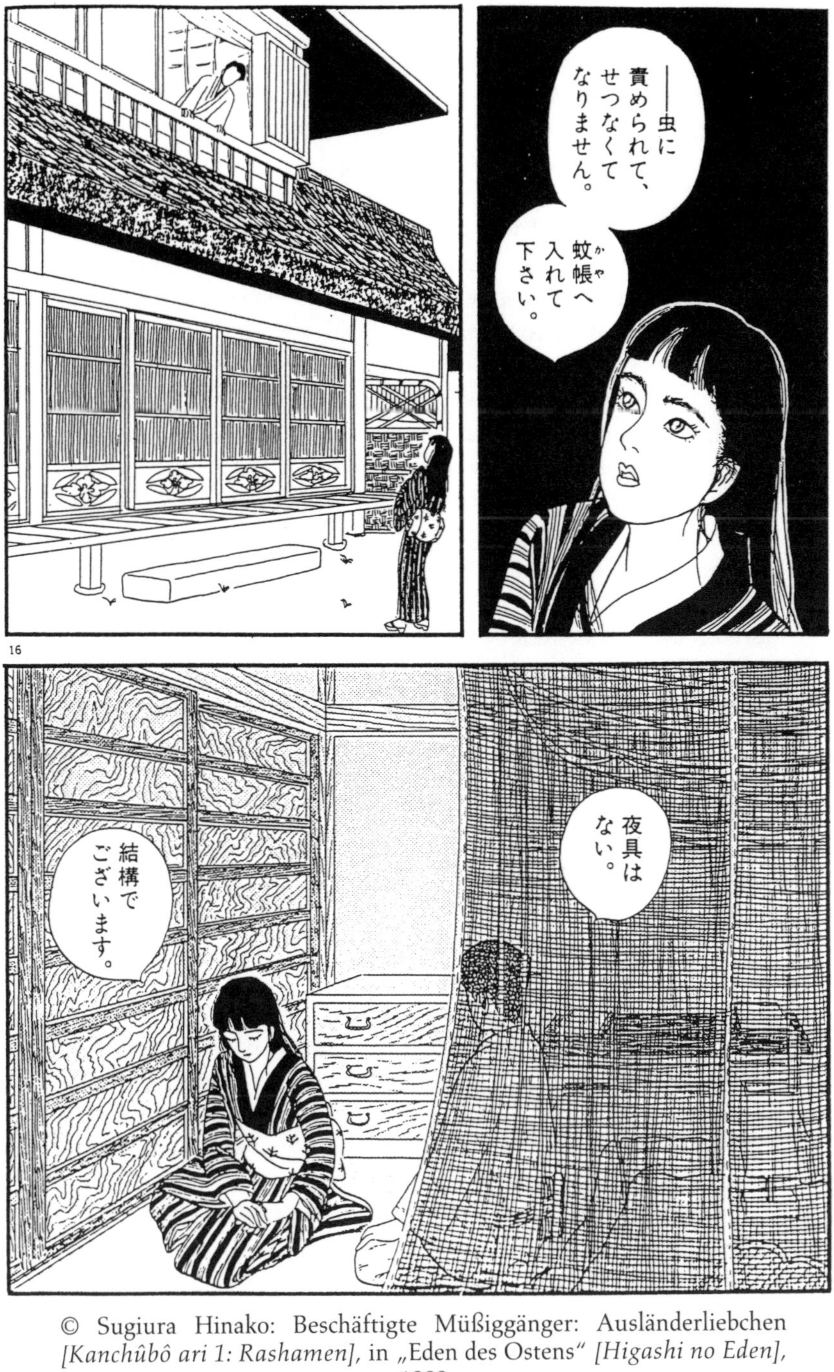

© Sugiura Hinako: Beschäftigte Müßiggänger: Ausländerliebchen *[Kanchûbô ari 1: Rashamen]*, in „Eden des Ostens“ *[Higashi no Eden]*, 1989

Ganzes stets als Ganzes präzise erhaltener Einzelteile, es scheine in diese zerlegt, ohne in sie auseinanderzufallen. Für Lévi-Strauss ist dies zum einen Voraussetzung und Resultat der besonderen Subjektauffassung, in der das „Ich" weder die Ursache noch das Nichts, sondern Ergebnis der sozialen Organisation der Gruppe sei, zum anderen aber auch der Ablehnung des Wortes als Instanz des Logos, was keineswegs verabsolutiert werde und durchaus Erkenntnis befördere. Die visuell geprägte Besonderheit dieser Erkenntnisform hat Steffi Richter in ihrer Studie so beschrieben: „Die gleichen Zeichen aber, deren Kombinationsfähigkeit die Rezeption und Konstruktion abstraktester Begriffe und Theorien zwecks wissenschaftlicher Erkenntnis erlaubte, begünstigten mit ihrem Symbolcharakter wohl zugleich ein anderes als das abbildmäßige Verständnis von Wirklichkeit: die Konstituierung von Bedeutung auf nicht nur verbalem, *diskursivem,* d. h. Worte und Gedanken *nacheinander* aufreihendem Wege, sondern durch *bildhaften* Ausdruck, der ein – *gleichzeitig* andere Elemente darbietendes – Ganzes präsentiert."[7]

Mit diesen Worten im Hinterkopf zurück zum Manga. Wenn von seinen Besonderheiten die Rede ist, dann – neben den kulturspezifischen Erzählinhalten – von der bildlichen Art, in der er erzählt und in der er gelesen wird, vor- und zurückschlagend, kreisend Vorangegangenes wieder aufnehmend. Anders als beim Film kann der gegenwärtige Manga-Leser die Reihenfolge, in der er die Panels einer Seite aufnimmt, häufig selbst bestimmen und zudem variieren. Bis zum Kriegsende überwog der Einfluß japanischer Schrifttexte: Auch die Panels wurden von oben nach unten, von rechts nach links gelesen. Seit den späten vierziger Jahren kam die horizontale Leserichtung hinzu, was zunächst so verwirrte, daß die Einzelbilder eine Zeitlang numeriert werden mußten. Im reifen Story-Manga dann verquicken sich Vertikale und Horizontale immer selbstverständlicher und verschaffen dem Leser neue Freiräume für seine phantasierende Mitwirkung. Die abstrahierende Sparsamkeit der Linien steigert den Reichtum der Assoziationen zusätzlich und setzt eine ausmalende, ergänzende, Disparates zusammensetzende Phantasie in Gang, die eine andere ist als beim herkömmlichen Lesen.

Nicht allein die Panels untereinander, auch Bild und Text lassen sich im hochentwickelten Manga variabel kombinieren – und beides macht ihn für den eingreifenden Leser attraktiver als den Film per Video, den man nur vor- und zurückspulen kann. Je stärker der Schwerpunkt vom Einzelbild auf die Komposition der Seitenfläche rückt, desto vieldeutiger lassen sich Schriftstellen jeweiligen Sprechern oder Träumern zuordnen. Die Zeichnerin Satonaka Machiko nennt den Manga „gesehenes Wort, gelesenes Bild"[8]. Ihrer Erfahrung nach ist es die Seitenfläche, die für Zeichner wie Leser den Ausgangspunkt bildet. Nachdem diese in Augenschein genommen wurde, erfolgt der Übergang auf die Panels und von diesen dann auf den geschriebenen Text, der – ob inner- oder außerhalb der Sprechblasen – zuerst visuell, durch seine dekorative Plazierung, Interesse weckt und auch keineswegs Wort für Wort gelesen werden muß, um die atmosphärische Bedeutung zu vermitteln. Der Zwang für den Zeichner, sich auf der beschränkten Seitenfläche verbale Zurückhaltung aufzuerlegen, verbindet sich nicht nur mit der ohnehin tradierten Kunst der sprachlichen Andeutung. Die Aufteilung der Wörter und ihr Abstand voneinander zeigen bildlich an, ob zögerlich oder bestimmt, langsam oder schnell gesprochen wird.

Auch im japanischen Comic greift man beim Lettering mitunter zum Wechsel von gedruckten und handschriftlichen Zeichen, doch im allgemeinen überwiegen erstere. Das hat zum einen technische Gründe. Viele Zeichner des Story-Manga sind – nach Aussagen von Redakteuren – nicht in der Lage, leserlich zu schreiben, und müssen es auch nicht sein. Die für die Erzählung erforderliche Menge an Schriftzeichen – zum Teil von erheblicher Strich-Komplexität und in solchen Fällen ergänzt um noch kleinere Lesehilfen in der Silbenschrift – läßt sich ohnehin am deutlichsten gedruckt wiedergeben. Handschriftliches begegnet einem dagegen im *Koma-Manga* – eigens zu Rundformen stilisiert – oder wenn sich, wie in einigen Mädchenmanga, die Zeichnerin als ihre eigene Geschichte kommentierende Ulknudel am Rande bemerkbar macht. Im Text der Figuren jedoch – und das als zweiter Grund neben dem technischen – wird dieses Maß an Individualisierung, abgesehen von einigen kalligraphischen Traumpassagen, eher als störend empfunden. Gedruckte Schrift, konventionell typisierte Gesichter und Gestalten und das dem Bilderfluß der Seite untergeordnete Panel gehören zusammen. Wie in der alltäglichen Kommunikation die Beziehungen zwischen den Menschen im Mittelpunkt stehen, durch die sich der Einzelne kontextuell definiert, so erlebt man im Manga das Einzelbild zugleich als unverzichtbar spezifischen Träger des Bilderflusses und als ein „Dazwischen", das in diesem aufgeht.

Schwarz-weiß kommt der Manga daher und erweist sich doch als ein „Sowohl/Als Auch", nicht nur hinsichtlich der Moral vieler Geschichten: Durchaus als Erzählung strukturiert, organisiert er zugleich eine simultane Bildlichkeit. Die Popularität bestimmter Werke rührt nicht weniger aus der Beherrschung der Linien, des Bildübergangs, der Seitenkomposition durch den Zeichner als aus den spannenden Stoffen und ihrer Organisation in einer erzählerischen Handlung. Für den Leser entscheidet der erste visuelle Eindruck, ob sich die Vertiefung in den jeweiligen Manga lohnen könnte, so es nicht um das bloße Mitreden-Können geht. Viele preisen den Manga als neue Gegenwarts*literatur*, zugleich aber gehört er ins Reich der Bilder, siedelnd zwischen der Welt des Buches und dem Land der technischen Apparate.

Anmerkungen

1 Vollständigere Angaben zur Manga-Publizistik, vor allem in Buchform, als im Anhang dieses Buches findet man bei: Takeuchi 1995, S. 197–238 (allerdings etwas unübersichtlich in der Zeittafel) sowie in *Taishû Bunka Jiten* S. 976–978.

2 Auf deren Einbeziehung wurde bei diesem Buch verzichtet. Angaben vgl. Anm. 1.

3 Nach ersten Äußerungen einzelner Zeichner in der Vorkriegszeit, wie Okamoto Ippei, Miyao Shigeo u. a., beginnt die Manga-Kritik Ende der 40er Jahre, zunächst abwertend aus den Blickwinkeln von

Pädagogik und Kinderliteratur. Zur Generation der „68er" gehören Intellektuelle, die sich auch mit dem Manga befassen, wie Ozaki Hotsuki (Massenliteratur), Satô Tadao (Film), Tsurumi Shunsuke (Soziologie), Ishiko Junzô (Manga, Kitsch), Shimizu Isao (Karikaturgeschichte), Ishiko Jun u. a.; für die Manga-Kritik durch die erste Manga-Generation, 70er/80er Jahre, sind als bekannteste zu nennen Kure Tomofusa, Ôshiro Yoshitake, Ôtsuka Eiji, Sakurai Tetsuo, Soeda Yoshiya, Takatori Ei, Murakami Tomohiko, Takeuchi Osamu (Kinderliteratur), Yonezawa Yoshihiro, Yomota Inuhiko (eigentlich Film). Vgl. Takeuchi/Murakami (Hrsg.) 1989

4 Zur Buchkultur jener Zeit vgl. May und Smith II.

5 Dem Manga als visuellem Medium und dessen Traditionsbezügen bin ich ausführlicher nachgegangen in meinem Buch *Manga no Kuni Nippon. Nihon no Taishû Bunka, Shikaku Bunka no Kanôsei*, Tôkyô: Kadensha 1994.

6 Heise 1989, S. 79

7 Richter S. 211

8 Vgl. Kapitel 1, Anm. 6

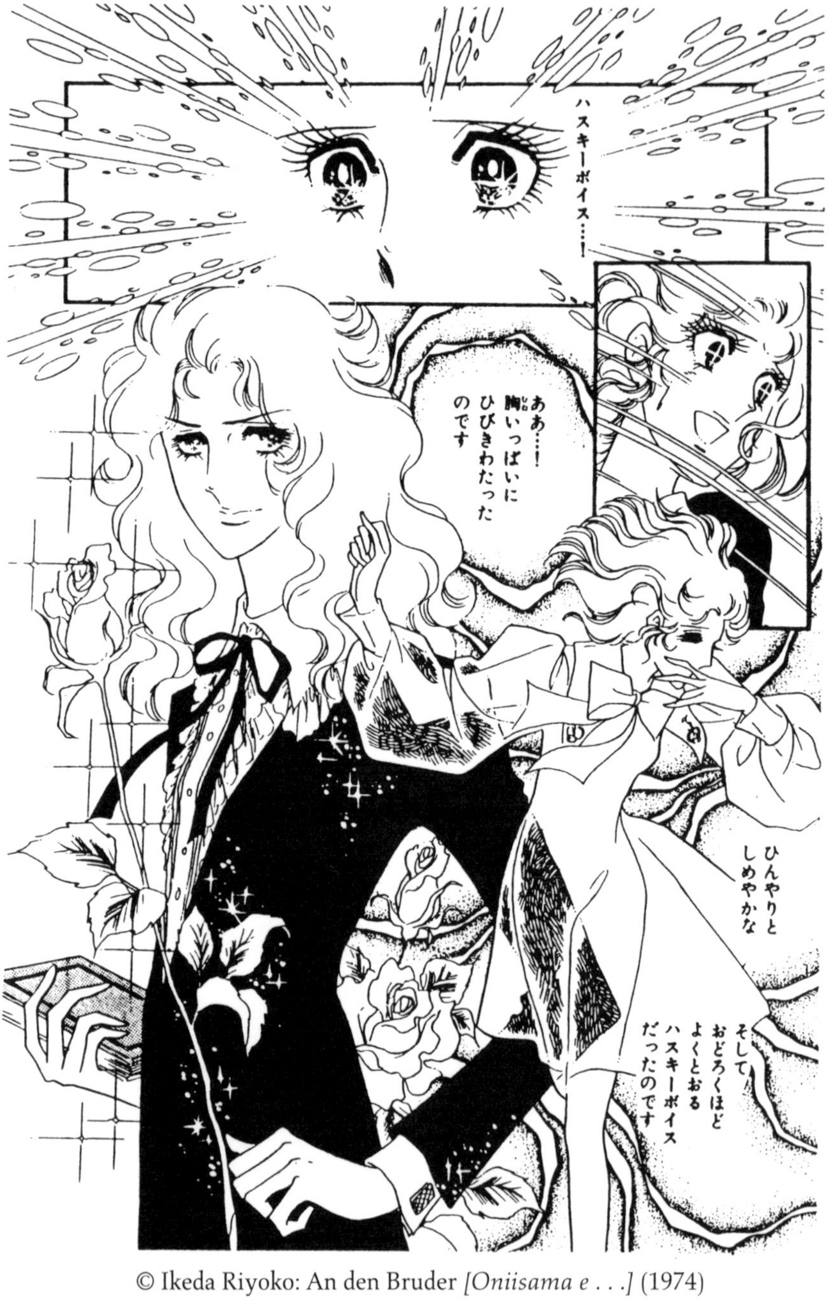

© Ikeda Riyoko: An den Bruder *[Oniisama e . . .]* (1974)

4. Kapitel

Liebesträume

Die Gattung des Mädchenmanga

Ranke, schlanke Gestalten mit unjapanisch langen und geraden Beinen in fremdländisch westlichen Räumen. Wallendes Haar – blond für die gute, schwarz für die böse Heldin –, das sich jugendstilartig ornamental über die Bildfläche ausbreitet. Große Augen, in denen kleine Sterne funkeln. Sternenhimmel, fallende Blätter oder Blumendessins als Ruhepunkte und Zäsur. Langgestreckte und angeschrägte Bildrahmen, von Großaufnahmen der Figuren überlagerte Panels, dekorative Seitengestaltung. Feminin wirkende sanfte Jünglinge, androgyne Damen, platonisch verliebte Mädchen, homophile Knaben.

So ließe sich der Mädchenmanga, der sich vor allem an Mittel- und Oberschülerinnen richtet, als Klischee beschreiben. So hat ihn manche/r, auf das Thema hin angesprochen, vor Augen. Doch die Zeiten sind vorbei, da Kritiker im Mädchenmanga Minderwertigkeitskomplexe gegenüber weißen Ausländerinnen vermuteten, weil sie die innermediale Übereinkunft als Abbild mißverstanden. Bis Ende der siebziger Jahre wurde der Mädchenmanga tatsächlich – und das unterscheidet ihn vom Jungenmanga – von einem europäischen Ambiente beherrscht, aber wofür anfangs die Idealisierung der westlichen Welt und die Verklärung ihrer Schönheitsideale Pate stand, das bildete schon bald ein konventionelles Markenzeichen der Gattung. Vermeintlich blondes, weil im Druck farblos wiedergegebenes Haar, das ebenso gut für brünettes, rotes oder bei Ergänzung um Altersrunzeln weißes stehen kann, ist unentbehrlich für die Identifizierung der Figuren in der Bildabfolge, und freundliche weibliche Wesen können auch schwarzhaarig sein, ganz abgesehen davon, daß die Haarfarbe einer Figur in seltenen Fällen szenisch bedingt ins Gegenteil umschlagen mag. Die Sternchenaugen sind in den realistischeren Produktionen der neunziger Jahre seltener geworden, und die fremdländischen Zitate, die das Geschehen in eine exotische Ferne und andere Zeit rücken, welche den Heldinnen erlaubt, den ihnen kulturell zugewiesenen geschlechtsspezifischen Verhaltenskanon zu überschreiten, können mittlerweile durch die Erfahrungen oder Wunschbilder gängiger Reiseziele im Ausland, wie Hawaii, ersetzt werden. Je mehr dunkelblond oder brünett eingefärbten jungen Japanern man zudem im Alltag (vor allem Tôkyôs) begegnet, desto unzuverlässiger wird die starre nationale Zuordnung von Haarfarben.

Aber der Mädchenmanga bleibt Mädchenmanga, solange er Mädchen in den Mittelpunkt stellt und um deren Psyche kreist, solange er jene Lebensphase zwischen Kind und erwachsener Frau thematisiert, in der Mädchen dazu neigen, sich mit ihren Freundinnen eine eigentümlich geschlossene Welt zu schaffen. Mädchen als Adressaten populärkultureller Produkte sind nichts spezifisch Japanisches. Mit den „Girl Strips" der zwanziger Jahre warben amerikanische Tageszeitungen um junge Leserinnen, Comic-Heldinnen der dreißiger Jahre wie „Blondie" und „Bettie Boop" sind heute Klassiker, Mädchen-Comics und -Romane gehören zum gängigen Bild der fünfziger Jahre.

Ist in den westlichen Ländern jedoch seit den endsechziger Jahren unter dem Einfluß des Feminismus und aufgrund soziokultureller Wandlungen das Interesse an einer exklusiven Mädchenwelt zurückgegangen, so blieb diese für viele junge Japanerinnen gelebte Wirklichkeit, erfahren als ein „Moratorium", das es gestattet, den Eintritt in die Welt der Erwachsenen aufzuschieben[1]. Die Ursachen für diese Abwehr mögen sich in den letzten beiden Jahrzehnten verändert haben – vom Unbehagen gegenüber traditionellen Frauenrollen hin zur Orientierungslosigkeit in einer Leistungsgesellschaft, die Jugendlichen zwar im Takt von Angestelltendasein und/oder Hausarbeit rotierende, gesellschaftlichen Normen unterworfene Ältere, kaum aber nachahmenswerte Erwachsene zeigt.

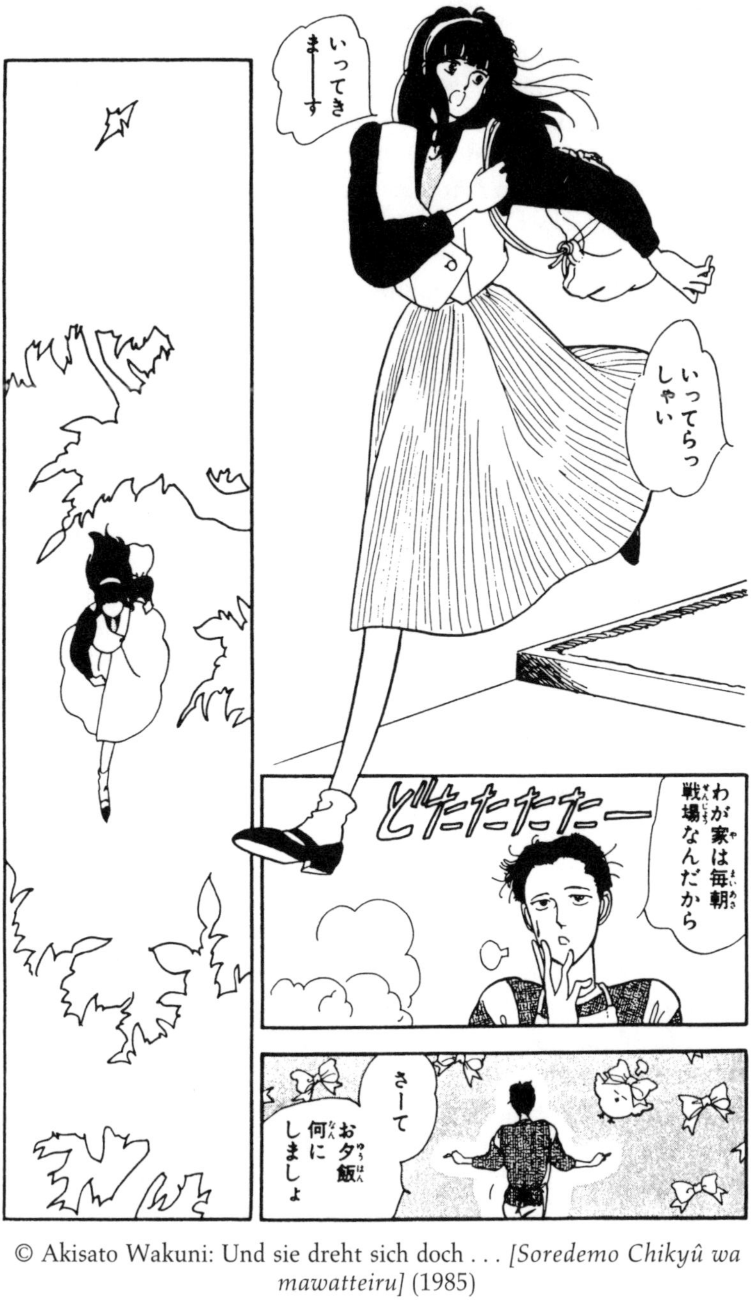

© Akisato Wakuni: Und sie dreht sich doch . . . *[Soredemo Chikyû wa mawatteiru]* (1985)

Dennoch läßt sich weniger der Drang nach möglichst zeitiger Eigenständigkeit beobachten als vielmehr die bis ins Studentenalter reichende Verzögerung des Erwachsenwerdens, an der das Schulsystem und seine Ausrichtung auf die universitären Eintrittsexamen – das japanische Abitur-Pendant – einen beträchtlichen Anteil haben, indem sie die Energien der Welt- und Selbsterkundung auf das disziplinierte Pauken lenken.

Der Mädchenmanga etablierte sich als eigenständige Gattung – mit eigenen Zeitschriften[2], eigenen Stoffen und einer eigenen Bildersprache – seit den fünfziger Jahren. Schon in der Vorkriegszeit gab es Mädchenzeitschriften wie „Shôjo Kurabu" (1912–1942) und „Shôjo Gahô" (seit 1923), die neben Jungmädchenliteratur[3] auch Manga enthielten. Diese boten allerdings die entspannte Kurzform des *Koma-Manga* – so noch in „Prinzessin Bohnengelee" (*Anmitsu Hime,* 1949 in „Shôjo") von Kanekura Shôsuke, die Episoden aus dem unbeschwerten Leben in einem Schloß vorführt, in dem alle Mädchen Namen von japanischen Süßigkeiten tragen.

Tezuka Osamu konnte sich also auf eine bereits vorhandene Mädchenkultur beziehen, als er 1953 seinen Manga „Der Ritter mit der Schleife" (*Ribon no Kishi)*[4] publizierte. Will man den eigentlichen Manga als komplementär über Wort und Bild erzählte Geschichte mit einer durchgehenden Handlung verstehen, so läßt sich „Der Ritter mit der Schleife" zu recht als erster Story-Manga für Mädchen bezeichnen. Aber ist er auch schon Mädchenmanga? Die Figuren sind eher kindlichdrall und typisiert gezeichnet, doch werden Formelemente zumindest eingeführt, die für die Gattung des Mädchenmanga verbindliche Kraft entwickeln sollten: die überlangen Beine und die blinkenden Augen unter den langen Wimpern (– hier zum Beispiel kein Stern, sondern eine große weiße Pupille). Ansonsten arbeitet Tezuka wie in seinen Jungenmanga mit einer Vielfalt von Perspektiven und Einstellungen, um das Bildinnere in Bewegung zu bringen, bleibt dagegen für die Aufteilung der Seitenfläche zumeist bei sechs Bildern, die nur gelegentlich ins ganz- oder halbseitige Bildformat wechseln.

In diesem Erstling findet sich bereits eines der vornehmli-

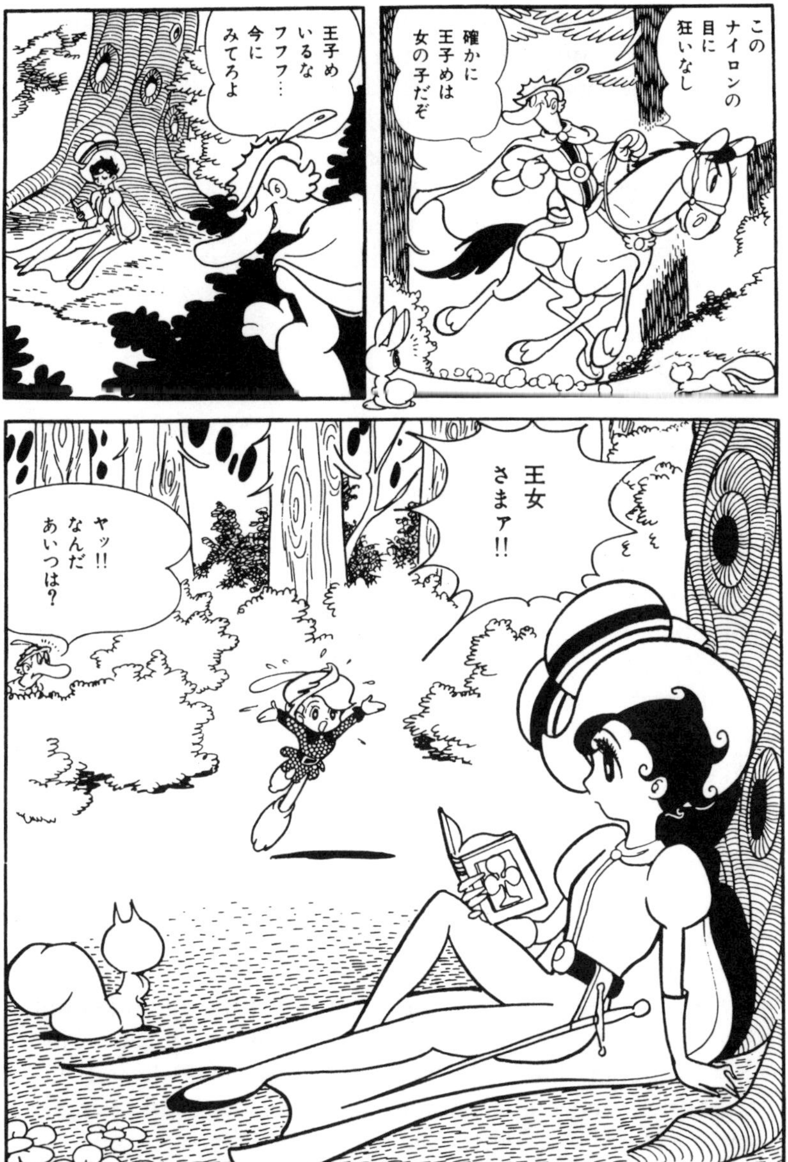

Tezuka Osamu: Der Ritter mit der Schleife *[Ribon no Kishi]* (1953)

chen Themen des Mädchenmanga: der Ausbruch aus starren Geschlechterrollen. Die Grundidee besteht im Spiel mit der geschlechtlichen Ambivalenz – als Gegenstrategie zur Wirklichkeitsnorm. Die Hauptfigur, die Prinzessin Saphir, muß als Junge agieren, um sich die männlichen Erben vorbehaltene Thronfolge zu sichern. Neben der äußerlichen Hosenrolle verfügt sie auch noch über eine innerliche, psychische Androgynität[5], da ihr ein schalkhafter Engel zwei Herzen mitgegeben hat – ein sanftes weibliches und ein tapferes männliches. Die Entdeckung ihres Geheimnisses durch intrigante Gegenspieler kostet sie beinahe den Thron. Schließlich eilt der besagte Engel auf die Erde, um ihr das männliche Herz wieder abzunehmen, und macht sie auf diese Weise frei für die Heirat mit dem Prinzen des Nachbarreichs, der sich in sie verliebte, als sie eines Nachts mit einer – bezeichnenderweise – blonden Perücke verkleidet unterwegs war.

Die Guten siegen, und die Ordnung ist wiederhergestellt. Aber solange die Leserin nicht an diesem Ende angelangt war, konnte sie im Manga-Raum die Frage des „Was wäre, wenn ..." durchspielen – anhand des Rollenwechsels der Prinzessin ebenso wie anhand ihrer durchaus sympathischen Gegenheldin, der Hexentochter, die den traditionell als unweiblich etikettierten Typ des weiblichen Wildfangs verkörpert.

Das hier wirkende Muster – zeitweiliger Nonkonformismus in der Welt der Phantasie, um schließlich wieder Integration zu sichern – versteht Ian Buruma als einen Grundzug „typisch japanischer" Geschichten. In seinem Buch „Japan hinter dem Lächeln. Götter, Gangster, Geishas" betrachtet er Heldengestalten aus Literatur, Film und Manga und kommt zu der Schlußfolgerung, daß all diese dem Rezipienten eine Kompensation hierarchischer Strukturen ermöglichen, indem sie entweder durch letztlich positives Anpassungsverhalten die Norm bestätigen oder den Ausbruch proben, um tragisch zugrundezugehen. Im Spannungsfeld zwischen dem seine Besonderheit auslebenden Einzelnen und dem Konformismus der Selbstaufgabe siegt letzten Endes stets die Gruppe. Unter der Überschrift „Das dritte Geschlecht"[6] geht er auch auf den Mädchenmanga ein, und er deutet die geschlechtliche Ambivalenz der jugendlichen Helden als Anreiz für erotische Phantasien und als Ausdruck der Sehnsucht nach einem Ausstieg aus vorherbestimmten Rollen. Ein Pendant zur weiblichen Hosenrolle des Mädchenmanga bieten einige Historienmanga mit dem schönen Jüngling, dessen Reinheit und Vollkommenheit in das Erwachsenenleben nicht hinübergerettet werden kann.

Ôtsuka Eiji versteht dagegen den Ausbruch aus der zwanghaften Enge der Mädchenpsyche als das eigentliche Thema des Mädchenmanga.[7] Die geschlechtliche Ambivalenz – ob als Hosenrolle oder homoerotische Beziehung – führt er auf das Zwillingsmotiv zurück, welches den Prozeß des Erwachsenwerdens und dessen Schwierigkeiten, mit anderen Worten die Übergangsphase des „Moratoriums", symbolisiere. Aus der symbiotischen Bindung an die Mutter löse sich das Kind, indem es sich ein neues Alter Ego, einen Zwilling suche, mit dem es sich für eine Phase des Übergangs zurückzieht. Orte dieser Geborgenheit auf Zeit seien das Heim oder das Schloß. Erst mit dem rituellen „Tod" des Zwillings sei die Mädchenzeit zu Ende, was durch den Übergang von der platonischen zur sexuellen Liebe eintreten kann. Auch die Mädchenmanga-Zeichnerin Hagio Moto stellt diesen Zusammenhang heraus: Sie sieht den Sinn ihrer Arbeit darin, die Befreiung aus der Mädchenzeit – für die es im übrigen bei Jungen ein Pendant gebe – zu unterstützen, indem sie deren Druck in Bildern, Figuren, Geschichten vergegenwärtige, mithin die darin liegende Selbstbeschränkung bewußt mache.[8]

In der Homophilität und der auf den „Zwilling" projizierten Eigenliebe – Ausdruck des Rückzugs in eine Mädchenwelt, in der die Rollen der Erwachsenen noch keine Gültigkeit beanspruchen – entdeckt die Kunsthistorikerin Takahashi Hiroko Ähnlichkeiten mit der europäischen Malerei des ausgehenden 19. Jahrhunderts: So wie damals Lesbianismus und Geschwisterliebe Modethemen waren und Androgynität die Befreiung der Frau, die Frau als starkes Geschlecht symbolisierte, so auch im Mädchenmanga der siebziger Jahre.

Neunzehn Jahre nach „Der Ritter mit der Schleife" gelingt

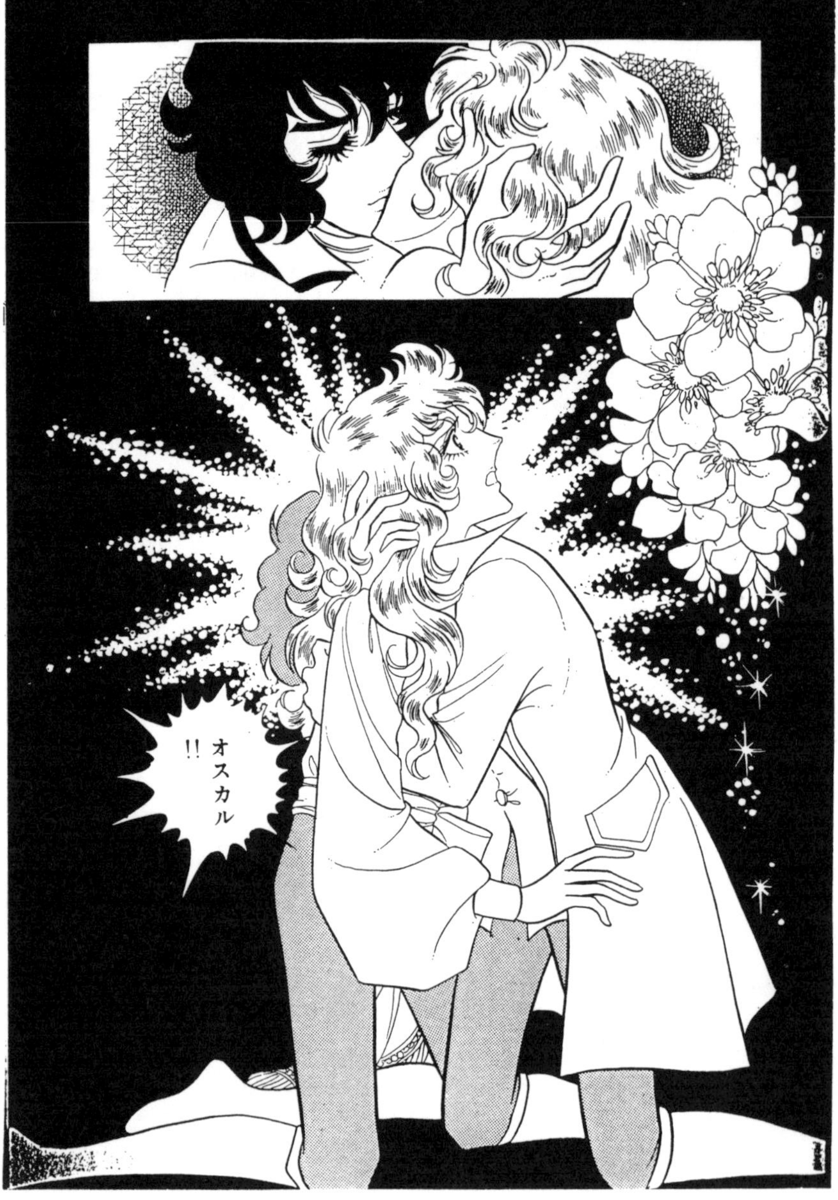
オスカル!!

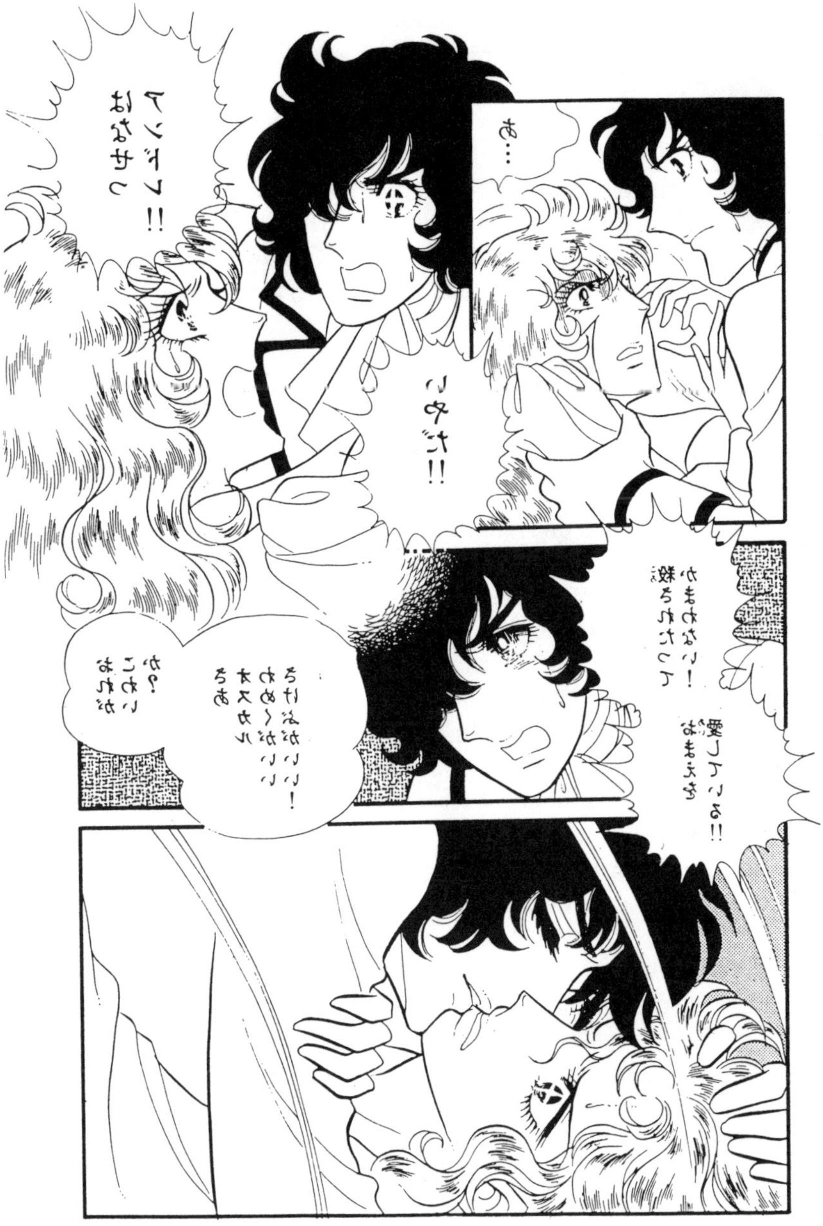

© Ikeda Riyoko: Die Rose von Versailles *[Berusaiyu no Bara]* (1972/73)

der damals 25jährigen Zeichnerin Ikeda Riyoko mit einem historischen Mädchenmanga ein Hit, sein Titel: „Die Rose von Versailles“ *(Berusaiyu no Bara)*. Wie ihr Vorgänger in der Ansiedlung des Stoffes europäisch orientiert, entwirft sie jedoch anders als dieser keinen unbestimmt märchenhaften Zeitraum, wo die Figuren (die Hexentochter mit einem 50er-Jahre-Pferdeschwanz) durch mittelalterlich anmutende Räume streifen, sondern verlegt ihre Geschichte an konkrete historische Schauplätze, die sie gründlich recherchiert hat. Sie beginnt im Jahre 1755, mit der Geburt dreier Figuren, deren Schicksale am Vorabend der Französischen Revolution in Versailles zusammentreffen werden: des schwedischen Aristokraten Hans Axel von Felsen, der jüngsten Tochter eines hohen französischen Militärs, die den Namen Oscar erhält und als Junge erzogen wird, sowie der österreichischen Prinzessin und späteren französischen Königin Marie Antoinette.

Im Mittelpunkt des 1800 Seiten starken und im Vergleich zu heutigen Manga sehr typisiert gezeichneten Epos, das 1972/73 82 Wochen lang in der Mädchenmanga-Zeitschrift „Shûkan Margaret“ erschien, stehen die beiden mädchenhaften Frauen und ihre Lieben. Die schöne, wenngleich unbedarfte und vergnügungslustige Marie Antoinette wird 1770 an den französischen Hof verheiratet. Intrigen, strenges Reglement und fehlende Liebe (sieben Jahre Jungfräulichkeit noch nach Eheschluß) sucht sie in Zerstreuungen zu vergessen, die nach ihrer Krönung 1775 immer kostspieliger und verantwortungsloser werden. Reife zeigt sie einzig in ihrer heimlichen Liebe zu Felsen. Oscar verkörpert ihr gegenüber das Modell einer anderen Mädchenfrau. In ihrer männlichen, militärischen Rolle, die gesellschaftlich akzeptiert wird, obwohl ihr Geschlecht bekannt ist, kann sie sich unendlich viel freier bewegen, macht sie Karriere bei Hofe und wird – als Offizier der Garde – Marie Antoinettes Beschützer. Auch sie verliebt sich in Felsen, wenngleich sie sich derartige Gefühle zunächst verbietet, entdeckt später aber ihre eigentliche Liebe für André, ihren zwillingsartigen Begleiter und Untergebenen seit der Kindheit, mit dem sie eine Art von Männerfreundschaft verband. Hat sie sich bis dahin gegen die Geringschätzung des Volkes durch Angehörige ihrer Schicht schon vereinzelt aufgelehnt, so stellt sie mit ihrer Liebe die Standesschranken endgültig in Frage, denn André ist bürgerlicher Herkunft. Das findet seine Konsequenz im Wechsel auf die Seite der Revolutionäre: Sie begegnet (dem verklärten) Robespierre, liest Rousseau und Voltaire und stirbt schließlich bei der Schlacht um die Bastille, um André in den Tod zu folgen – worin manche das Muster des gemeinsamen Liebesselbstmords entdecken, wie ihn beispielsweise das Kabuki-Theater ausgeprägt hat. Die Manga-Geschichte endet zehn Jahre später, mit der Hinrichtung Marie Antoinettes 1793 und dem Tod Felsens. Oscars Ausbruch aus der Mädchenzeit beginnt mit der Liebe zu André, die jedoch nicht mehr gelebt werden kann, und ihr glücklicher, weil selbstbestimmter Tod fällt zusammen mit dem Sieg der Revolution, deren widersprüchliche Folgen nicht mehr erzählt werden. So hebt Ikeda Riyoko die Jugend aufs Podest – die Leidenschaftlichkeit der Nicht-Alt-Gewordenen, das Moratorium.

Die unerwartete Popularität dieses mittlerweile klassischen Manga gründete nicht allein in der Figur Oscars.[9] Entgegen anfänglichen Vorbehalten des Herausgebers erwies sich der Griff zum historischen Stoff als erfolgreich. Hier wurde über eine eingängige Fiktion Geschichtswissen geboten, ging die Verhandlung von Geschichte auf das populäre Genre über und wurde zum Mythos. Nach den Studentenunruhen und sozialen Kämpfen der 1960er Jahre wurde hier eine gelungene Revolution thematisiert. Ikeda Riyoko, in der Antinuklearbewegung und als Studentin zeitweise auch im kommunistischen Jugendverband politisch aktiv, soll ein Mädchenmanga-Pendant zu „*Kamuiden*" von Shirato Sanpei, dessen Hauptfiguren sich als Vertreter von neulinken und orthodox-kommunistischen Auffassungen lesen lassen, angestrebt haben. All dies weckte Interesse bei erwachsenen Leserinnen, sicherlich nicht zuletzt durch die Bezüge auf den Sex und die Liebesszenen – wieder als Spiel mit der geschlechtlichen Ambivalenz. Homoerotische Phantasien – in den siebziger Jahren der zweite Hauptgegenstand des Mädchenmanga – werden angeregt, wenn beispielsweise Oscar als Mann einem Mann in

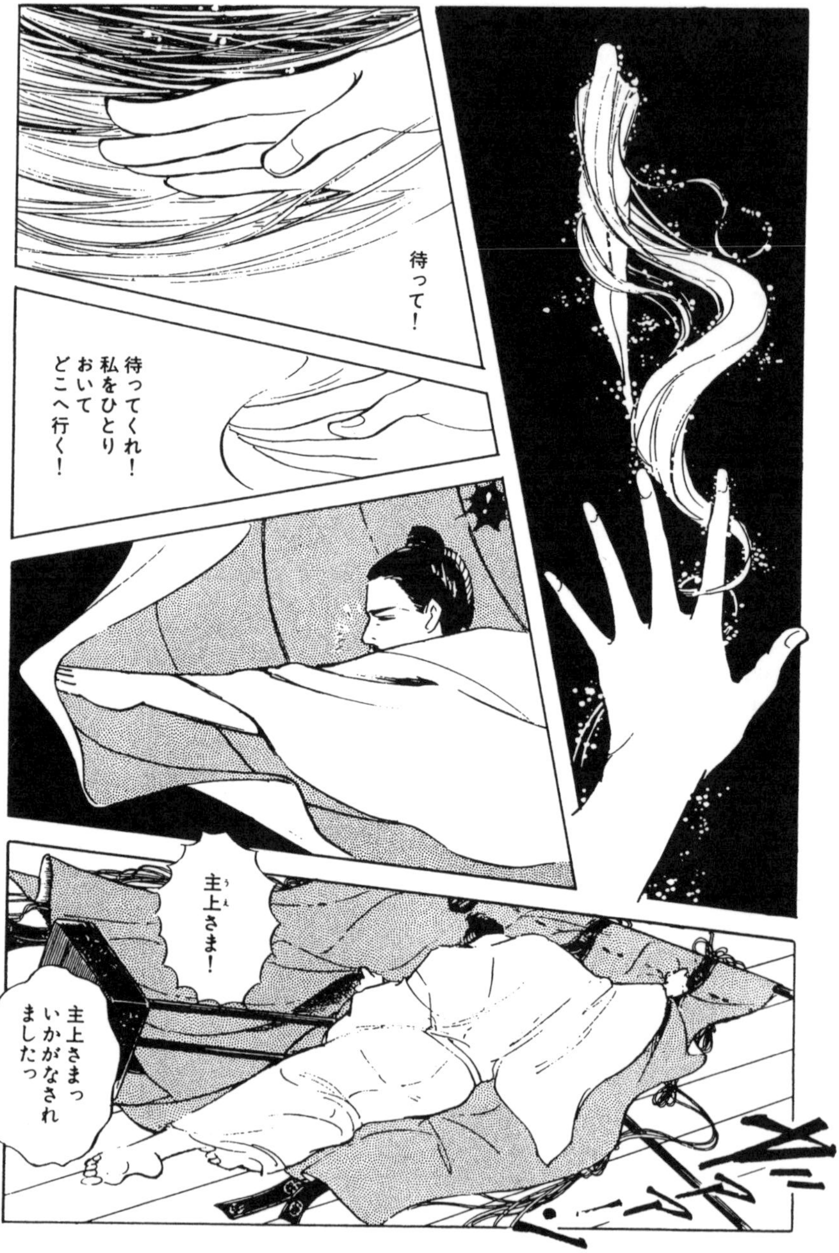

© Maki Miyako: Genji Monogatari (1988)

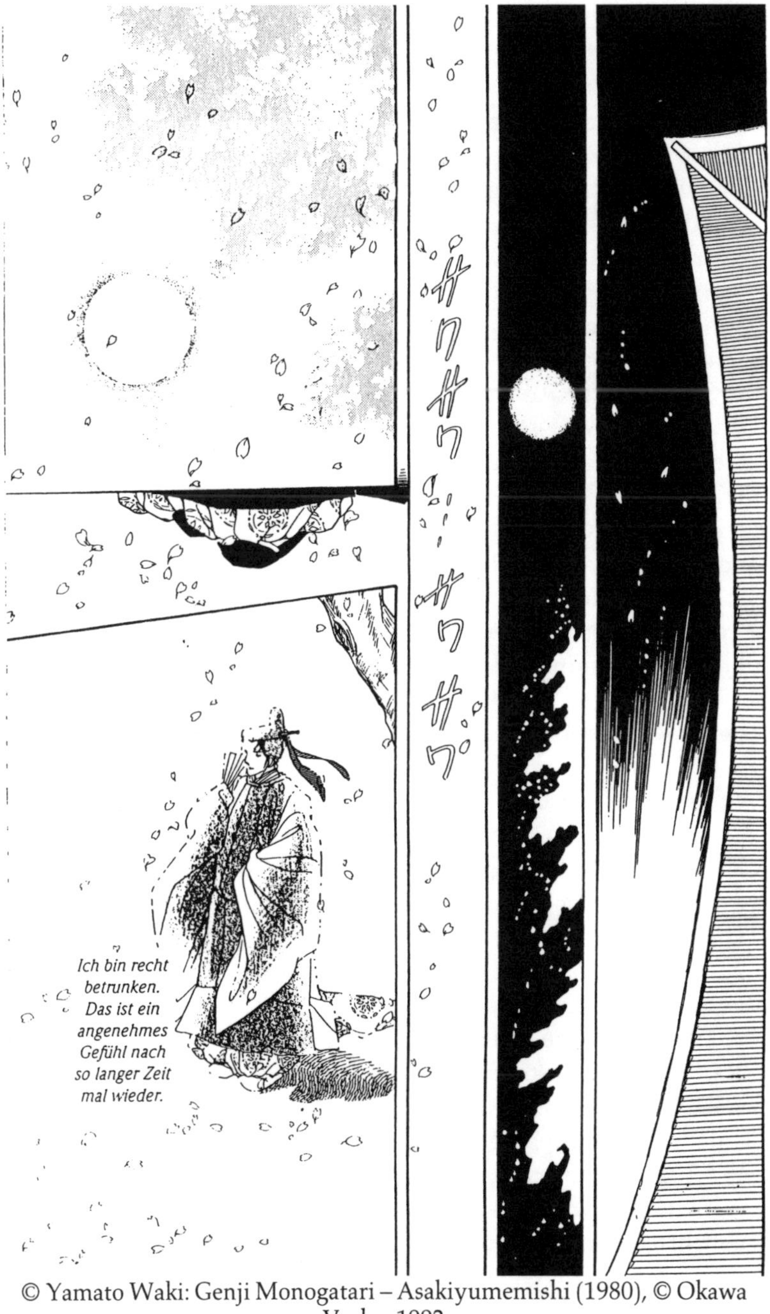

© Yamato Waki: Genji Monogatari – Asakiyumemishi (1980), © Okawa Verlag 1992

die Arme fällt oder wenn Oscar ein in sie verliebtes Mädchen streichelt.

„Die Rose von Versailles" initiierte eine Frankreich-Mode, die viele Japanerinnen bis heute an den Ort der Handlung führt. 1979/80 lief sie als Zeichentrickfilm von vierzig Folgen im japanischen Fernsehen, 1979 entstand in japanischer Produktion und unter der Regie von Jacques Démy sogar ein Kinospielfilm an den Originalschauplätzen, „Lady Oscar", der jedoch an seine Vorlage offensichtlich nicht heranreichte, sonst wäre er heute neben Démys „Regenschirme von Cherbourg" in japanischen Videotheken zu finden. Anders verhielt es sich mit der Adaption durch die Takarazuka-Mädchenrevue, bei der „Die Rose von Versailles" im August 1974 mit der Geschichte um Marie Antoinette und Felsen Premiere hatte. Die zweite Bühnenversion vom Juli/August 1975 konzentrierte sich auf Oscar und André, und in der dritten Fassung von März bis Mai 1976 wurden schließlich beide Erzählstränge erstmals zusammengeführt. Über Takarazuka und Tôkyô hinaus ging man damit landesweit auf Tourneen, die bis heute für ausverkaufte Häuser sorgen. Mit der „Rose von Versailles" und deren von Takarazuka inspirierten Vorläufer, dem „Ritter mit der Schleife", war die Takarazuka-Revue zu sich selbst zurückgekehrt – zum erstenmal machte sie sich selbst zum Thema.

Werden in der traditionellen japanischen Theaterform des Kabuki alle Rollen von Männern gespielt, so beruht der Erfolg der Takarazuka-Revue auf der Umkehrung dieses Prinzips: Die „Männer" auf der Bühne sind Frauen. Die daraus bezogene Erotik verbindet beide Formen und unterscheidet sie vom Nô und vom Kyôgen.

1914 durch die Eisenbahngesellschaft Hankyû an der Endstation ihrer Ôsaka-Takarazuka-Linie geschaffen, orientierte sich die Takarazuka-Revue[10] in Musik und Tanzdarbietungen anfangs an Europa, seit der Nachkriegszeit dann an Amerika. Ihr 1924 eröffnetes Bühnenhaus für 4000 Zuschauerinnen war zu seiner Zeit das größte in Japan, und das 1927 dort aufgeführte Stück „Mon Paris" die erste in Japan zu erlebende Revue, sogar mit einer großen Treppe. Die zunächst als unnatürlich und abartig, ja als Betreiberin von Unkunst diskreditierte Theatertruppe gab in den zwanziger Jahren einigen neuen Tendenzen Raum. Sie war eines der wenigen, städtischen Zentren für die entstehende moderne Unterhaltungskultur (– was bis hin zur Verbreitung des amerikanischen Musicals in der Nachkriegszeit reichte). Sie bot Frauen – als Konsumentinnen von Medienprodukten – eine kulturelle Öffentlichkeit, wenngleich in einem geschlechtlich eigens abgegrenzten Bereich. Und sie wirkte mit am Traum von einem anderen Verhältnis der Geschlechter – über die idealisierten Jünglingsgestalten, aber auch als Theater von jungen Frauen für junge Frauen.

Von der Existenz einer Mädchenkultur im modernen Japan her wie auch von dem Spiel des Geschlechtertauschs stehen Takarazuka-Revue und Mädchenmanga unverkennbar miteinander in Beziehung. Was sie dabei unterscheidet, ist, daß die Revue die Männerdarstellerinnen als Männer inszeniert und die Geschlechterrollen grundlegend trennt, der Geschlechtertausch also außerhalb der Bühne passiert, während der Mädchenmanga eben diesen mittels der weiblichen Hosenrolle zu einem seiner Stoffe erhebt und als Geschlechterwechsel auf seiner „Bühne" vorführt. Manga-Heldinnen verleugnen vor sich nie ihr wahres Geschlecht.

Die Übersetzung dieser Takarazuka-Konstellation in die zwei Herzen einer Manga-Heroine leistete Tezuka Osamu in „Der Ritter mit der Schleife". Mit ihm begann der Mädchenmanga. Trotz Sternchenaugen handelte es sich aber immer noch um Jungenmanga, wenn auch in einer neuen Form, denn es wurden abenteuerliche Geschichten erzählt, die sich überraschend entfalten, und die Figuren dienten dazu, die Handlung voranzutreiben, blieben jedoch märchenhaft flach. Sie wiesen keine Innerlichkeit auf und keine Sprache für eine solche: Jeglicher Text außerhalb der Sprechblasen war schlichter Nicht-Dialog, ähnlich einer Erzählerstimme aus dem filmischen Off.

Die Nähe zum Jungenmanga erklärt sich auch aus den Schöpfern – neben Tezuka Osamu zeichneten Chiba Tetsuya, Ishinomori Shôtarô, Akatsuka Fujio u. a. in den fünfziger Jah-

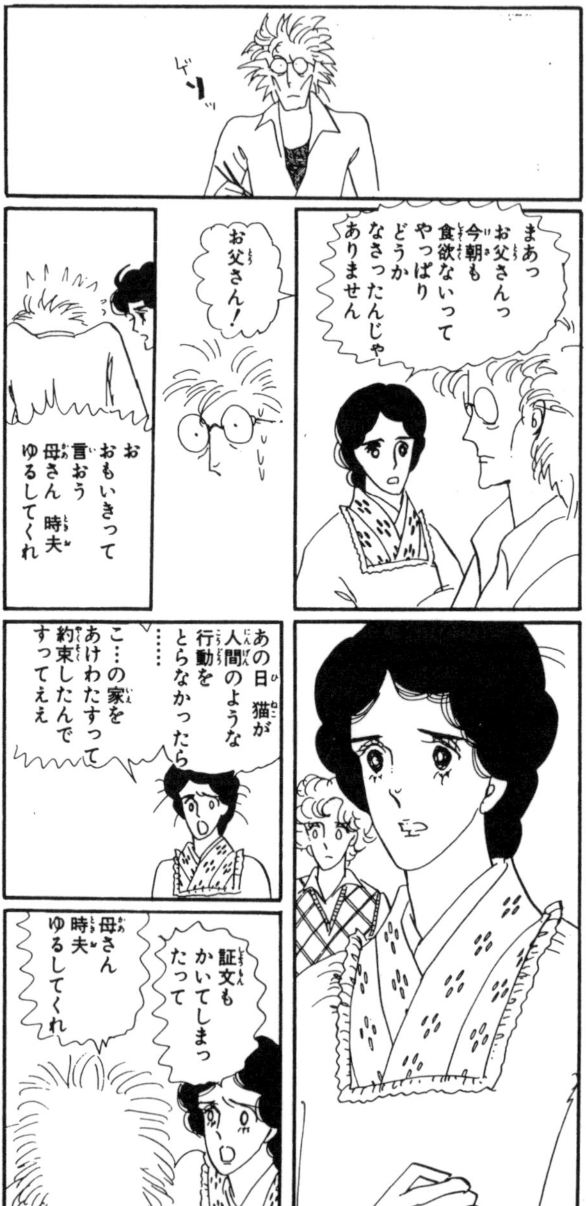

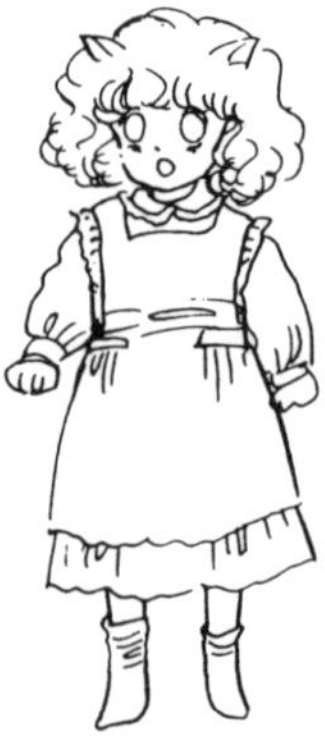

© Ôshima Yumiko: Planet aus Watte *[Wata no Kunihoshi]* (1978)

ren abwechselnd für Mädchen wie für Jungen. Im Mädchenmanga probierten sie sich aus, bis sie im Jungenmanga Anerkennung fanden. Frauen konnten sich im gesamten Feld des Manga lange Zeit nicht durchsetzen: Vor 1945 gab es nur zwei (und kommerziell damals erfolglos bleibende) Zeichnerinnen – Arai Mitsu und Hasegawa Machiko, die *Koma-Manga* schufen. Erst in den sechziger Jahren begannen junge Frauen, mit Schulromanzen, Prinzessinnen- und Mutter-Tochter-Geschichten wenigstens die Gattung des Mädchenmanga zu übernehmen. Die Figuren in der von der Alltagswirklichkeit abhebenden Manga-Welt bekamen feinsinnige Gesichter, elegant geschwungene spitze Nasen und Augen, die – fast ganz Pupille – Gefühle spiegeln. Mizuno Hidekos Markenzeichen wurde das im Auge aufscheinende weiße Kreuz, bei Watanabe Masako schätzte man den traurigen Ausdruck. Neben ihnen waren es vor allem Maki Miyako, Nishitani Yoshiko und Urano Chikako, die vorprägten, was sich als Wesenzug der Gattung in den Köpfen festsetzen sollte: Mädchenmanga sind Manga von Frauen.

Diesem Bild entsprach die neue Generation von Zeichnerinnen, die zu Beginn der siebziger Jahre antrat: die Gruppe der „24er", wie man sie wegen ihres Alters nannte – sie alle wurden um das Jahr *Shôwa* 24 = 1949 geboren. Zu ihnen zählen neben Ikeda Riyoko mit „Die Rose von Versailles" Satonaka Machiko, Miuchi Suzue und Yamagishi Ryôko. Ôshima Yumiko – für viele die Verkörperung der „Neuen Welle" des Mädchenmanga schlechthin – beschäftigte sich in „Geburt!" (*Tanjô*, 1970) mit dem Thema Schwangerschaft, und in „Planet aus Watte" (*Wata no Kunihoshi*, 1978) fand sie eine – seither wiederholt von anderen aufgegriffene – Metapher für das auf sich zurückgeworfene junge Mädchen: Der Hauptfigur, einer Katze, die bis auf ihre spitzen Ohren wie ein Mädchen aussieht, gelingt es, obwohl sie sprechen kann, nicht, sich den erwachsenen Menschen verständlich zu machen, weil diese ihre Artikulation nur als Geräusch vernehmen.

Als neues Thema des Mädchenmanga treten nun auch schöne Knaben auf und deren Liebe zueinander. Weit entfernt

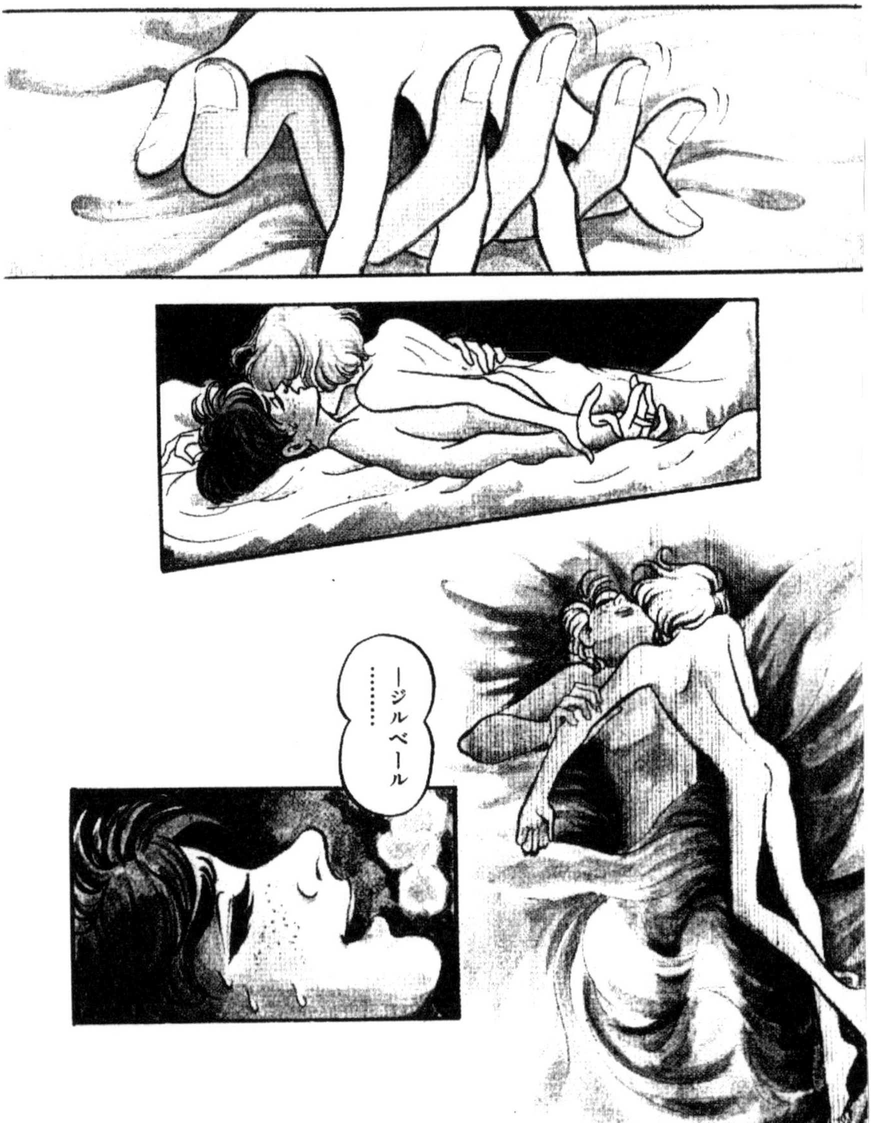

© Takemiya Keiko: Gedicht von Wind und Bäumen *[Kaze to Ki no Uta]* (1976)

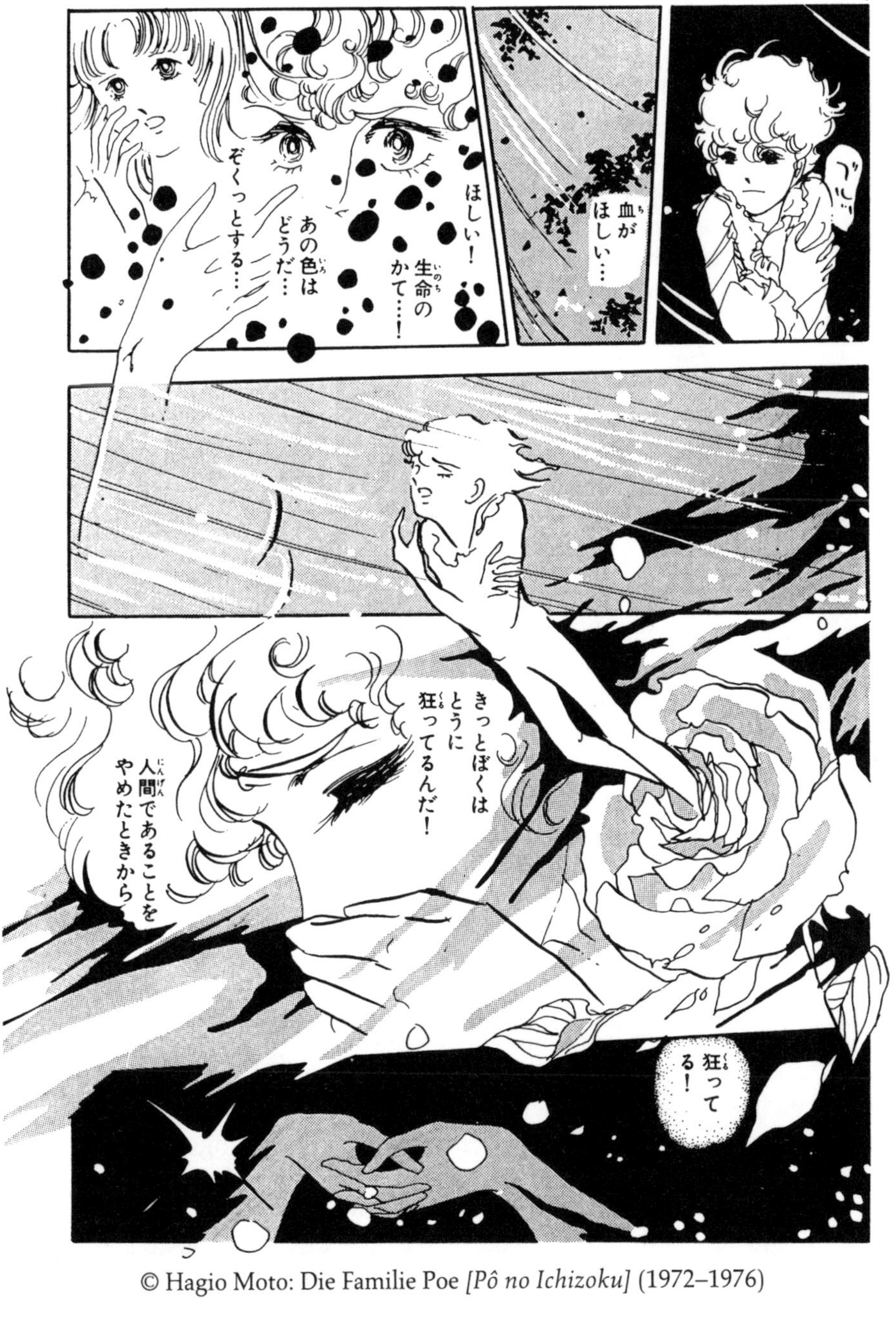
血がほしい…
ほしい!
生命のかて…!
あの色はどうだ…
ぞくっとする…
きっとぼくはとうに狂ってるんだ!
人間であることをやめたときから
狂ってる!

von der Realität homosexueller Beziehungen, wird hier die Sehnsucht von Mädchen nach dem Anderen, dem „Zwilling" in sich selbst, auf homophile Jünglinge projiziert. Schön scheint – als fiktionale Gegenwelt zum Alltag – das Unkonventionelle, was sich in den siebziger Jahren kaum gegen die Tabuisierung von Homosexualität richtet, sondern vielmehr darauf, schrankenlose Mädchenträume freizusetzen. Im Mittelpunkt steht die gegenseitige seelische Anziehung der Knaben, der sich nun eine neu entdeckte Körperlichkeit, wenngleich als Metapher der Innerlichkeit, zuordnet. Dennoch war die Bettszene, mit der Takemiya Keiko ihren Manga „Gedicht von Wind und Bäumen" (*Kaze to Ki no Uta*, 1976) eröffnete, ungewöhnlich genug, um für Aufregung in den Medien zu sorgen. Das Thema der Knabenliebe, das sich im engeren Sinne auf die Mädchenpsyche bezieht, läßt sich weiten zur Akzeptanz des Andersartigen, und Takemiya Keiko fordert diese zusätzlich dadurch ein, daß sie die mit der Haarfarbe verbundene Erwartungshaltung durchbricht: Bei ihr ist der schwarzhaarige Serge der zuverlässige und vernünftige, der blonde Gilbert hingegen der leidenschaftlich Leidende.

Hagio Moto, deren bekanntestes Werk wohl „Die Familie Poe" (*Pô no Ichizoku*, 1972) ist – die melancholische Geschichte einer unsterblichen Vampirfamilie und ihres Sohnes Edgar, der sich zu den sterblichen Menschen hingezogen fühlt und ihnen doch fremd und also einsam bleiben muß –, hatte bereits 1971 in „Gymnasium im November" *(11gatsu no Gimunajiumu)* von der Liebe zwischen zwei Knaben an einer deutschen Internatsschule für Jungen erzählt. Die Publizistin Kakinuma Eiko möchte dieses Thema des Mädchenmanga weder als Übersetzung von Mann-Frau-Beziehungen noch als Kritik an der männlich dominierten Gesellschaft verstanden wissen.[11] Ihrer Meinung nach handelt es sich dabei vielmehr um ein Experimentierfeld für menschliche Beziehungen schlechthin, nur eben am Beispiel von Jungen, zumal die Gesellschaft diesen eine größere Freizügigkeit gewährt. Ob Homophilität oder ungewöhnliche Wesen wie Katzenmädchen und Vampire, diese erlaubten es den Zeichnerinnen, sich vom Gegensatzmuster des Jungenmanga – Kampf oder Liebe – zu lösen und statt dessen innere Konflikte zu gestalten.

Mit den „24ern" hielt die Innerlichkeit Einzug in den Manga. Für die Symbolisierung innerer Bewegtheit und deren synchrone Darstellung mit äußerer Bewegung entwickelten sie eine neue Bildsprache: Im Unterschied zum Jungenmanga, der seinen Erzählwillen vorrangig über die konservative, in der Waagerechten und Senkrechten bleibende Anordnung der Panels auf der Seite realisiert und starke Gefühle im Gesichtsausdruck deutlich macht, arbeiten die Zeichnerinnen darüber hinaus mit langgestreckten, oft schrägen Panelformen, mit Bildverschiebungen und -überlagerungen. Insbesondere Ôshima Yumiko und Hagio Moto bezogen für die neuartige Behandlung der Seitenfläche als bildlicher Einheit Anregungen aus der Malerei der Romantik, der Präraffaeliten und des Jugendstils. Haare und Gewänder von ornamentalem Eigenwert – fast fühlt man sich an japanische Bildrollen aus dem 12. Jahrhunder erinnert[12] – verschränken lose die Panels, Bildrahmen werden zum dekorativen Stilmittel, schließlich verschwindet der die Einzelbilder voneinander trennende Zwischenraum und geht in eine gemeinsame Linie über. Für die Gestaltung polychromer Teile greifen die Zeichnerinnen – anders als der die Grundfarben bevorzugende Jungenmanga – gern zu Pastelltönen.

Eine weitere Neuerung der „24er" betrifft das Verhältnis von Wort und Bild. Neben die Unterschiede von Jungen- und Mädchenmanga, die sich auf der Ebene des Erzählinhalts und seiner Entfaltung sowie in der Bildsprache entdecken lassen, tritt der Unterschied im Einsatz verbaler Information, in der jeweiligen Gewichtung von Dialog, innerem Monolog und Lautzeichen. Eine neue Kombination von Wort und Bild erweist sich als notwendig, wenn dem Handlungsaktionismus, den man vom Jungenmanga ebenso kennt wie vom *Gekiga*, zugunsten von Stimmungsmalereien und seelischen Erkundungen ein geringes Gewicht zukommt und wenn es nicht einfach um die Verbildlichung von Gefühlen geht, sondern um Innerlichkeit in Form einer inneren Sprache. Als vereinfachtes Unterscheidungskriterium schlägt Ôtsuka Eiji vor, da-

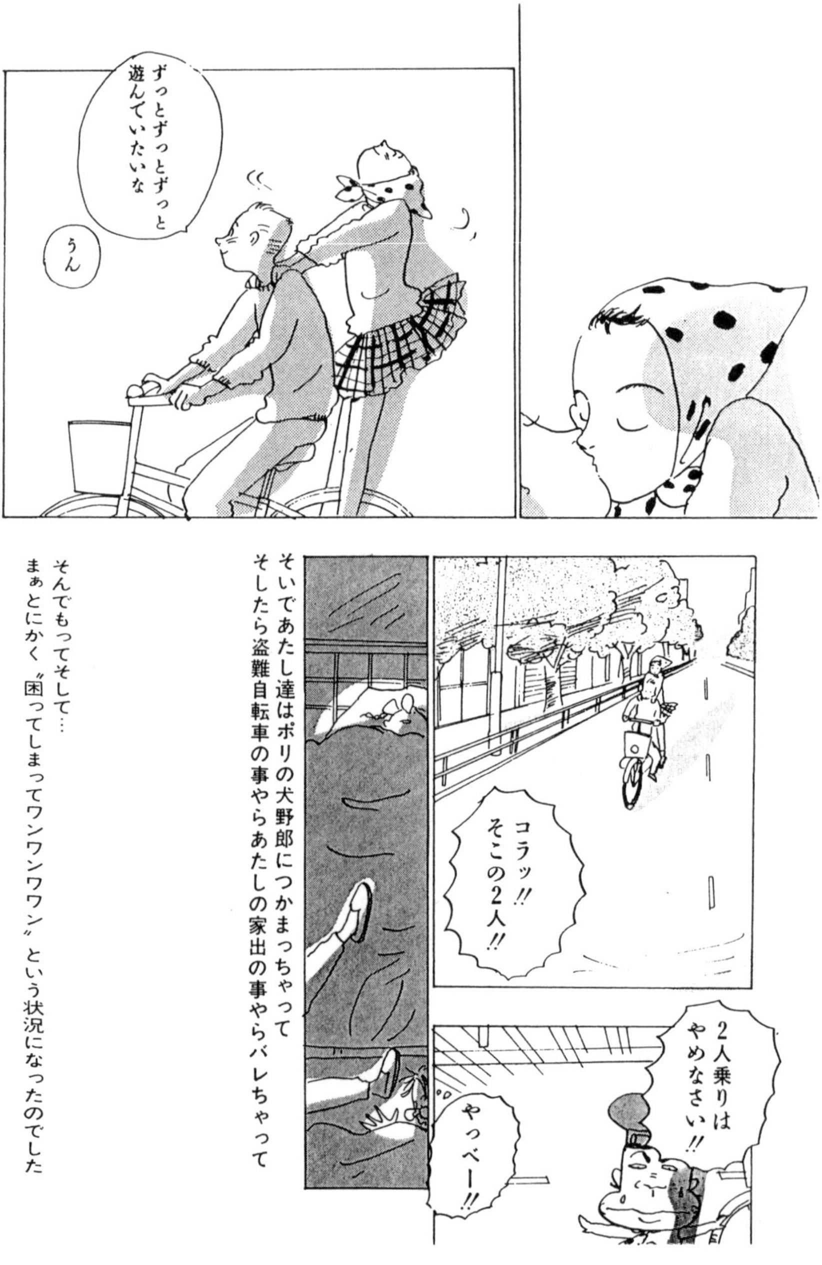

© Okazaki Kyôko: Tôkyô Girls Bravo (1990/91), Takarajimasha

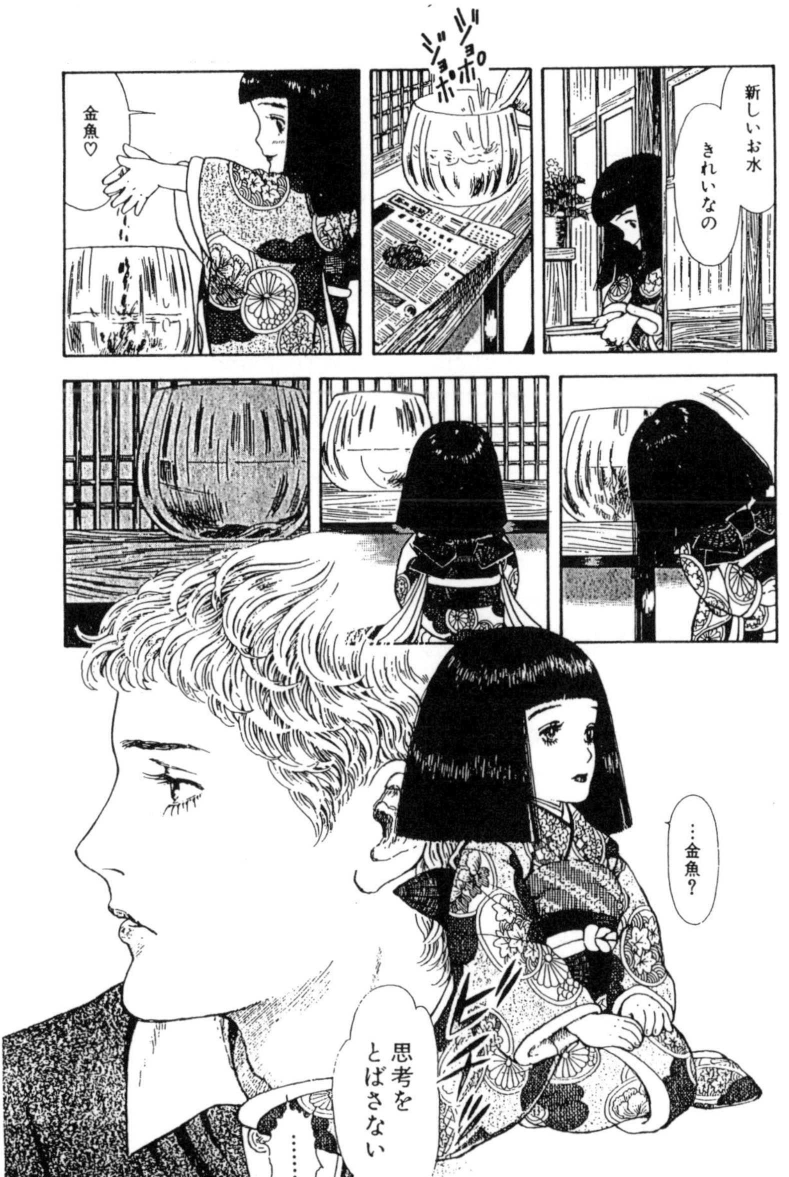

© Uchida Yoshimi: Sôs Labyrinth *[Sô Meikyû]* (1981) in: Sôs Labyrinth, Sôs Raum *[Sô Meikyû, Sô Kûkan]*, Shûeisha 1985

nach zu schauen, wieviel Wortinformation außerhalb der Sprechblasen erscheine und wie diese beschaffen sei – subjektiv innerlich oder distanzierend narrativ. Ausgehend davon lasse sich – so Ôtsukas Argumentation – beispielsweise dem *Lolikon*-Manga, einer pornographischen Spielart der achtziger Jahre[13], nachweisen, daß er durch und durch männlichen Mustern unterliegt, auch wenn er die Darstellung der weiblichen Figuren dem Mädchenmanga entlehnt, und andererseits Okazaki Kyôko – eine der ungewöhnlichsten Zeichnerinnen der frühen neunziger Jahre – durchaus der Traditionslinie des Mädchenmanga zuordnen, obgleich sie zunächst ausschließlich in Jungenmanga-Zeitschriften veröffentlichte. Denn im Jungenmanga, wo der Dialog der Figuren, unterstützt durch Geräuschzeichen, die Handlung trägt, findet sich kaum Text außerhalb der Sprechblasen, während sich im Mädchenmanga der auch hier zentrale Dialog mit inneren Stimmen überlagert, durch die das Gesprochene auf die Persönlichkeit der Figuren zurückverweist und Einfühlung herausfordert.[14]

Die Aufnahme der Innerlichkeit in den Mädchenmanga führte seit Ende der siebziger Jahre nicht nur zu immer komplexeren Seitengestaltungen, sondern auch zu komplizierten Zeitstrukturen im Ablauf der Erzählung, die ungeübten ausländischen Lesern Schwierigkeiten bereiten, zugleich jedoch das Interesse auf die Form und die Eigenart des Mediums lenken. So erzeugt beispielsweise die Zeichnerin Uchida Yoshimi in „Sôs Labyrinth" (*Sô Meikyû*, 1981), in dem der mit Frauen noch unerfahrene Student Sô ein Mädchen bei sich aufnimmt, welches sich als Katzenwesen entpuppt, einen seltsamen atmosphärischen Sog. Die Erzählebenen wechseln häufig, und dies kann angezeigt werden durch einen plötzlich schwarzen Bildhintergrund oder durch ein menschenleeres Panel, gefüllt mit dekorativen Blumenzeichen, einem Gebäude- oder Landschaftsausschnitt, dessen Bedeutung sich meist erst aus dem folgenden erschließt und damit nicht so leicht zu erfassen ist wie eine ganz- oder doppelseitige Zäsur. Zudem tritt jede Erzählebene – sei es die Rückblende, sei es innerer Monolog oder Traum – in ihrem eigenen Präsens auf, was, kameratechnisch gesprochen, einem Zoom-Effekt gleicht. Diesen entdeckte die

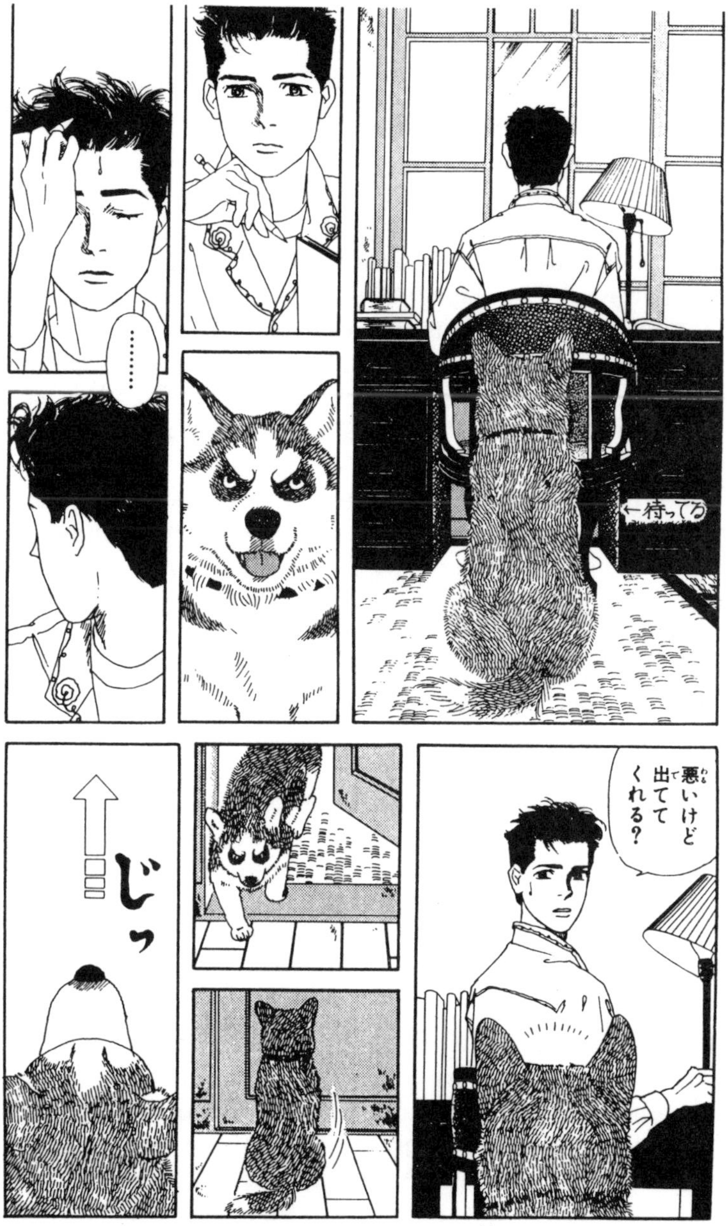

© Sasaki Noriko: Der Tierdoktor *[Dôbutsu no Oisha-san]* (1989, „Hana to Yume"/Hakusensha)

Japanologin Barbara Yoshida-Krafft in der modernen Literatur japanischer Autorinnen, mit welcher man den Mädchenmanga der Innerlichkeit vielleicht einmal vergleichen könnte. Auf die Gefahr einer Abschweifung hin, ein dies verdeutlichendes Zitat: „Nur selten verläuft die Zeit, von einem eindeutigen Augpunkt festgelegt, quasi linear: weit häufiger wird sie einem dauernden Perspektivenwechsel von nah und fern, später und früher unterworfen. ... Plötzliche Zeitsprünge aus der Vergangenheit in die Gegenwart und mitunter schon im nächsten Satz zurück in die Vergangenheit, dann wiederum in die Gegenwart, sind seit langem eines der gebräuchlichsten Stilmittel zur Belebung der Textstruktur, des Sprachrhythmus, ebenso wie zur differenzierenden Beleuchtung emotioneller Partikel."[15]

Der Bezug auf die sogenannte ‚reine' Literatur mag nicht mehr so vermessen scheinen, wenn man einräumt, daß es kulturelle Gemeinsamkeiten zwischen ihr und populärer Literatur geben könnte, und wenn man sich die vielschichtigen Manga einer Uchida Yoshimi oder einer Tsumugi Taku vor Augen hält. Diese zählen zu den wenigen, denen es – für den Themenbereich der Mädchenträume – gelang, in den späten achtziger Jahren das Erbe der „24er" anzutreten. Der Mainstream des Mädchenmanga hatte sich mittlerweile in der endlosen Thematisierung des Selbst erschöpft und die inneren Stimmen zum bloßen psychologischen Kommentar degradiert, so daß sich die nächste Generation junger Leserinnen zugunsten trivialer Mädchenromane von ihm abwandte, sogenannter Junior-Romane, die die Erzählstränge wieder zentralisierten und die Wechselseitigkeit von sprechendem und denkendem Ich weitgehend aufhoben. Zudem herrschte in den reichen achtziger Jahren eine leichte Heiterkeit, die keinen Bedarf an neuen Heldinnen à la Oscar hatte. Gefragt waren Geschichten, die keine traumhaft andere, sondern die eigene kleine Lebenswelt mit ihren Vorkommnissen und zwischenmenschlichen Beziehungen vorführten. Fast könnte man meinen, der Bogen zu den sechziger Jahren sei – zum Beispiel von den Stoffen her, die in schulischem Umfeld spielen – geschlagen. So ist der Mädchenmanga aus exotischer Ferne im Alltag angekommen – die stolze Langnase westlichen Anflugs wich der flachen japanischen Stupsnase.[16] Nicht Schönheit, sondern Niedlichkeit mag die Leserin der Gegenwart an ihren aktuellen Manga-Figuren. Sie verbleibt damit im Rahmen der Gattung, die sich streng an die Regel hält, keine äußerlich häßlichen Gestalten zu zeigen. Wobei anzumerken ist, daß selbst die reizenden Heroinen des Mädchenmanga bei Wutanfällen oder Schreckzuständen ihr „Gesicht verlieren": Mit einemmal verzerrt sich das Antlitz dann – ohne die geringsten Identitätsprobleme – zu einer Cartoon-Fratze. Die Zeichnerin Akisato Wakuni, die in ihren Geschichten recht selbstbewußte Mädchen-Figuren gestaltet, ordnet sich hier ein. Ihr Zeichenstil wirkt typisch für die neunziger Jahre und ähnelt dem von Yoshida Akimi, die auf neue, nicht romantisierende, aber auch nicht lüsterne Weise von der Liebe zwischen jungen Männern erzählt.[17] Aus dem Rahmen fallen hingegen die Heldinnen von Okazaki Kyôko: Sie haben es nicht mehr nötig, schön zu sein. Mit ihrer Strichführung, ihrer Seitenaufteilung und den wie beiläufigen Sprüngen von Bild zu Bild gelingt es dieser Zeichnerin, das hektisch flimmernde Tôkyô Jugendlicher einzufangen, ohne die gestylte Glätte des Werbedesigns zu bemühen.

Von den, auch noch in den neunziger Jahren üblichen Themenkreisen des Mädchenmanga – neben den Träumen und der Jungenliebe die diese aufnehmende Science Fiction nicht zu vergessen – unterscheiden sich die beiden Manga „Die kleine Maruko" (*Chibi Maruko-chan,* 1986) von Sakura Momoko und „Der Tierdoktor" (*Dôbutsu no Oisha-san,* 1988) von Sasaki Noriko, die durch Buchausgaben seit 1990 zu Longsellern wurden. Sie konzentrieren sich in erster Linie auf die Darbietung von Alltagsgeschichten. In einer schlichten Bildsprache – bei Sakura Momoko im Stil von Kinderzeichnungen – erzählen sie humorvoll ihre Episoden und verwenden den Text außerhalb der Sprechblasen, nicht um den Leser in die subjektive Welt der Figuren hineinzuziehen, sondern um diese zu objektivieren und den Leser über die Manga-Geschichte mit seiner gewöhnlichen Erlebniswelt zu verbinden. Damit sind sie nicht weit vom gleichzeitigen Jungen-

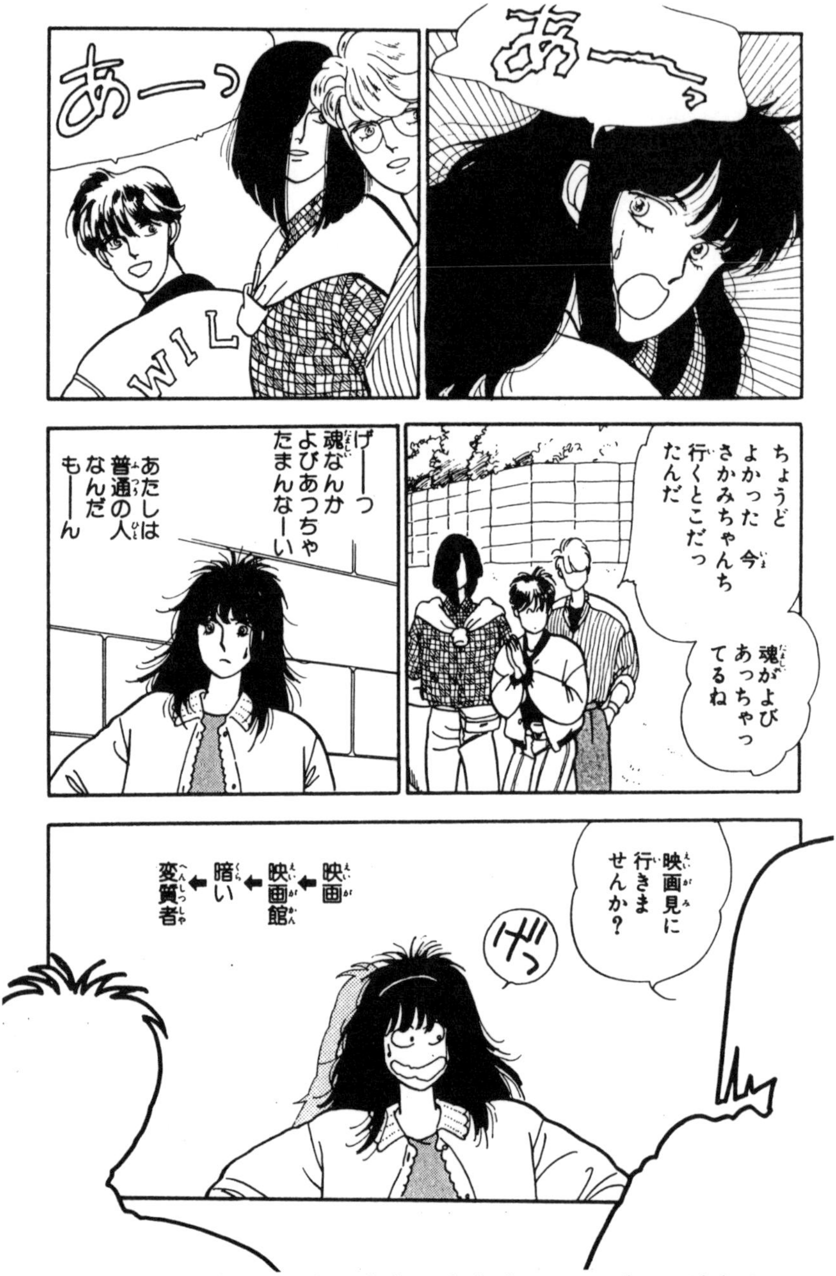

© Akisato Wakuni: Und sie dreht sich doch . . . *[Soredemo Chikyû wa mawatteiru]* (1985)

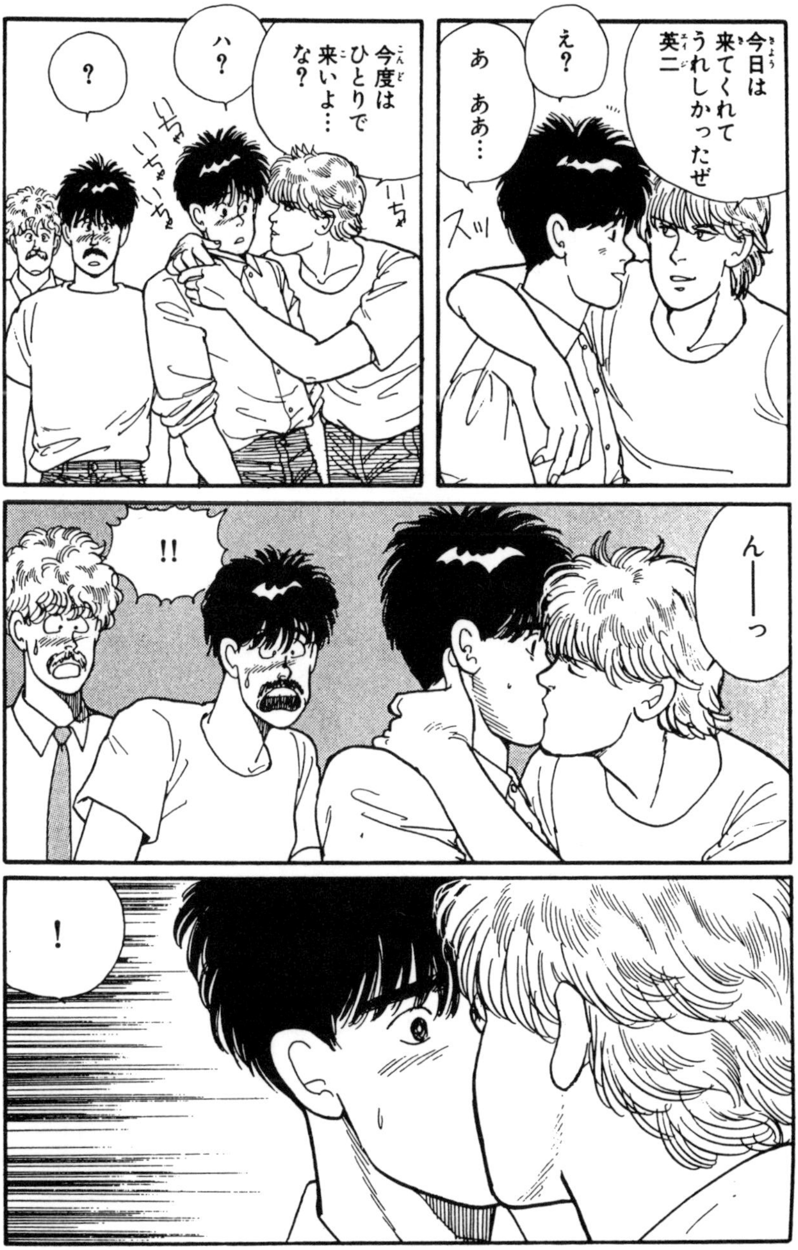

今日は来てくれてうれしかったぜ英二
え？
あ　ああ…
スッ
今度はひとりで来いよ…な？
ハ？
いちゃ
いちゃいちゃ
？
んーーっ
!!
！

manga entfernt, der – wenn er nicht in die Welt der Science Fiction ausweicht – auch die Alltäglichkeit bevorzugt. Seit Yanagisawa Kimio in der Jungenmanga-Zeitschrift „Shûkan Shônen Magazine" 1978 „Das unbefangene Paar" *(Tonda Kappuru)* veröffentlicht hat, begegnet man auch außerhalb des Mädchenmanga Helden, die sich auf der kleinen Bühne von Zuhause und Schule bewegen und mit zwischenmenschlichen Unstimmigkeiten statt gewaltigen Gegnern kämpfen. Dies wirkte zurück auf die Leserschaft des Mädchenmanga: Jungen gehören heute dazu, und sei es, um weibliche Vorstellungswelten kennenzulernen. Umgekehrt lesen auch Mädchen Jungenmanga, so daß sich die beiden Gattungen – vom Leseverhalten her – immer weniger geschlechtsspezifisch festlegen lassen. Und sich als Frau in der männlichen Domäne der Jungenzeitschriften durchzusetzen, ist seit den Erfolgen der Zeichnerin Takahashi Rumiko mit ihren in (Süd-)Europa unter den japanischen Titeln bekannten aktionsreichen Manga *„Urusei Yatsura"*, *„Mezon Ikkoku"* und *„Ranma ½"* keine Ausnahme mehr. So hat beispielsweise Yoshida Akimi, wiewohl ausgewiesene Mädchenmanga-Zeichnerin, mit ihrem Manga „Banana Fish" (seit 1986) viele Fans unter jungen Männern.

Anmerkungen

1 Der Ausdruck verbreitete sich in Japan seit dem Erscheinen des Buches *„Moratoriumu Ningen no Jidai"* [Das Zeitalter des Moratorium-Menschen], 1978, von Okonogi Keigo, der sich wiederum auf Arbeiten des Amerikaners E. H. Erickson stützte und das Moratoriumskonzept keineswegs ausschließlich an Japan band. Vgl. Heise (Hrsg.) S. 80 ff., Ôshiro S. 112 f., *Taishû Bunka Jiten* S. 790, 868.

2 1955 entstanden die bis heute populärsten Monatszeitschriften „Ribon" und „Nakayoshi", ab 1963 – einige Jahre später als im Jungenmanga – auch Wochenzeitschriften. Anders als im Jungenmanga waren die Monatszeitschriften des Mädchenmanga seit den späten sechziger Jahren den Wochenzeitschriften nicht unterlegen.

3 Eine der bekanntesten Autorinnen war Yoshiya Nobuko (1896–1974).

4 Vgl. zum folgenden die Arbeiten von Einholz und Maderdonner
5 Maderdonner S. 45
6 Buruma S. 146 ff.
7 Ôtsuka, Eiji 1994 S. 165 ff.
8 imago (Zeitschrift) 4/1995, S. 32: Hagio Moto im Gespräch mit Iwayo Kunio
9 Im folgenden beziehe ich mich hinsichtlich der Fakten vor allem auf Takatori 1994.
10 Vgl. Funck; *Taishû Bunka Jiten* S. 476; Umehara Riko (Text)/Otohara Ai (Bild): „For Beginners: Takarazuka". Tôkyô: Gendai Shokan (For Beginners-Serie) 1994.
11 Kakinuma S. 172
12 Die Einordnung des Mädchenmanga in eine japanische Tradition weiblicher Ästhetik (vgl. auch Einholz S. 50) führt unweigerlich zurück bis zur höfischen Kultur der Heian-Zeit. Zur Rolle von Frauen nicht nur – wie weithin bekannt – als Autorinnen der frühen japanischen Erzählprosa, sondern auch als Malerinnen, vermutlich sogar der Bildrollen zum „Genji Monogatari", vgl. die englische Fassung des Aufsatzes von Akiyama Terukazu.
13 Vgl. Kapitel 5
14 Ôtsuka 1994 S. 56 ff.
15 Yoshida-Krafft S. 22
16 Zur Veränderung des Nasen-Bewußtseins im Manga seit 1945 vgl. Yomota S. 115 ff.
17 Eine kurze Auflistung zu neueren Mädchenmanga-Zeichnerinnen, die sich der Jungenliebe widmen, bietet Kakinuma Eiko.

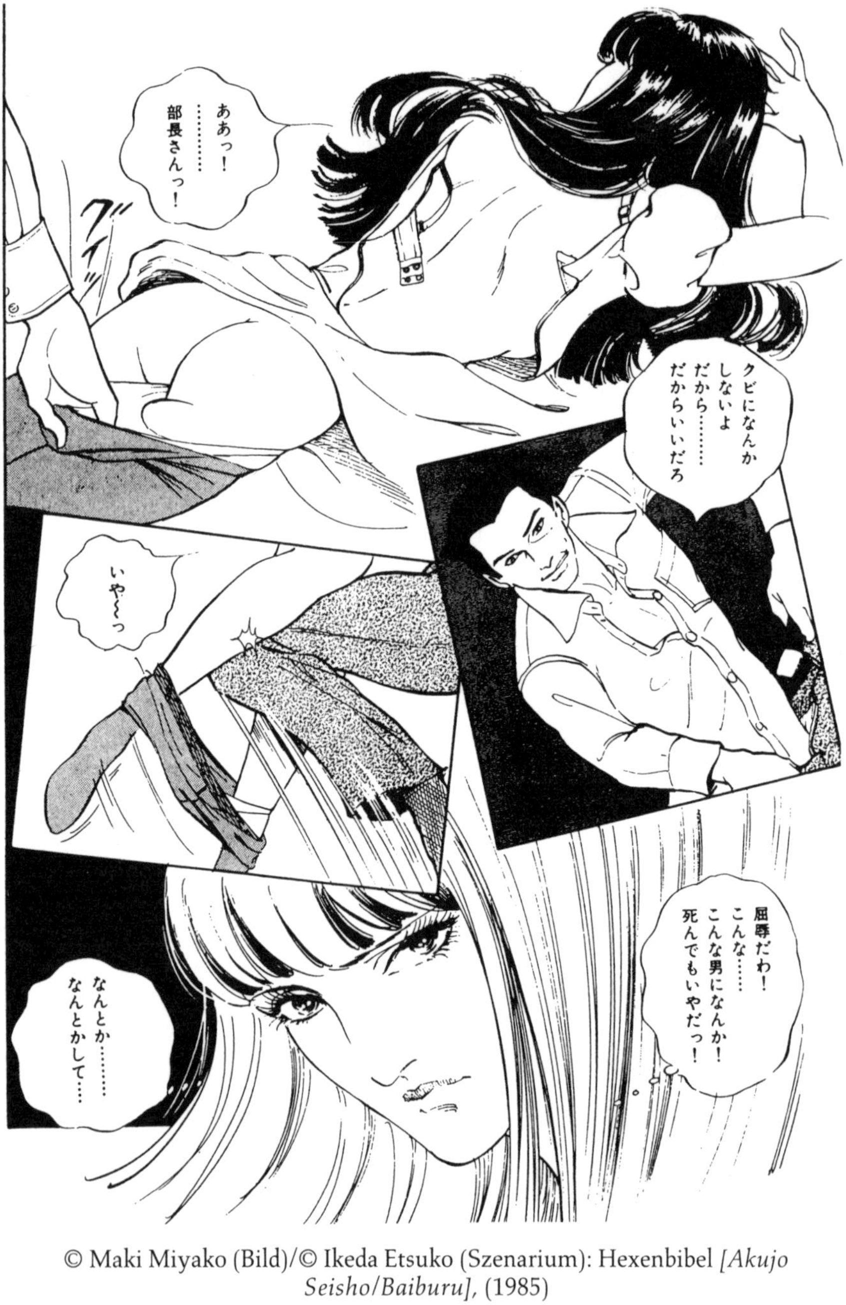

© Maki Miyako (Bild)/© Ikeda Etsuko (Szenarium): Hexenbibel *[Akujo Seisho/Baiburu]*, (1985)

5. Kapitel

Erwachsenen-Phantasien

Liebe als Sex in Lady's Comic und Pornomanga

Auf den Mädchenmanga der „Neuen Welle" und dessen Verbreitung gibt es innerhalb des Manga der achtziger Jahre verschiedene Reaktionen. Eine davon ist der Lady's Comic. Dessen Zeitschriften setzen sich seit 1980 auf dem Manga-Markt durch, die neue Gattung zu begründen. Die Einbandgestaltung dieser Magazine hält sich an den Stil des romantisierenden Mädchenmanga, ein Vermerk zeigt jedoch an, daß es sich um Frauencomics handelt, und die in Japan angesiedelten Geschichten kreisen auch um erwachsene Frauen ab Mitte/Ende Zwanzig. Männliche Manga-Publizisten[1] beschreiben den Lady's Comic meist pauschalisierend als Frauen-Porno: stereotype Geschichten um Ehe, Büroarbeit und Fremdgehen, die den Grundmustern des Mädchenmanga bis zum Happy-End folgen, aber Sex-Szenen bieten, welche viele Männermanga in den Schatten stellen.

Frauen relativieren dieses durch die Massenmedien verbreitete, einseitige Bild.[2] Selbstverständlich wird das, was der Mädchenmanga andeutet und in Träume projiziert, die Beziehungen zwischen Frau und Mann, vom Lady's Comic in die Manga-Wirklichkeit überführt. Seine Leserinnen gehören zur Altersgruppe der späten Zwanziger und der Dreißiger, die ihre Schulphase, einschließlich Fach- oder Hochschulstudium, und die dadurch verlängerte Mädchen(manga)-Zeit bereits hinter sich haben. Doch im Lady's Comic findet man zwei Varianten[3] – zum einen die sex-orientierte, die auch Traditionen des Pornomanga, nun allerdings für Frauen nutzt, zum anderen aber ebenso den von den großen Verlagen publizierten romantischen Comic, der sich mit wenigen, sanfteren

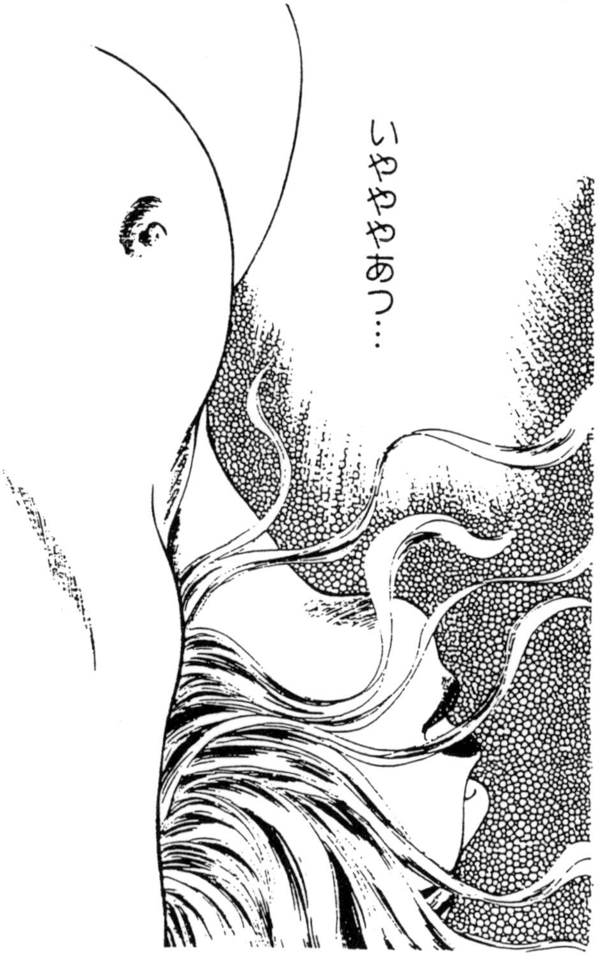
いややゃあつ…

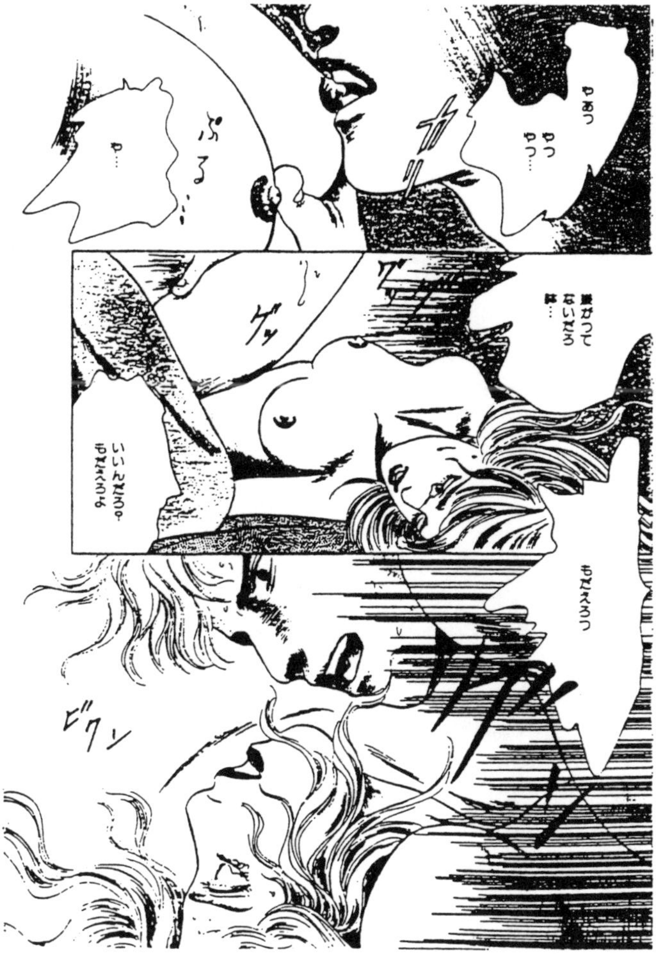

© Nagasaki Maoko: Der Preis der Lust *[Kairaku no Daishô]*
(in: „La Bien" 6/1992)

Sex-Szenen der „Liebe des Herzens" widmet. Im Grunde genommen überwiegen die Mischformen. Da wird – beispielsweise von Fukami Jun in ihrem Manga über die kleine „Hexe" *(Waru)* – der Schauplatz Schule des Mädchenmanga ins Büro verlegt: Eine gerade erst eingestellte, blutjunge Angestellte verliebt sich auf den ersten Blick in einen Kollegen und setzt nun mädchenhaft-verspielt alles daran, zu ihrem Liebesglück zu kommen. Die Heldin der „Hexenbibel" *(Akujo Seisho/ Baiburu)* von Maki Miyako hingegen, auch sie eine Office Lady, verwandelt sich, nachdem ein Vorgesetzter sie zur Krönung eines Rendezvous vergewaltigt hat, in eine Femme Fatale, die unter Einsatz aller Verführungskünste eiskalt Rache übt. Und Uchida Shungiku kehrt in „24000mal einen Korb bekommen" *(24000kai no Hijitetsu)*, mit dem englischen Untertitel „Psychological Office Love", die übliche Konstellation um, indem sie einen Mann ins Zentrum stellt: Dieser betreibt mit achtzehn Bürokolleginnen aus seiner Firma ein reges, fremdgängerisches Liebesleben, welches in 28 überwiegend im Bett spielenden Episoden verfolgt werden kann, nur sind die meisten seiner Partnerinnen alles andere als auf ihn fixiert, sondern benutzen ihn vielmehr erfrischend pragmatisch zur Befriedigung der eigenen Wünsche, sei es nach Sex, sei es nach einem Kind, und so verschwimmt der irritierte Mann auch schon einmal zu einem Manga-Schatten, wenn seine Bettgefährtin unbeeindruckt vom laufenden Akt telefoniert. Im Unterschied zu diesen kühlen Großstädterinnen quält sich zum Beispiel bei Tsuruma Satoko eine ratlose Ehefrau mit der Frage, wie sie ihren Mann wieder sexuell in Schwung bringen könnte, und erhält einige witzige „Empfehlungen fürs Eheleben" *(Fûfu Seikatsu no Susume)*.

Bereits Ende der sechziger Jahre räumten herkömmliche Frauenzeitschriften seriellen Story-Manga für Frauen einige Seiten ein. Für auf Manga spezialisierte Frauenmagazine war die Zeit jedoch offensichtlich noch nicht reif. Experimente, wie die durch Tezuka Osamus Produktionsfirma 1969 als Schwester von „COM" konzipierte „FUNNY" oder die 1974 als Frauen-Version von „Manga Action" gestartete Zeitschrift „Josei Comic Papillon", scheiterten innerhalb eines

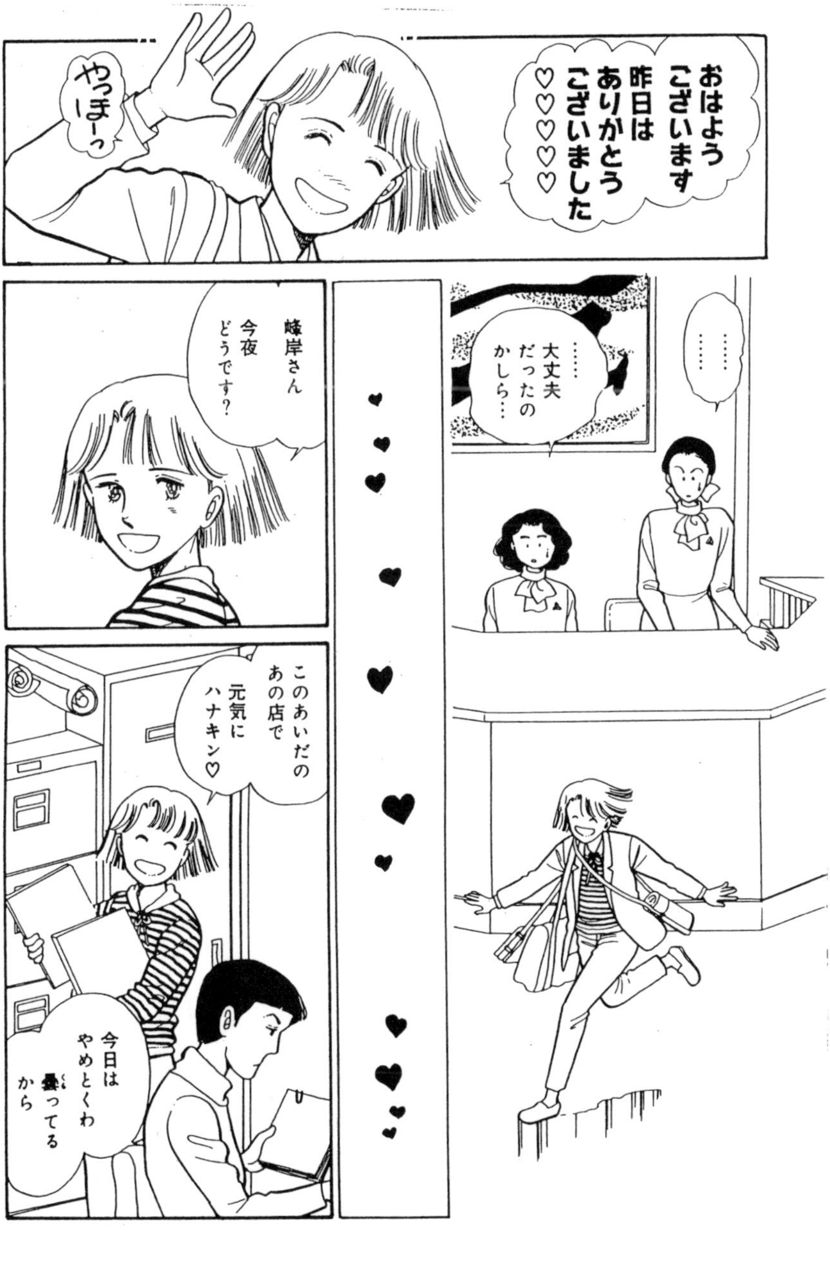
おはようございます
昨日はありがとうございました♡♡♡♡♡
やっほーっ
……
……大丈夫だったのかしら…
峰岸さん今夜どうです?
このあいだのあの店で元気にハナキン♡
今日はやめとくわ曇ってるから

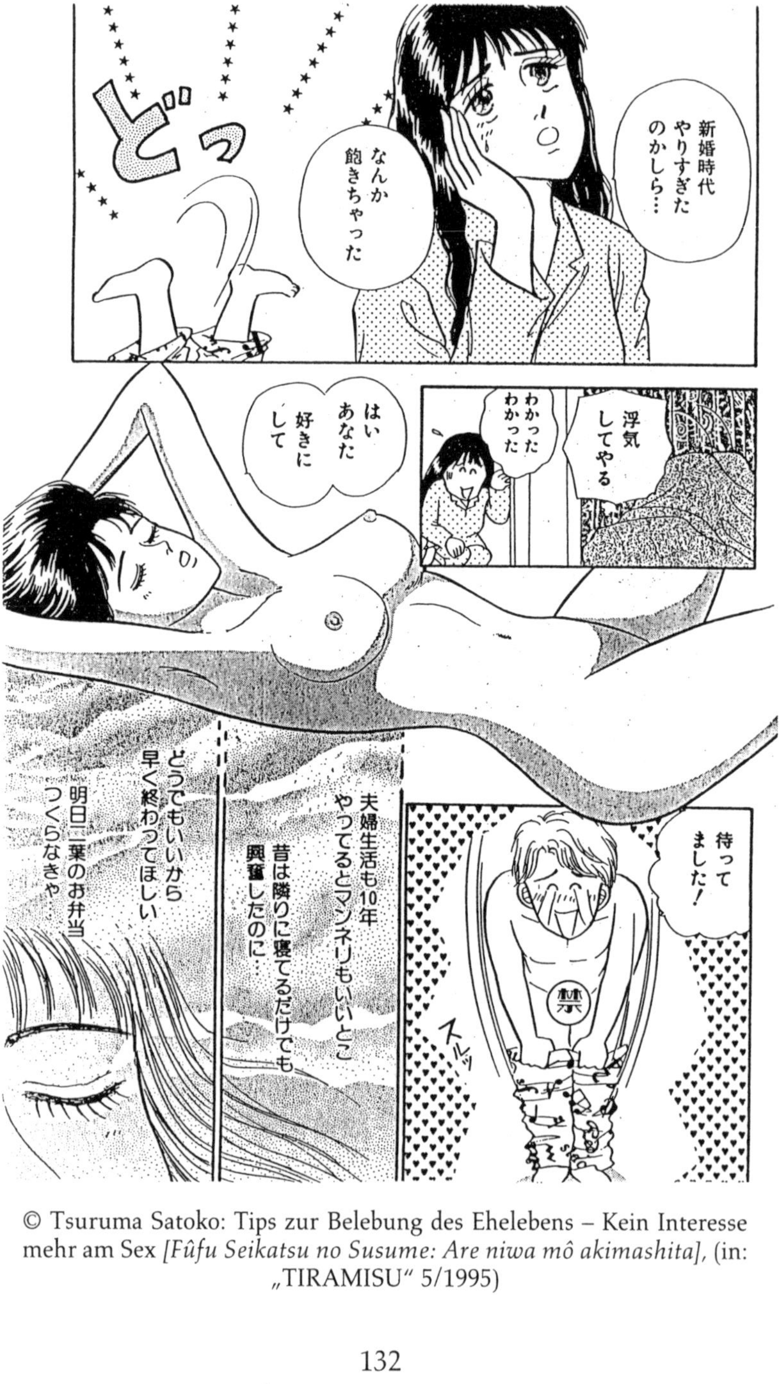

© Tsuruma Satoko: Tips zur Belebung des Ehelebens – Kein Interesse mehr am Sex *[Fûfu Seikatsu no Susume: Are niwa mô akimashita]*, (in: „TIRAMISU" 5/1995)

Jahres und mußten eingestellt werden, auch wenn sie sich auf die Mitarbeit bekannter Zeichnerinnen des Mädchenmanga der sechziger Jahre wie Mizuno Hideko und Maki Miyako stützen konnten.

Erst die am Mädchenmanga der „Neuen Welle" geschulten und erwachsen gewordenen Leserinnen verhalfen dem Lady's Comic zum Durchbruch. Durch den Erfolg der Zeitschrift „BE LOVE" (1980, Kôdansha-Verlag) stutzig geworden, gründeten 1981 der Shôgakukan-Verlag „For Lady", der Shûeisha-Verlag „You" – die zu Beginn der neunziger Jahre meistverkaufte Zeitschrift dieser Gattung – und der Akita-Shobô-Verlag „Bonita". Im Laufe der achtziger Jahre stieg die Anzahl dieser vorwiegend monatlichen Magazine so weit an, daß die Leserinnen heute unter etwa sechzig bis hundert wählen können.

Wie beim Mädchenmanga zeichnen hier fast ausschließlich Frauen, anders als bei ihm verkaufen sich jedoch Lady's Comics in Buchform bis auf wenige Ausnahmen nicht. Einer der wenigen Longseller des Lady's Comic – er sollte es in den späten achtziger Jahren auf eine vielbändige Buchausgabe bringen – ist die bereits erwähnte „Hexenbibel" *(Akujo Seisho/Baiburu)* der Mädchenmanga-Zeichnerin Maki Miyako und der Szenaristin Ikeda Etsuko. Warben die Redakteure des entstehenden Lady's Comic zunächst ältere erfahrene Zeichnerinnen an, so konnten sie mit diesen dem steigenden Bedarf schon bald nicht mehr gerecht werden. Wie in anderen boomenden Manga-Sparten auch wurden also Anfängerinnen zu verfrühten Debüts gedrängt und innerhalb weniger Jahre verbraucht. Die Folgen zeigen sich Mitte der neunziger Jahre: Fluten stereotypisierter Produkte, nachlassendes Interesse der Leserschaft, Einbrüche bei den Auflagenzahlen. Krisen aber bergen Chancen, und so hofft beispielsweise die Publizistin und Szenaristin Erino Miya, wie sie in einem Interview sagte, nun auf die Geburt eines wirklichen Frauencomics. Neben den Zeichnerinnen Fukami Jun und Uchida Shungiku fällt seit Beginn der neunziger Jahre die noch wenig bekannte Abiko Marie auf. Wiewohl zunächst außerhalb des Lady's Comic, in der Jugendzeitschrift „Young Champion" (1990–1995) publiziert,

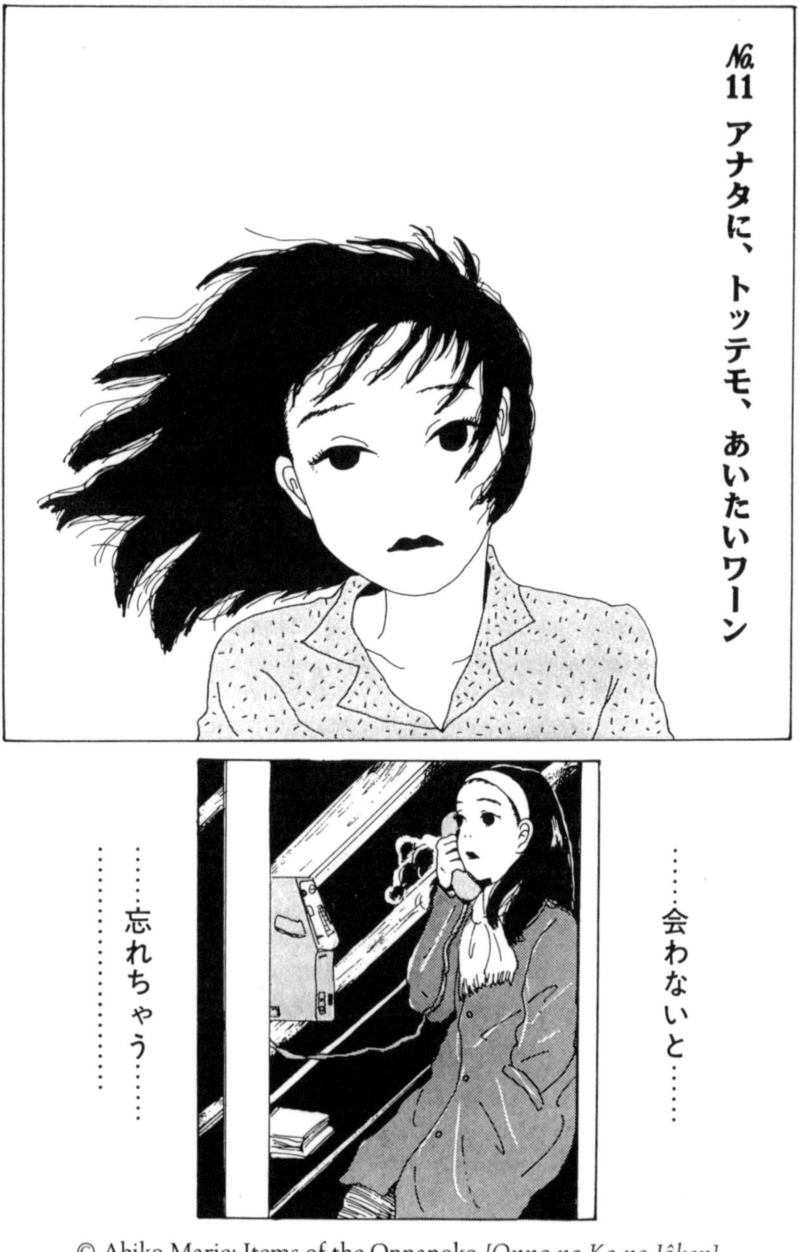

© Abiko Marie: Items of the Onnanoko *[Onna no Ko no Jôken]* (1990–1995)

stellen ihre zwischen Melancholie und satirischer Überspitzung pendelnden, essayhaften „Items of the Onnanoko" (so der englische Untertitel von *Onna no Ko no Jôken)* einen interessanten Neuansatz des Frauenmanga dar. Geschildert wird die alltägliche Suche nach Liebe und deren Enttäuschungen, unterbrochen von ironischen Sentenzen über die Mühsal einer Mädchenmanga- Zeichnerin, die ebendiese Sehnsüchte professionell umzusetzen hat.

Erst durch Buchausgaben prägen sich die Namen von Zeichnerinnen ein. Da jedoch im Unterschied zum Mädchenmanga die Zeichnerinnen des Lady's Comic nicht idolisiert werden – sowohl aufgrund des Alters der Leserinnen als auch aufgrund der leicht „anrüchigen" Stoffe ist die Gattung als solche populär, einzelne Schöpferpersönlichkeiten weniger –, erscheinen Buchversionen nur selten erfolgsversprechend. Der Großteil des Lady's Comic lebt in den flüchtigen Zeitschriften und dort auch selten als lange Serie. Zeitschriften sind billig – beispielsweise „You" (340 Seiten, Auflage: 900 000) kostet 300 Yen. Sie kommen damit der Haushaltskasse von Frauen entgegen, die sich zugunsten größerer Sparprojekte – vor allem für Eigenheim und Ausbildung der Kinder – im Alltag kaum Luxus leisten. Der niedrige Preis erklärt sich aus den Herstellungskosten: Eine Manga-Zeitschrift erfordert weniger finanziellen Aufwand als ein mit Farbfotos bebildertes Modejournal, und im Unterschied zum Mädchenmanga versieht man sie nicht mit Beilagen[4], vergibt keine Preise und startet keine Geschenkaktionen zur Förderung des Verkaufs. Und schließlich handelt es sich nicht um Druckerzeugnisse, die sich daheim ins Regal stellen lassen. Schon der verstohlene Kauf der Zeitschriften im Supermarkt erfordert Überwindung: Vielen Kundinnen ist der wissende Blick des Kassierers peinlich. Hier erweist sich ein Einband im Stil des romantisierenden Mädchenmanga als hilfreich, denn auf diese Weise läßt sich der Genuß erotischer Produkte nach außen verleugnen.

Die betont erotische Variante bildete sich gegen Ende der achtziger Jahre heraus und belegt gegenwärtig ein Viertel des Lady's-Comic-Volumens. In den Redaktionen dieser Zeitschriften sitzen zwar auch Frauen, die Chefs sind jedoch fast ausschließlich im Pornomanga-Gewerbe erfahrene Männer. Gezeichnet wird von professionellen Frauen, oft in Zusammenarbeit mit Szenaristinnen. Manche von ihnen – darunter Absolventinnen von Kunsthochschulen – legen sich in ihren Manga keinerlei Zurückhaltung vor sadomasochistischen Szenen, Darstellungen von Mord und Vergewaltigung auf und zeigen Frauen durchaus auch kritiklos als Unterlegene.

Die meisten Lady's Comics sind nicht feministisch, und dennoch bilden sie ein Stück Frauenkultur, denn sie machen die Erlebnisse erwachsener Frauen zum Gegenstand lustbetonter Lektüre. Der erwachsenen Frau – ob in hetero- oder homosexuellen Beziehungen – wird Schönheit zugestanden. Hier wirkt nicht die männliche Vorliebe für die erst knospende Mädchenblüte. Im Gegenteil, der Lady's Comic ignoriert die herkömmliche Erotik japanischer Rotlicht-Viertel, wo sich der Gast von der vorgeblichen Unschuld im Matrosenkleidchen oder von der halbnackten Serviererin im Häschen-Dress hinreißen läßt. Im Hang zur niedlichen Kindfrau als Objekt treffen die Zeichen einer verklärten Mädchenkultur und der Sexindustrie zusammen – beispielsweise bei den Aufklebern an den dortigen Telefonzellen, wo in Pink Figurinen nach Art des Mädchenmanga, allerdings mit für dessen Maßstäbe etwas zu üppigem Busen, für Telefonsex werben. Im übrigen findet man, wenn man will, diese Konstellation in den Arbeiten der Künstlerin Nishiyama Minako[5] wieder: Vor eine rosarote Kulisse mit Herzchen-Tapete und durch riesige Schleifen gerafften Herzchen-Gardinen stellt sie ganz wertneutral ein rosarotes Doppelbett und nennt dies „The Pink House" (1991). Junge Ausstellungsbesucherinnen erkennen voll arglosen Vergnügens das Zimmer von *Rika-chan*, der japanischen Barbie-Puppe, wieder, ältere vermuten eine Ironisierung des Mythos und eine Anspielung auf andere Kontexte.

Dem Trend zur Infantilisierung in der japanischen Gegenwartskultur und insbesondere dem Weiblichen als Kindlichen verweigert sich der Großteil des erotischen Lady's Comic. Für viele der Geschichten liefern die Leserinnen selbst den Stoff in Form von Geständnissen und sexuellen Offenbarungseiden.

Die frustrierte Hausfrau oder einsame Sekretärin ruft erotische Hochgefühle in sich wach, indem sie Erlebnisse oder Träume noch einmal erzählt und diese sich dann wieder als Porno zu Gemüte führt – dafür gibt es spezielle Geständniszeitschriften. In den meisten Frauenmanga wird der Sex jedoch nicht sensationell isoliert, sondern in eine Geschichte eingebunden. Umino Kujira erzählt in „Noch einmal jene Nacht" *(Ano Yoru o mô ichido)* – erschienen in der als sexträchtig ausgewiesenen Zeitschrift „TIRAMISU" – von der Wandlung einer anspruchsvollen jungen Frau, die ihren Mann zunächst verstößt, als sie unter seiner Perücke den Ansatz einer Glatze entdeckt, dann aber den Wert innerer Schönheit erkennt. Und in „Lily Casablanca" trifft eine junge Frau drei Jahre nach der Trennung zufällig ihren ehemaligen Geliebten wieder, um zu erfahren, daß er sie aus Liebe verließ, als er von seiner HIV-Infektion erfahren hatte. Saotome Miyako, die Szenaristin dieses Manga und Autorin eines Büchleins zu den „Geheimnissen des Lady's Comic", faßt die Wirkungsweise der neuen Gattung lax zusammen: Wenn sich der Streß daheim häufe, lieber erst einmal zu einem Lady's Comic greifen, als gleich fremdzugehen. Mit anderen Worten: Der Lady's Comic hilft in seiner Wirkungsweise hervorragend, den verinnerlichten Zwang zur Ehe durchzuhalten.

Nicht allein der Lady's Comic reagiert auf den Mädchenmanga. Ende der achtziger Jahre tut dies auf dem Gebiet des männlichen Pornomanga (abschwächend *Ero-Manga* genannt) und als dessen neue Spielart auch der *Lolikon*[6]. Sein Name, der in verschiedener Form in den Titeln der entsprechenden Zeitschriften – „Loli Touch", „Loli Pop", „Loli Party" – auftaucht, leitet sich von „Lolita-Komplex" her, denn diese Manga beschäftigen sich mit puppigen Mädchen – von lüsternen, masturbierenden Schülerinnen bis dankbar Vergewaltigten – nun jedoch nicht mehr durch ältere Männer, sondern durch belebte mechanische Gegenstände, Mutanten oder außerirdische Wesen. Beruht Pornographie generell darauf, daß die Figuren nicht als Personen, dafür jedoch umso intensiver sexuell „kommunizieren", so steigert der *Lolikon* dieses Sich-Fremd-Bleiben durch der Science Fiction ent-

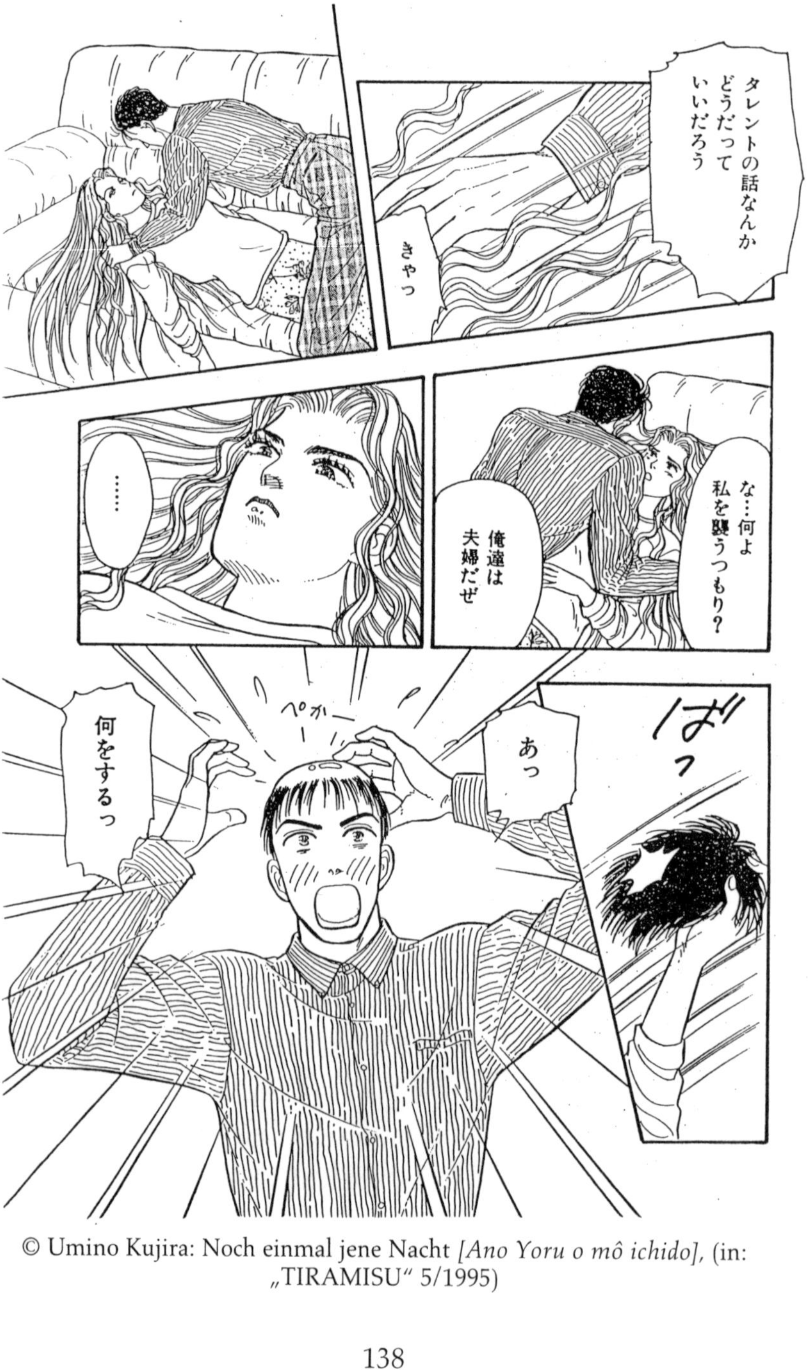

© Umino Kujira: Noch einmal jene Nacht *[Ano Yoru o mô ichido]*, (in: „TIRAMISU“ 5/1995)

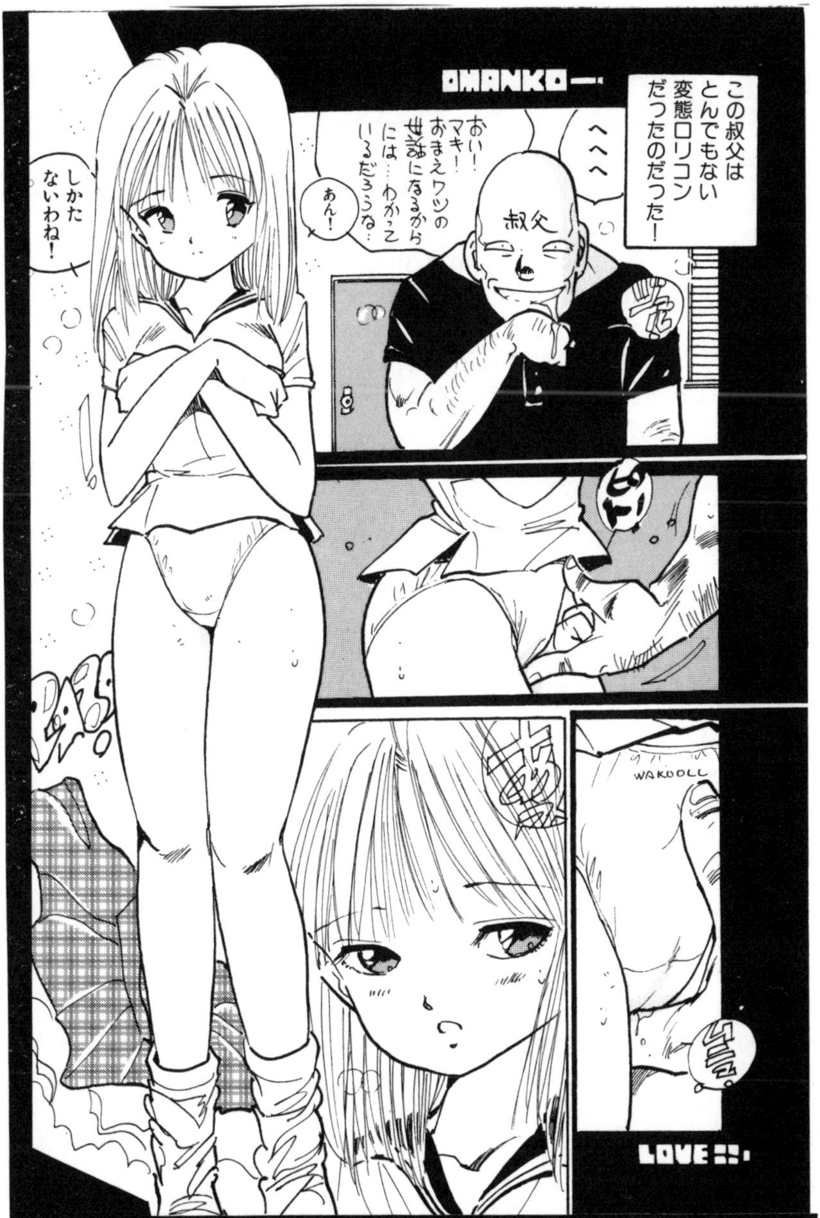

© Uchiyama Aki: Kleine Herzensbrecherin *[Bishôjo Burenbasutâ]*, (in: „Erotopia" 4–6/1995)

lehnte Elemente. Die Liebe zu Andersartigen brauchte er nicht zu erfinden, war sie doch im Jungen- wie im Mädchenmanga von Tezuka Osamu und Ishinomori Shôtarô bis zu Hagio Moto bereits als Motiv gegeben, nur führt er sie fort bis zum Geschlechtsakt, bei dem den Feen- oder Katzenmädchen – eben aufgrund ihrer unirdischen Andersartigkeit – auch der führende Part zukommen mag.

Daß die weiblichen Figuren jünger aussehen, als es von den Geschichten her der Fall sein kann, hat sowohl mit männlichen Phantasien zu tun als auch mit der japanischen Zensur, die es nach Artikel 21 der Verfassung eigentlich nicht mehr gibt. Die Tradition sinnenfreudiger erotischer Darstellungen in den *Shunga*-Bildern[7] – ob als Anleitung für das Freudenviertel oder als „Kopfkissenbuch" für die Braut zur Einführung in die sexuellen Ehepflichten – wurde mit der Modernisierung zugunsten disziplinierter Prüdität offiziell verworfen. Seit der Nachkriegszeit ist es der Paragraph 175 des Strafgesetzbuchs, der die Verbreitung, den Verkauf sowie die Auslage obszöner Druckerzeugnisse verbietet (wobei „obszön" nicht juristisch definiert wird). Insbesondere die präzise Abbildung von Schamhaar, Genitalien sowie Geschlechtsverkehr wird durch ihn unter Strafe gestellt. Dies betrifft jedoch nur die Darstellung von Erwachsenen – in importierten Filmen läßt ein Zensur-„Fettfleck" die entsprechenden Körperstellen verschwimmen –, die von Kindern hingegen nicht.

Aber allein aus dem Anti-Zensur-Trick erklärt sich der *Lolikon* noch nicht. Ausgehend von Fanzines, begann er in den frühen achtziger Jahren als Kritik des Mädchenmanga: Seine Amateurzeichner zitierten die zum Klischee erstarrten Heldinnen und versetzten sie in Situationen, die pornographische Darstellungen ermöglichten. Der Mädchenmanga hatte mit der Innerlichkeit auch den menschlichen Körper als deren Symbol entdeckt – Yamato Waki war mit „Mayukos Tagebuch" (*Mayuko no Nikki*, 1970 in „Shûkan Shôjo Friend") eine der ersten –, hatte sich im Zuge seiner Pseudoliterarisierung jedoch auf das Seelische konzentriert und den von Innerlichkeitssymbolisierungen entlasteten Körper mehr oder weniger dem männlichen Porno überlassen, in dem die gewaltsame Einwirkung auf diesen eskalierte. Die *Lolikon*-Zeichner – als Leser vertraut mit jenen „Love Comedies", die Liebe verklärend präsentieren – machten sich selbst den darin unterdrückten Sex sichtbar. Sie setzten die romantisierenden Manga als Vorspiel voraus und konzentrierten sich auf den Geschlechtsakt sowie die Schilderung weiblicher Geschlechtsattribute, die sie im Unterschied zu dem beispielsweise durch mechanische Gegenstände ersetzten männlichen Glied detailliert darstellten. Da zudem die Mädchenfiguren oft als Puppen erscheinen, so daß sie nicht als menschliche Wesen vorgestellt zu werden brauchen, kann der – ursprünglich recht junge – Zeichner/Leser sexuelle Bedürfnisse ausleben, ohne sich als deren Subjekt sehen zu müssen, und dies, je nach Konstellation der Manga-Geschichte, in mehrerer Hinsicht: Er verdrängt die Schwierigkeiten der Annäherung an ein reales Mädchen, er ist sicher vor Gewissensbissen, da das Objekt der Begierde keine Verletzungen erleidet, er kann sich passiv den Händen des imaginierten weiblichen Wesens überlassen.

Der *Lolikon* bildete Ende der achtziger Jahre einen Markt mit etwa dreißig Zeitschriften, deren Auflagen zwischen 10000 und 40000 lagen. Diese wurden von kleineren Verlagen herausgebracht, deren vornehmliches Betätigungsfeld in den siebziger Jahren der sogenannte *Ero-Gekiga*[8] gewesen war. Im Gefolge des *Gekiga*-Booms der sechziger Jahre waren Zeitschriften entstanden wie „Manga Erotopia" (1973), „Manga Erogenica" (1975) und „Manga Alice" (1977) mit einer den Underground-Comix in den USA vergleichbaren subkulturellen und antiautoritären Wirkungsstrategie. Durch die Studentenunruhen der späten sechziger Jahre geprägte Zeichner, die mit ihrem exzentrischen Stil in den großen Manga-Zeitschriften nicht publizieren durften, fanden hier einen Raum für Experimente, wie beispielsweise Pornofotos, *Gekiga*-Panels und Text integrierende Gestaltungen. Die bissig ironische, provokative Kreativität, wie sie einem zu dieser Zeit auch in den Experimentalfilmen des Dramatikers und Regisseurs Terayama Shûji begegnet, erreichte 1978 ihren Höhepunkt. Einen Bezug auf Terayama legt besonders der Zeichner Matsuo Suehiro nahe, der dem Betrachter seiner

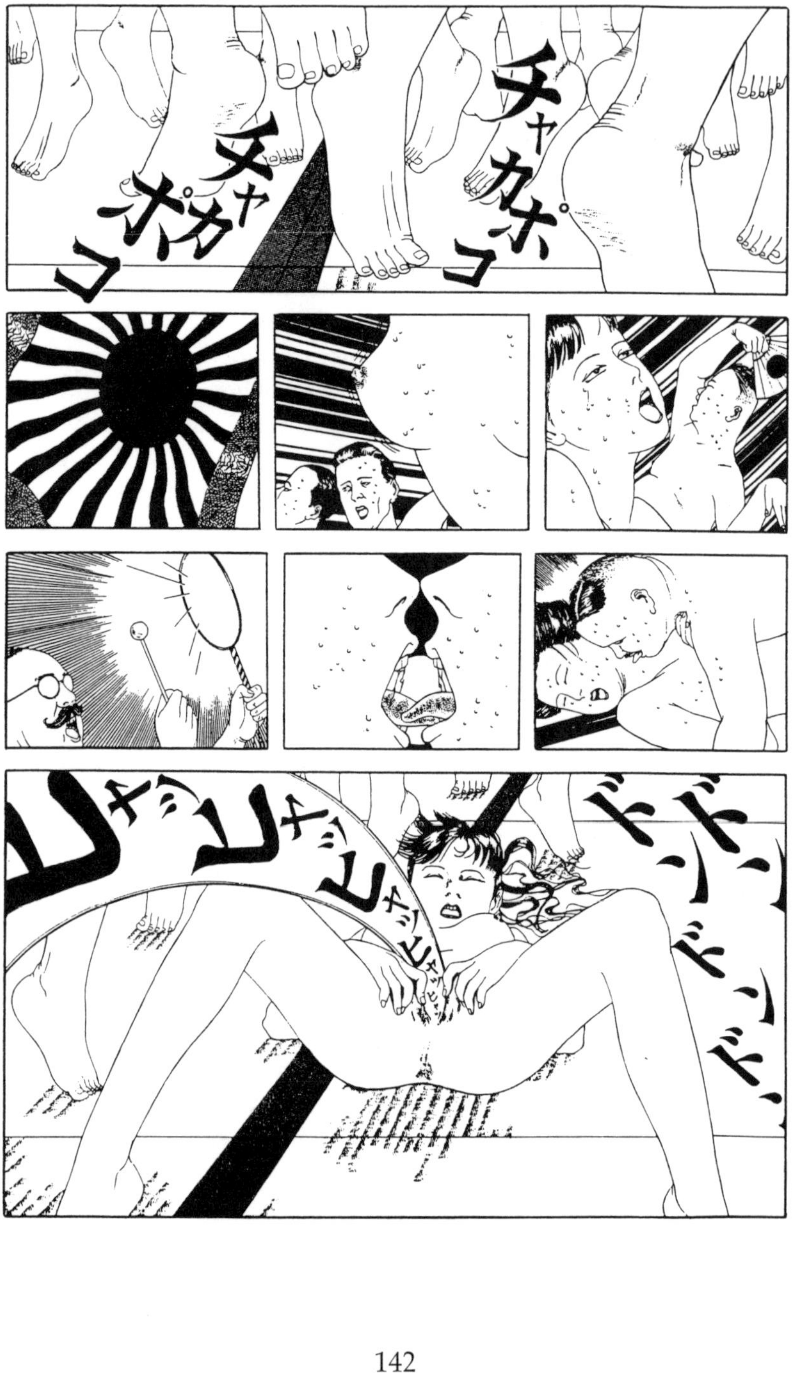
チャカポコ
チャカポコ

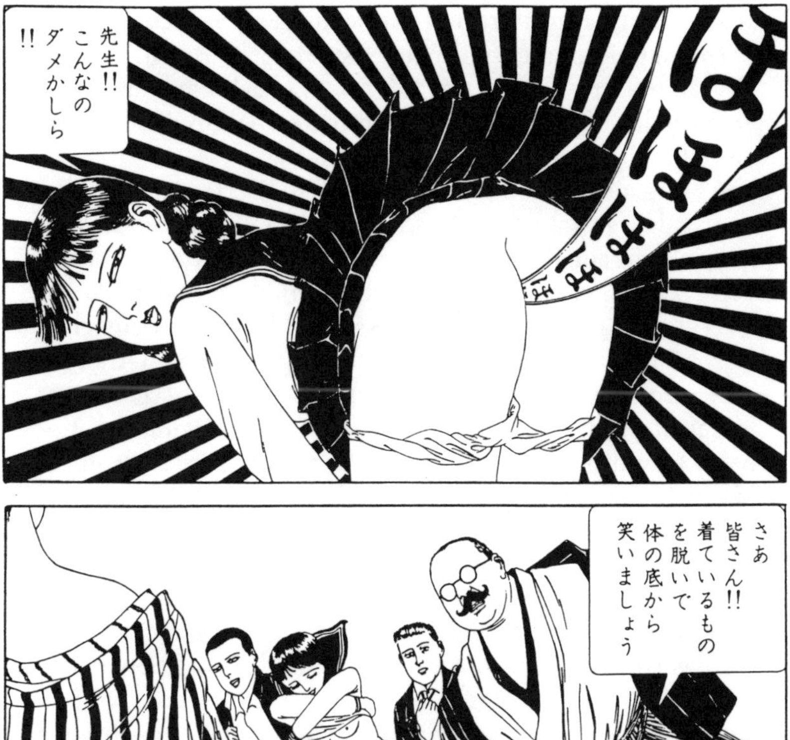

© Maruo Suehiro: Das rosarote Ungetüm *[Barairo no Kaibutsu]* (1982)

bösen Manga autoritäre und nationalistische Symbole mittels Pornographie und gezeichneter Skatologie verekelt. Für das Niveau des *Ero-Gekiga* um 1980 steht gleichermaßen exemplarisch der Manga-Zeichner und spätere Filmregisseur Ishii Takashi mit seiner filmischen Bildsprache.

Anders als der *Lolikon* bleibt der *Ero-Gekiga* in der Nähe zum realen, gewaltsamen Geschlechtsakt. Er folgte dessen Verlauf, indem er das Vorspiel integriert, arbeitet mit dem Wechsel von erzwungenem Striptease und Verhüllung, stellt Männer als Vergewaltiger dar und interessiert sich für den weiblichen Körper als Objekt, das – erstaunlich oft – gefesselt und stranguliert wird. Ishii beispielsweise gibt auf diese Weise schonungslos (auch gegen sich selbst) aus Wut, Hilflosigkeit und emotionaler Dumpfheit entspringende Phantasien preis, wie er im Nachwort seines Manga-Buches „Maraque" (1990) gesteht. Auf Bücher wie dieses und die von Maruo Suehiro, in den neunziger Jahren aufgelegt, stößt man heute am ehesten in kleinen Kunstbuchhandlungen, die sich mit unspektakulärem Trotz gegen die Vergeßlichkeit des gegenwärtigen Japans stellen, gegen das Totschweigen neuerer subkultureller Traditionen. Der *Ero-Gekiga* erlebte Anfang der achtziger Jahre seinen Niedergang. Einen Großteil seiner Leser verlor er an die zunehmend auf Sexdarstellungen einschwenkenden Jugendmanga-Zeitschriften, an die Aktfoto-Zeitschriften[9] und an den *Lolikon*.

Westliche Ausländer sind oft entsetzt angesichts der augenfälligen Häufigkeit und unproblematischen Integration gewaltsamer, sadomasochistischer Pornomanga in den gegenwärtigen japanischen Alltag. Auch das Ehapa-Comic-Lexikon bezeichnet in der Sonderrubrik „Erotik" den japanischen Trend als besonders gefährlich, weil dort Sex und Porno mit Gewaltdarstellungen einhergehen.[10] Aus einem feministischen Blickwinkel hat die Japanologin Eva Bachmayer in ihrer Studie „‚Gequälter Engel' – Das Frauenbild in den erotischen Comics in Japan" versucht, sich die außergewöhnliche Popularität dieser Manga zu erklären, die Frauen durchweg als niedlich-schöne, unselbständige und trotz Gewalteinwirkung unversehrt bleibende Weibchen vorführen, an denen sich männliche Leser ohne Schuldgefühle vergehen können.

Bachmayer verweist für die Popularität der Pornomanga auf vier Zusammenhänge: erstens die Dominanz des Mannes im patriarchalischen Japan, zweitens die staatliche Scheinzensur, drittens die Rolle der Mutter für die Sozialisation der Knaben und viertens den männlichen Charakter des Comic-Codes.

Zum ersten: Bachmayer sieht im Pornomanga die reale gesellschaftliche Dominanz des Mannes als virtuelle vorgeführt und bestätigt. Aber verhält es sich nicht eher so, daß der einzelne sich männliche Überlegenheit fiktional wachzurufen sucht, weil sie im Alltag immer weniger erfahrbar ist? Der gewöhnliche japanische Angestellte, der wegen seiner vielen Überstunden erst spät nachts heimkehrt und in seiner Familie, wo zumeist die Frau alles regelt, kaum noch traditionelle väterliche Autorität besitzt, greift zum Porno ebenso wie sein Vorgesetzter, der zusätzlich auf Geschäftsreisen – wenn die Gattin die Ausgaben nicht kontrollieren kann – vielleicht ein Bordell aufsuchen mag, ob aus Unsicherheit im Umgang mit dem anderen Geschlecht oder weil zwischen Ehe, Liebe und Sex in Japan unbefangener getrennt werden kann. Und wenn selbst unter Mittel- und Oberschülern Pornomanga heimlich kursieren, dann wohl auch, weil Gespräche über Sex in den Familien tabuisiert werden.

Zum zweiten: Bachmayer stellt fest, daß die staatliche Scheinzensur, die das Verbot der direkten Abbildung von Geschlechtsorganen und nicht die virtuelle Gewaltsamkeit gegenüber der Frau zum entscheidenden Kriterium erhebt, die Pornomanga indirekt fördere. Das formalisierte Vorgehen des Staates – gegenüber Pornographie ebenso wie gegenüber der trotz des gesetzlichen Verbots von 1958 offensichtlich fortbestehenden Prostitution – ist ein Tatbestand. Hinzukommt die Zeichensprache des Manga: Nicht allein die in Panels aufgesplitterte Erzählweise des Comics schlechthin, sondern darüber hinaus die Stilisierung und der im Manga bevorzugte Bilderfluß setzen beim Leser einen Assoziationsreichtum in Gang, der pornographisch mit dem erotischen Prinzip zusammentrifft, daß selbst nur leicht Verhülltes stärker reizt als das rundum Einsehbare. Die Zeichner des *Ero-Gekiga* haben aus der Not eine Tugend der graphischen Andeutungen gemacht – sei es, daß sie Phallussymbole, Muscheln oder Orchideen verwenden, sei es, daß sie Genitalien durch Schlangen oder Raketen ersetzen oder aber die entsprechende Stelle einfach ungezeichnet lassen.

Interessanterweise wird die präzise Darstellung der entsprechenden Körperzonen beim Manga weitaus schärfer geahndet als in den Schriftmedien oder in der Fotografie. Die seit 1991 erschienenen Bände mit ungewöhnlich offenherzigen Aktfotos des Fotografen Shinoyama Kishin von jungen Schauspielerinnen wie Miyazawa Rie und Higuchi Kanako sorgten zwar für Gesprächsstoff – wie viele Haare sind denn nun zu sehen? –, verboten wurden sie nicht. So konnten hunderttausende von Exemplaren verkauft werden. In der Aufmachung Kunstbänden ähnlich, waren sie aufgrund ihres Preises (um 3000 Yen) sowie der verschweißten Plastikfolie für Mittel- und Oberschüler schwerer zugänglich als vergleichbare Manga, die ja vorwiegend in der (nicht eingeschweißten) Zeitschriftenform konsumiert werden. Dennoch verstehen manche die ausbleibende sittliche Entrüstung auch als symptomatisch für den Stellenwert, der den verschiedenen Medien als „Kunst" zugewiesen wird.

Zum dritten: Bezogen auf Thesen der japanischen Psychoanalyse, Japan als „maternelle Gesellschaft"[11] zu bestimmen, versteht Bachmayer den Pornomanga auch als Ventil, über welches gegen die Frau als allmächtige, ambivalente Mutter aufbegehrt wird. Diese – so stellt es die Theorie dar – opfere sich für den Sohn auf und binde ihn emotional zugleich so stark an sich, daß er sich nicht von ihr lösen kann. Mit dem Eintritt ins Erwachsenenleben werden diese psychischen Potentiale auf die soziale Gruppe übertragen, in der man sich zwischen Geborgenheit und Zwang bewegt. Des weiteren ließe sich dieses psychische Sozialisationsmuster in der Anlehnung an die Ehefrau als Mutter entdecken.

Zum vierten: Bachmayer erklärt sich die Popularität der Pornomanga nicht zuletzt damit, daß der Comic – psychologisch betrachtet – ein männliches Medium sei. Die durch ihn beförderte Rezeption entspreche in ihrer Geradlinigkeit und

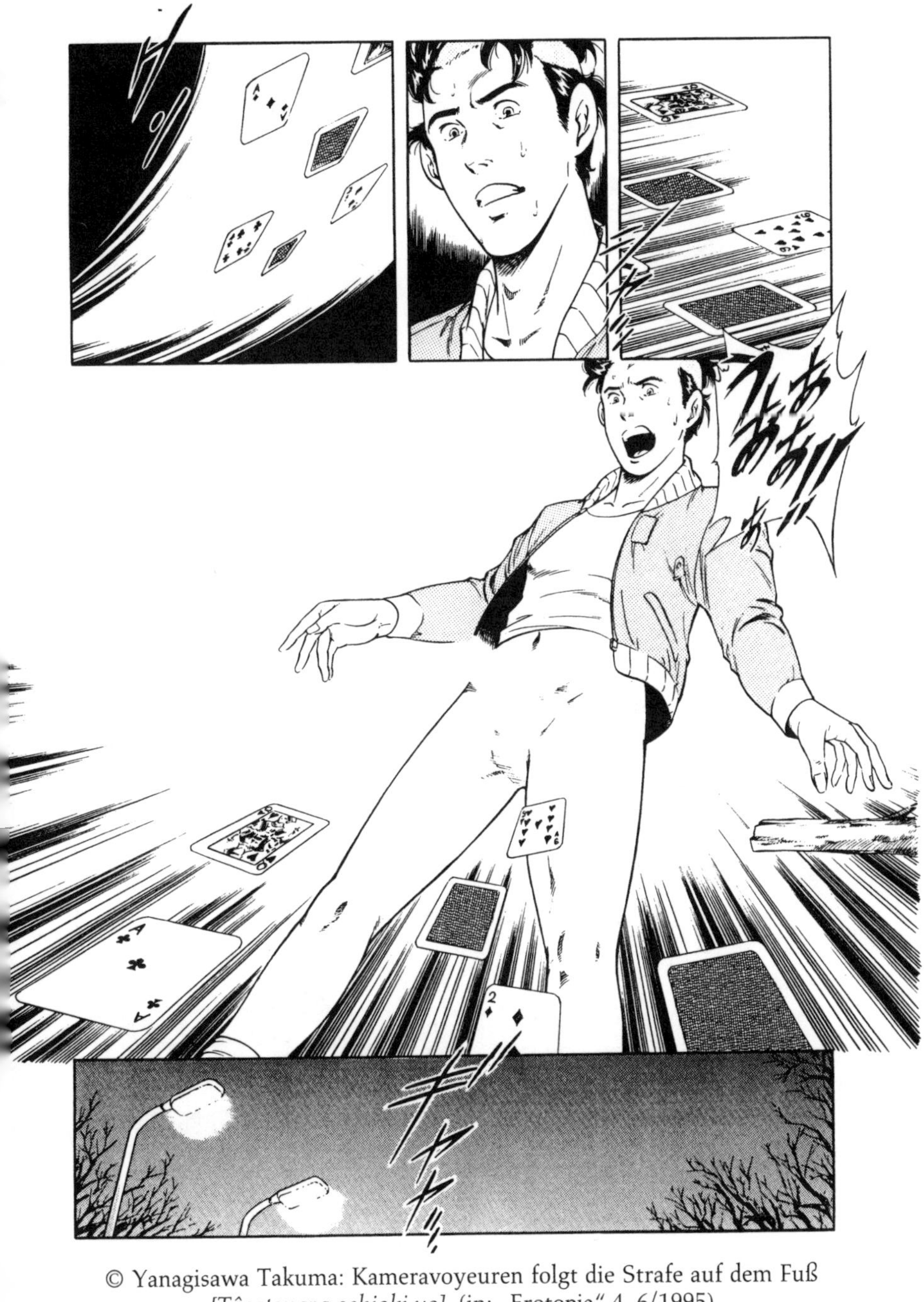

© Yanagisawa Takuma: Kameravoyeuren folgt die Strafe auf dem Fuß
[Tôsatsu wa oshioki yo], (in: „Erotopia" 4–6/1995)

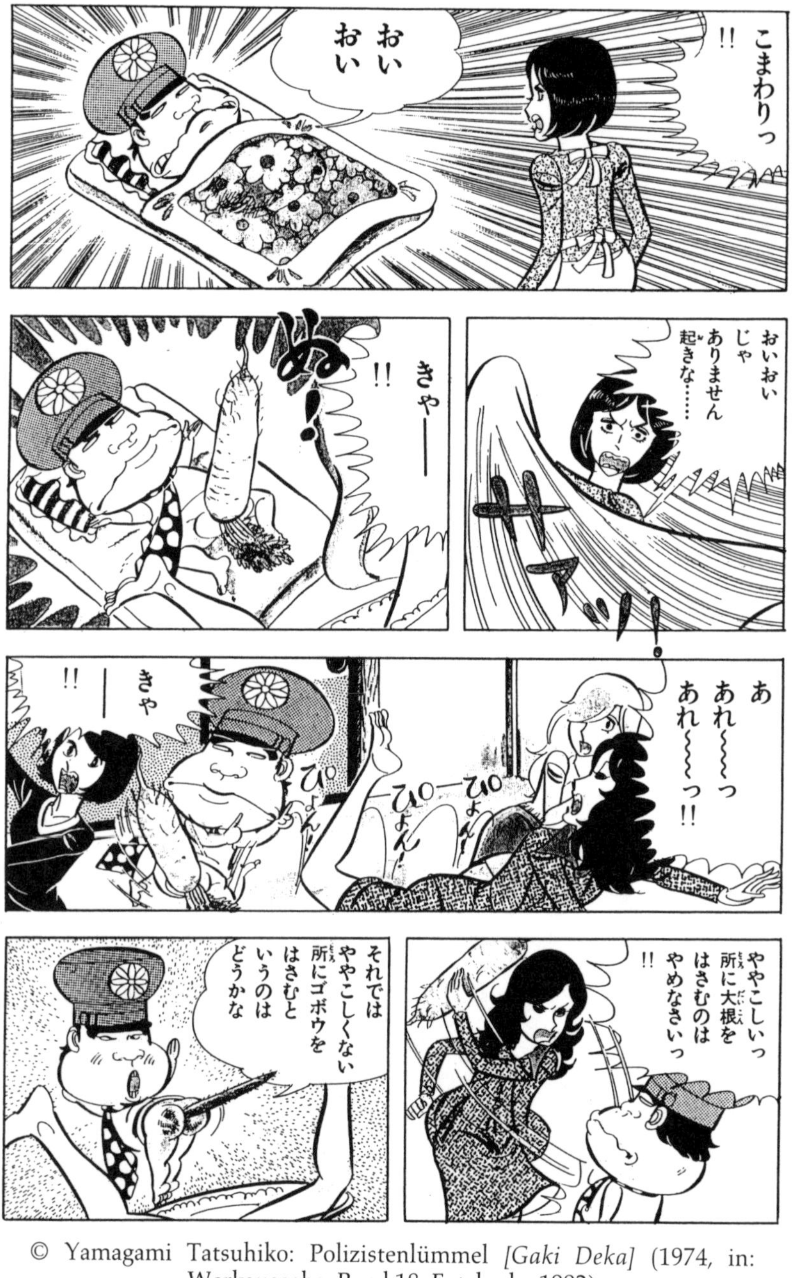

© Yamagami Tatsuhiko: Polizistenlümmel *[Gaki Deka]* (1974, in: Werkausgabe, Band 18, Futabasha 1992)

zielbewußten Dynamik einem männlichen Charakterstereotyp, die schnelle Bildabfolge begünstige über die ausgelösten Assoziationen das Ansprechen frühkindlicher Vorstellungen.

Inwieweit der im Jungenmanga und im *Gekiga* ausgebildete Code als solcher männlich sei oder nicht eher generell dem Prinzip linear-teleologischen Erzählens folge, welches patriarchalisch geprägt sein könnte, sei dahingestellt. Jedem pauschalisierenden Gewaltvorwurf an den Manga als Medium wäre zumindest entgegenzuhalten, daß ein solcher der Vielfalt seiner Gattungen nicht gerecht wird. Beispielsweise sprengte der Mädchenmanga derartige Erzählkonventionen und böte sich als Gegenstück für vergleichende Untersuchungen an.

Gewalt spielte seit den späten sechziger Jahren tatsächlich eine immer größere Rolle im Manga. Bluttriefende Szenen führte mit seinem neuen, auch sozialkritischen Realismus der *Gekiga* ein, als dessen Zeichner – noch schlecht bezahlt und ohne um öffentliche Reputation fürchten zu müssen – für die Leihbuchhandlungen *(Kashihonya)* arbeiteten, und im Jungenmanga wurde zu Beginn der siebziger Jahre eine groteske Variante schwarzen Humors populär, wie sie der Antiheld von Yamagami Tatsuhiko *Gaki Deka* am besten verkörpert, ein kleiner Lümmel, der sich nie von seiner Polizistenmütze, dafür um so lieber von seinen Hosen trennt, der mit nervender Sturheit auf die Einhaltung offizieller Regeln pocht, zugleich jedoch seine Umgebung gnadenlos mit Unanständigkeiten schockiert.

Gewaltsame Manga dienen offensichtlich als Kompensationsmedium erlebter Zwänge, ohne daß die Gewalt in die Alltagswirklichkeit übertragen wird. Einzuschränken ist eine Einschätzung wie diese auf den durchschnittlich konditionierten erwachsenen Leser, und nur so kann man Frederik L. Schodt folgen, wenn er schreibt: „Comics schildern also eine Phantasiewelt außerhalb der rigiden Konventionen, in der das schier Unmögliche möglich ist. Können Comics eine Botschaft über Wirklichkeit durchaus transportieren, so schildern doch nur sehr wenige von ihnen diese realistisch. Und japanische Comic-Leser, die in ihrem Medium sehr zu Hause sind, bringen die beiden Welten nur selten durcheinander."[12]

Hier mag eine ästhetische Tradition fortwirken, die sich über Stilisierungen einen von der Alltagswirklichkeit abgehobenen Raum schafft, in dem andere Gesetze gelten. Daß Schönheit sich den Maßstäben von Gut und Böse entzieht, daß Erotik sich durch Gewaltsamkeit steigert, ist beispielsweise den Romanen von Tanizaki Jun'ichirô oder Kôno Taeko abzulesen. Andersherum verbirgt sich hinter dem Entsetzen vor der Manga-Gewalt vielleicht auch der Rekurs auf die Einheit des Schönen, Wahren, Guten und die abendländische Tradition einer Poetik der Illusion, in der Fiktion und Wirklichkeit kurzgeschlossen werden. Was Schodt in diesem Sinne als Fähigkeit zur genauen Unterscheidung zwischen Manga-Raum und Außenwelt ohne Moralisierung zu beschreiben versucht, kritisiert Ôtsuka Eiji[13], der selbst einige Zeit an der Herausgabe von *Lolikon* beteiligt war, als Tendenz einer Abschottung, die Kommunikation verhindere: als fehlenden Perspektivenwechsel zwischen dem Innen und dem Außen der Manga-Welt. Die männlichen Leser des Pornomanga bewegen sich ausschließlich innerhalb der Manga-Logik, sich deren Unverbindlichkeit bewußt, während die dagegen Protestierenden[14] – Fraueninitiativen, besonders seit den späten achtziger Jahren – mit der gleichen Konsequenz außerhalb dieser verbleiben. Manga-Macher reagieren abwehrend gegen entsprechende Vorwürfe, indem sie auf der Spezifik des Codes bestehen.[15] Ôtsuka Eiji hingegen fordert, nicht nur die Freiheit der Manga-Darstellung einzuklagen, sondern auch die Verantwortung dafür zu übernehmen – indem man den Code als solchen befrage.

Seiner Auffassung nach stütze sich dieser seit Tezuka Osamu auf den stilisierten Körper, den „Körper als Zeichen". Tezuka habe die Kritzelei als Wesen des Manga bezeichnet, um sich von der künstlerischen Traditionen verpflichteten Karikatur abzuheben, und habe seine Manga-Figuren mit stark konventionalisierten, typisierten Körpern ausgestattet, in dem er zu Verkürzung, Übertreibung und „Deformation" – das in diesem Zusammenhang stets gebräuchliche Schlagwort – griff. Derartige Körper werden nur lebendig und damit auch erotisch über die dem Film abgeschaute Bewegung. In dieser mögen sie sich stoßen und quetschen, Körperteile verlieren, durch den Raum geschleudert werden – stets stehen sie unversehrt wieder auf. Anhand der Deformierung des symbolischen Körpers im Manga und seiner wiederholten Selbstreproduktion lasse sich – so Ôtsuka – eine Linie vom Jungenmanga à la Tezuka Osamu über den Gag- und Nonsens-Manga bis zum *Lolikon* ziehen. Genau gegen derartige Manga waren der *Gekiga* – zwar gewaltsam, doch ohne die durch Gewalt hervorgerufenen körperlichen Schmerzen auszublenden – und der Mädchenmanga der „24er" – als Entdekkung des Körpers über die Innerlichkeit – angetreten, und die andere Einstellung zum Körper läßt sich auch gegenwärtig bei vielen Zeichnerinnen finden.

Mit dem Rückgang des *Gekiga* und dem Abflauen der „Neuen Welle" des Mädchenmanga entstand der *Lolikon*. Azuma Hideo, ein von Tezuka Osamu und Ishinomori Shôtarô beeinflußter Zeichner des Jungenmanga, wurde Anfang der achtziger Jahre zu dessen Wegbereiter. Seine absurden Phantasien trafen auf durch *Ero-Gekiga* und Mädchenmanga vorbereitete Leser, welche wiederum die Anregung in ihren Fangruppen und Fanzines zeichnerisch aufgriffen. Mitte der achtziger Jahre setzte die Vermarktung des *Lolikon* ein – willkommener Ersatz für den nicht mehr gewinnträchtigen *Ero-Gekiga* –, 1990 kam es zum öffentlichen Skandal.

Beginnend in der Präfektur Wakayama, formierte sich eine „Elternvereinigung zum Schutz der Kinder vor Comic-Büchern", der es unter Berufung auf das Jugendschutzgesetz mit Unterschriftensammlungen und kommunalen Eingaben gelang, allein im November/Dezember 1990 930 Manga-Titel auf den Index setzen zu lassen. Zum Vergleich: Von Januar bis Oktober 1990 hatte dies 383 Titel betroffen. Protestiert wurde gleichermaßen gegen die unsittliche Erziehung der Jugendlichen wie gegen die Kommerzialisierung des weiblichen Geschlechts. Das Polizeipräsidium faßte die Befürchtungen der Eltern – genauer gesagt: Mütter – Ende 1990 in einem Bericht zusammen: „Da sich Einbandabbildungen und Titel dieser Erzeugnisse nicht von den herkömmlichen an Jungen und Mädchen gerichteten Manga unterscheiden, sind sie für Kinder

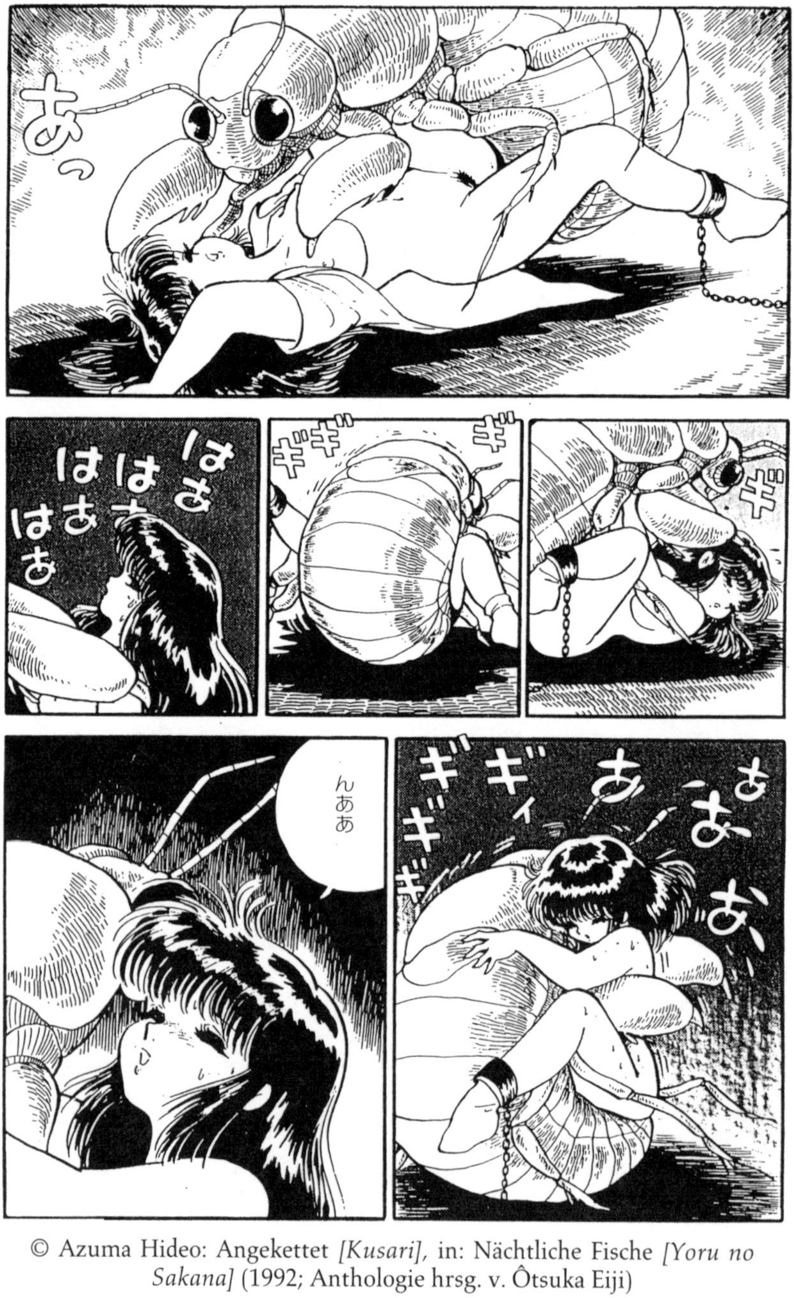

© Azuma Hideo: Angekettet *[Kusari]*, in: Nächtliche Fische *[Yoru no Sakana]* (1992; Anthologie hrsg. v. Ôtsuka Eiji)

auch leicht zu erwerben. Es ist häufig vorgekommen, daß sie in gewöhnlichen Buchhandlungen zusammen mit herkömmlichen Jungen- und Mädchenmanga in der Comic-Ecke standen. Außerdem halten viele Eltern sie vom Äußeren her für übliche Manga und übersehen sie daher leicht."[16] Ôtsuka Eiji verweist als Kenner der Materie darauf, daß für die *Lolikon*-Produkte diese Anpassung aufgrund der Zensur eine Existenzbedingung war und daß die jugendlichen Leser sehr genau zu unterscheiden wußten.

Anfang 1991 entschloß sich der Japanische Zeitschriftenverband, erotisch-pornographische Manga mit der Markierung „Erwachsenen-Comic" zu versehen, und die großen Verlage entsprachen der öffentlichen Meinung mit Maßnahmen der Selbstbeschränkung, indem sie bereits ausgelieferte Titel wieder einzogen und geplante Publikationen einstellten. Am 25. Februar 1991 wurden drei Manga-Läden in Tôkyô unter dem Verdacht auf Verkauf unsittlicher Druckerzeugnisse durchsucht, drei Filialleiter wurden von der Polizei abgeführt, kurz darauf sogar zwei Fanzine-Redakteure verhaftet.

Japans Manga hatte bis dahin schon einige Skandale erlebt. Besonderes und bis heute Neuauflagen verhinderndes Aufsehen erregte 1968 „Schamlose Schule" *(Harenchi Gakuen)* von Nagai Gô, die als moralisch verwerflich gewertete, äußerst witzige Darstellung einer Schule, an der Schüler und Lehrer nur eines im Kopf haben: Sex. Selbst Tezuka Osamu trafen mitunter Wellen der Empörung, so 1970 für die Geschichte des pubertären Jungen Yakeppachi, der sich in die Schaufensterpuppe Maria verliebt: Mit den weiblichen Attributen konnte der Zeichner, da es sich ja um eine Puppe handelte, in schönsten Übertreibungen spielen, etwa wenn eine Figur Marias Busen wie einen Luftballon aufbläst (*Yakeppachi no Maria* – der Titel läßt sich als „Yakeppachis Maria" ebenso wie als „zur Verzweiflung treibende Maria" verstehen). Bleiben die Figuren Tezukas mit ihren zeichenhaften Körpern für Ôtsuka Eiji bar jeglicher Erotik, so entdeckt Takeuchi Osamu[17] eine solche durchaus, allerdings als „Strumpf-Erotik", die das voyeuristische Auge privilegiert und vom Tastsinn isoliert. Dies läßt sich als Metapher für das noch abstrakte Interesse unerfahrener, pubertierender Jungen am anderen Geschlecht lesen.

Bei kleineren Stürmen als diesen erging von der Jugendschutzbehörde eine Warnung an die Redakteure der Zeitschriften, die mit Selbstzensur reagierten, indem sie entsprechende Szenen aus der nächsten Nummer herausnahmen – oft wurden diese allerdings als Geschenkbeilage an den Leser weitergereicht –, und dann wartete man bis zum nächsten Zwischenfall. Diesmal jedoch betraf der öffentliche Eingriff nicht nur die Herausgeber, sondern auch den Vertrieb und erstmals Amateurzeichner. Manga-Spezialgeschäfte – Raum der Fans und Amateure – wurden in den Massenmedien als Brutstätten des Pornos gebrandmarkt.

Außer der Schaffung einer „Vereinigung zur Wahrung der Freiheit von Comic-Darstellungen" durch Manga-Macher – und dies erst 1992 – gab es keine bemerkenswerten Versuche zur Verteidigung des durch die Verfassung gegebenen Rechts auf die Freiheit von Darstellungen. Andere Medien übten stillschweigendes Einverständnis, ging es doch gegen den Konkurrenten Manga, und selbst den großen Manga-Verlagen kam der Vorfall nicht ungelegen. Zum einen war damit den Amateurzeichnern eins ausgewischt worden, die mit einigen Buchhandlungen in engem Kontakt stehen und diese – ohne Rückgriff auf einen Verlag oder ein Vertriebssystem – auch direkt beliefern. Zum anderen bedeutete die Rücknahme skandalöser Manga keinen schweren Verlust mehr, da der *Lolikon* seinen Höhepunkt auf dem Markt bereits überschritten hatte. Seit Ende der achtziger Jahre hatten sich, was die Sexdarstellung anbelangt, die Unterschiede zwischen herkömmlichen Manga-Zeitschriften und pornonahen Produkten allmählich verwischt. Was einst dem männlichen Sex-Comic vorbehalten war, hatte Eingang gefunden in den Lady's Comic und den *Lolikon*, und selbst Jungen- und Mädchenmanga waren freizügiger geworden. Damit sank für die großen Verlage der Neuheitswert von Sexdarstellungen, und weil sie verkaufsstrategisch ohnehin einen Themenwechsel ins Auge fassen mußten, fiel ihnen die Selbstzensur anläßlich des Skandals nicht allzu schwer.

Brachten die achtziger Jahre eine Zeit der Entgrenzungen – zwischen Profis und Amateuren, zwischen den Mainstream-Gattungen des Manga und dem subkulturell angetretenen *Lolikon* –, so waren mit dem Eintritt in die neunziger neue Grenzen willkommen. Für Ôtsuka Eiji sind *Lolikon*-Manga Simulakren des Sex, die zunächst mit einem gegenkulturellen Gestus antraten, in ihren Zeitschriften andernorts ausgelassene Emotionen zu Wort, sprich: Bild kommen ließen und eine Anti-Ordnung errichteten. Zugleich paßten sie sich in die gängigen Kompensations- und Marktmechanismen ein: Mit der Eröffnung der Spezialgeschäfte begann die Unterhöhlung. Als Symptom dafür gilt Ôtsuka, daß es um 1990 keine neuen gegenkulturellen Zeitschriften mehr gab. Hatten die Zeichnerinnen des Mädchenmanga noch die Zeitschrift „COM" für ihre „Neue Welle" und der entstehende *Lolikon* seinen „Manga Burikko", so verschwamm schließlich die Andersartigkeit im Zeichen einer komplexen Kommerzialisierung. Welche Folgen der Ruf nach neuen Distinktionen zeitigen wird, ist noch nicht abzusehen. Daß sich dahinter auch Marktstrategien verbergen, liegt nahe.

Anmerkungen

1 So beispielsweise Yoshihiro S. 47
2 Vgl. Saotome, Erino
3 Saotome S. 18; S. 197–211 findet sich eine Auflistung der wichtigsten Zeitschriften, z. B. für die sexorientierte Variante: TIRAMISU, Lady's Comic Aya, FIZZ, Comic Amour; für die romantisierende Variante: neben YOU und BE LOVE auch SAKURA, JUDY, mimi, YOUNG ROSE; Mischungen von beiden bieten u. a.: Hime, CUTE, MORLOVE, LOVING.
4 Vgl. Ôtsuka 1995
5 Nishiyama Minako: geb. 1965 in der Präfektur Hyôgo, 1989 Abschluß des Studiums der Ölmalerei an der Städtischen Kunsthochschule Kyôto, bis 1991 dort Absolvierung eines Aufbaustudiums in Plastik. Einzelausstellungen seit 1988.
6 Im Folgenden stütze ich mich vor allem auf: Ôtsuka 1987 und 1994 sowie Seward.

7 Vgl. Nagata 1989, *Taishû Bunka Jiten* S. 357
8 Vgl. u. a. Kure 1986, S. 182 ff., *Taishû Bunka Jiten* S. 83
9 Sogenannte *Binibon* = Vinylbücher, da sie in transparente Plastikfolie eingeschweißt verkauft werden. Preis ca. 1500–2000 Yen. Aufschwung seit 1978, Boom 1980, danach eingeschränkt durch Zensurmaßnahmen, fortgesetzt mit „Adult Videos".
10 Fossati (Hrsg.) S. 138
11 Vgl. Heise (Hrsg.) 1990, S. 15, 88 ff.
12 Schodt S. 132 (Übers. J. B.)
13 Vgl. Ôtsuka 1994, S. 5–55, zum Folgenden auch Yoshihiro S. 19 ff.
14 Zu Positionen und Protestbewegungen von Frauen vgl. Funabashi.
15 Deren Standpunkt übernimmt die Zeitschrift „The Tsukuru", vgl. Sonderthema 8/1992.
16 zitiert bei Ôtsuka 1994, S. 93
17 Takeuchi 1992, S. 81–99

6. Kapitel

In der Bilderwelt der Gegenwart

Manga-Amateure und Zeichentrickfilm

Was der gewöhnliche Interessent auf dem kaum noch überschaubaren Manga-Markt am ehesten orten kann, sind Manga in Zeitschriften mit hohen Auflagen und Manga in Buchform. Neben diesen existiert eine zweite, schwerer zugängliche Manga-Welt, die Szene der Amateurzeichner und Fans. In dieser wird zu Beginn der neunziger Jahre zwar nicht mehr der Gestus gegenkultureller Aufbegehr bemüht, aber kreativ, vielfältig und mit nicht zu unterschätzender Qualität außerhalb des kommerziellen Gewerbes produziert. Ohne dieses Potential zu berücksichtigen, das im englischsprachigen Ausland seit Beginn der neunziger Jahre bereits zur Kenntnis genommen wird[1], bleibt ein Bild des Phänomens Manga unvollständig.

In kleinen Zirkeln zeichnen Fans als Amateure Manga, lassen sie auf eigene Kosten drucken und verkaufen diese an andere Zirkel und Fans. Steuern werden für diese Hobbypublikationen nicht erhoben, da sie nicht zum Zwecke der Verwertung entstehen: Die Preise sind so niedrig, daß sie im besten Fall die Druck- und Papierkosten decken. Diese *Dôjinshi* – vielleicht nur ungenau mit „Fanzine" zu übertragen – enthalten vor allem selbst gezeichnete Manga, daneben aber auch Informationen zu Erwerbsmöglichkeiten, Vorstellungen befreundeter Zeichner sowie Ankündigungen eigener Publikationen. Wer nicht zum Zeichner geboren ist, aber dennoch Teil der Fanszene sein will, mag Amateurzeichner beauftragen und als Herausgeber eines dieser Druckerzeugnisse wirken. Leser, zumeist selbst Zeichner in anderen Zirkeln, können solche Manga in einigen Comic-Spezialge-

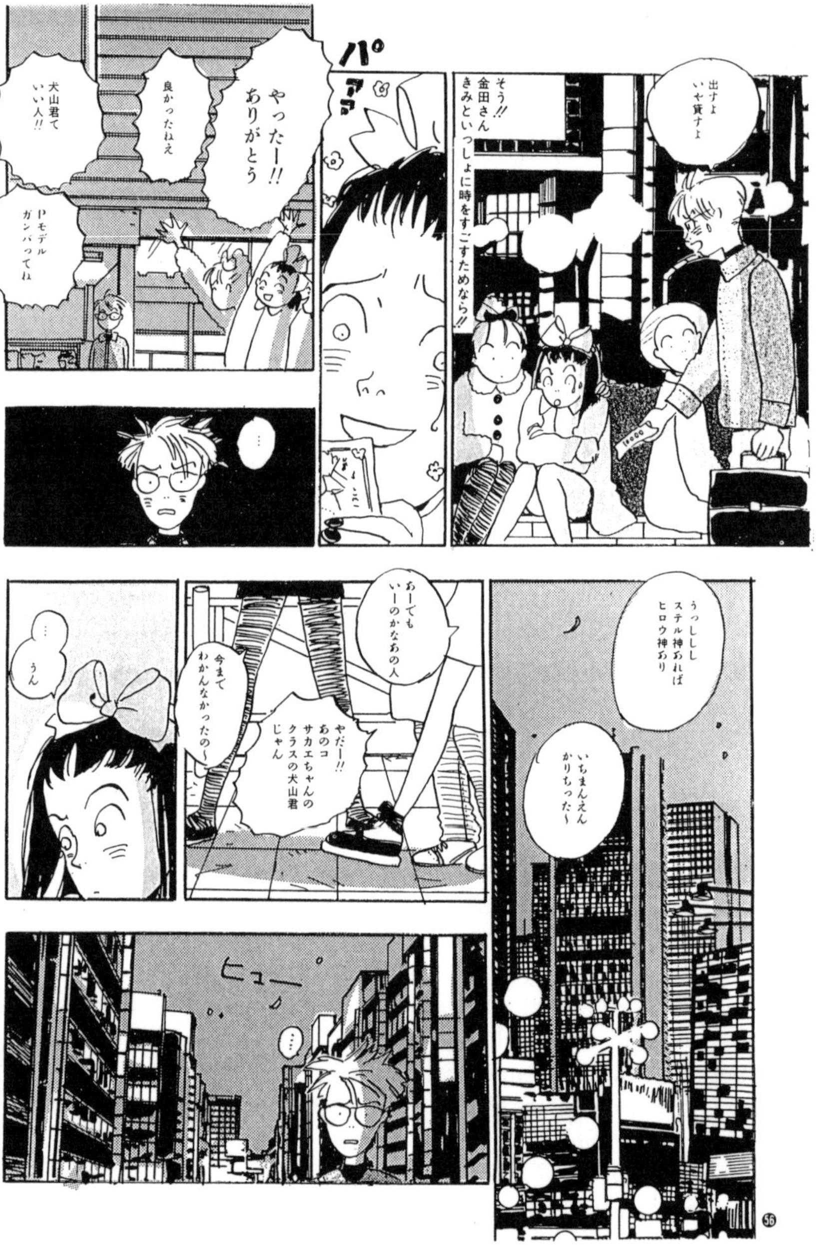

© Okazaki Kyôko: Tôkyô Girls Bravo (1990/1991), Takarajimasha schäften erwerben oder – im Falle vieler Frauenzirkel – auch postalisch bestellen, am besten besuchen sie aber einen Comic-Markt, der nicht nur breitesten und direkten Zugriff bietet (Schnelligkeit ist geboten, da es sich vorrangig um einmalige Auflagen handelt), sondern auch Gelegenheit zur Kommunikation, welcher der mit seinen Manga Beschäftigte gemeinhin entbehrt.

Dôjinshi – als Mittel der Gruppenbildung und des Austauschs von Gleichgesinnten – kennt man aus der Geschichte der modernen japanischen Literatur und Lyrik. Im Manga[2], für dessen außerprofessionelle Produktion es im Grunde nur Stift, papierne Unterlage und einfache Vervielfältigungstechnik braucht, tauchen sie seit den fünfziger Jahren auf. Unter Nutzung der immer besseren Kopiermöglichkeiten begleiten sie nachahmend und experimentell den Jungenmanga- und *Gekiga*-Boom, die Sport- und Science-Fiction-Manga der sechziger, die „Neue Welle" des Mädchenmanga der siebziger und die TV-Zeichentrickserien der achtziger Jahre. Von den großen Verlagen als „Reservearmee" des Manga betrachtet, haben sich die *Dôjinshi*-Gruppen seit dem ersten Comic-Markt in Tôkyô 1975 aus der Vereinzelung gelöst und in den späten achtziger Jahren ein landesweites Netz von Verkaufstreffen geschaffen. Hatten die Amateure ihre Druckerzeugnisse zuvor nur auf Universitätsfesten oder Science-Fiction-Festivals in Umlauf bringen können, so stehen ihnen heute in Tôkyô vier und im Raum Ôsaka/Kôbe zwei Verkaufstreffen[3] pro Monat und in kleineren Städten mindestens zwei pro Jahr zur Verfügung, von denen die großen bis zu dreitausend Stände umfassen.

Einen flüchtigen Eindruck davon gewinnt man in dem Roman „Trauminsel" (1985) von Hino Keizô, der Tôkyô als eine verödende Stadt malt, in der zwischen blinkenden Hochhäusern und Neuland aus Müll bislang deutliche Grenzen zwischen Leben und Tod, Wirklichkeit und Fiktion zerfließen. Die Hauptfigur, einen Architekten mittleren Alters, verschlägt es eines Tages nach Harumi: „Unter einer hohen Decke ohne einen einzigen Pfeiler dehnte sich ein weiter Innenraum. Überall Kinder. Bestimmt über zehntausend, wenn nicht noch mehr. Ein Konzert oder eine Show liefen hier nicht. Man hatte lange, schmale Tische ordentlich zu Karrees zusammengeschoben. Darauf lagen Zeitschriften und Heftchen, offensichtlich zum Verkauf. Die Verkäufer saßen auf Klappstühlen an der Innenseite, und die Käufer strömten unablässig durch die Gänge zwischen den Tischreihen. [. . .] Viele zogen kostümiert durch die Gänge. Als Monster aus dem Fernsehen, Außerirdische, Tiere, Helden und Prinzessinnen aus den verschiedensten Märchen und Mythen, einige in Nazi-Uniform mit Stahlhelm, andere als Soldaten der chinesischen Volksbefreiungsarmee. Es gab uniformierte Mädchen mit Selbstladern und ebenso Jungen als Prinzessinnen. [. . .] Aber den ziellos umherstreifenden Jungen und Mädchen in ihren Kostümen haftete auch ein Hauch von Traurigkeit an. War es in Tôkyôs Stadtvierteln so unerträglich geworden, daß sie nur hier, auf einer abgelegenen, künstlichen Insel ihre Träume zum Leben erwecken konnten?"[4]

Dôjinshi sind heute keineswegs mehr nur laienhaft gezeichnete, billig kopierte und dürftig geklammerte Heftchen. Hier begegnet einem, worauf die großen kommerziellen Manga-Zeitschriften verzichten: das Spiel mit unterschiedlichsten, auch kostspieligen Papiersorten, der Offset-Druck in vier bis sechs Farben und der Wechsel der Farbtöne. Zu Beginn der achtziger Jahre noch sechs- bis achtmal teurer als Schwarz-Weiß-Versionen, hat die Verbreitung von elektronischen Schreibmaschinen und Computern die Druckereien zu einem preislichen Entgegenkommen bewogen: Durch den Rückgang vieler herkömmlicher Aufträge konnte man die *Dôjinshi*-Zeichner als Kunden nicht mehr vernachlässigen.

Auch *Dôjinshi*-Zeichner schlechthin als Amateure zu klassifizieren, ist heute nicht mehr möglich.[5] Einige der mittlerweile kommerziell tätigen Profi-Zeichner – und die meisten Debütanten der vergangenen zehn Jahre kommen aus den *Dôjinshi* – haben den Kontakt zu diesen nicht aufgegeben, sondern arbeiten parallel in ihnen weiter, weil sie hier keinerlei redaktionellen Einschränkungen ihrer Ideen und Ausdrucksmittel unterliegen und weil sie hier nicht für einen anonymen Markt, sondern für konkrete, ihnen persönlich

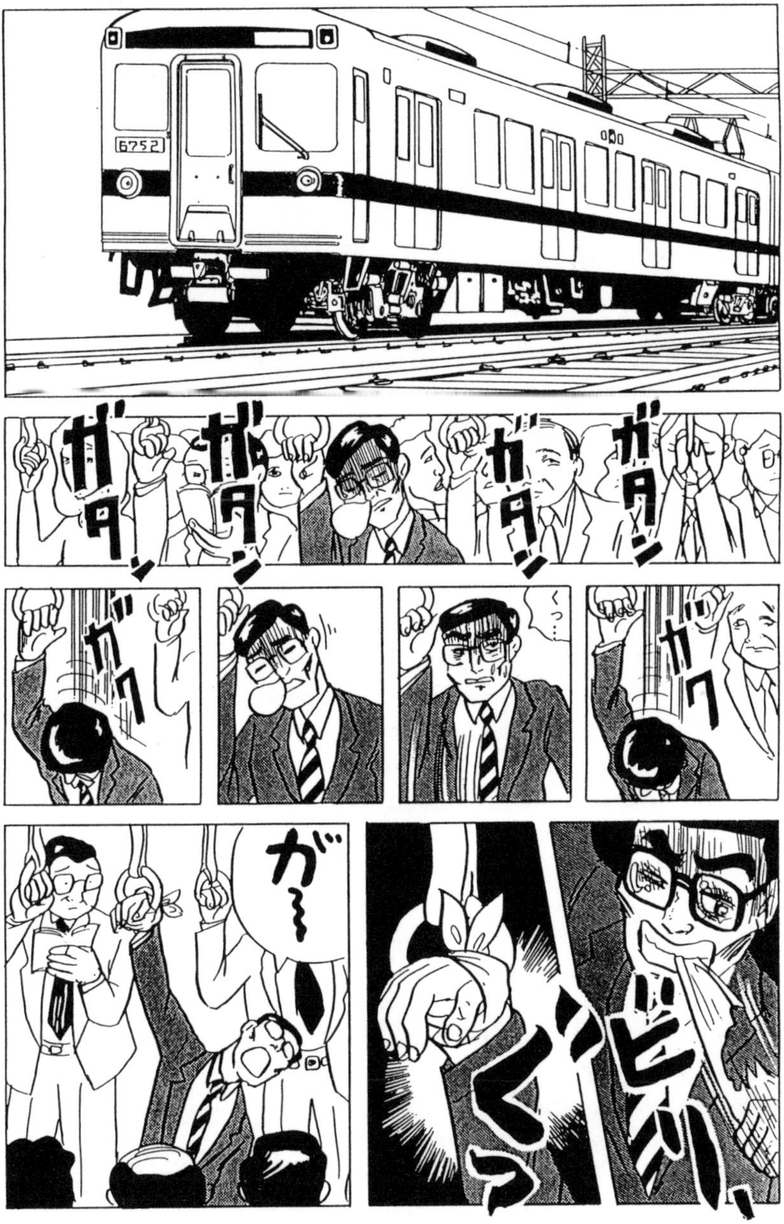

© Shiriagari Kotobuki: Die Angestelltenseele *[Sarariiman no Tamashii]* (1994)

bekannte Leser Manga schaffen können. Genau in dieser Freiheit des Ausdrucks und deren Gewährleistung sieht auch das Organisationskomitee des Comic-Markts von Harumi seine wesentliche Aufgabe. Einige Zeichner gehen noch einen Schritt weiter und lehnen zugunsten der Selbstbestimmtheit kategorisch jegliches Angebot ab, das ihnen den Schritt in die kommerzielle Professionalität ermöglichen soll. Unter jenen, die diesen Schritt getan haben, fällt in jüngster Zeit besonders CLAMP auf, ein Team von vier Frauen – Igarashi Satsuki, Nekoi Mikku, Apapa Mokona und Ôkawa Nanase.

Was professionell sein soll und was nicht, läßt sich anhand von zeichnerischer, erzählerischer und drucktechnischer Qualität oft kaum noch entscheiden. Im übrigen haben selbst die tatsächlichen Laien durch eigene praktische Erfahrung ein schärferes Auge entwickelt, das sich nun kritischer auch auf kommerziell publizierte Manga richtet: Diese werden viel genauer auf ihre Bildqualität hin bewertet. Kann man Profi- und Fanmanga mithin nach ihrer Haltung zur Vermarktung als Chance oder Zwang unterscheiden, so auch nach dem Verhältnis zu Original und Imitation. Ob auf höherem oder niedrigerem Niveau gezeichnet und erzählt wird, bei den *Dôjinshi-Manga* insgesamt gibt es zwei große Gruppen: zum einen die Originalschöpfungen, deren Figuren und Geschichten neu erfunden werden, zum anderen die sogenannten Parodien, in denen die Geschichten bereits populärer Manga-, Zeichentrick- oder Computerspielfiguren, Fernsehstars, Sänger oder Sportler weitergesponnen oder mit anderen bekannten Geschichten verwoben werden. Im Zeitalter der Imitationstechnologien hat diese letztgenannte Gruppe die Überhand gewonnen. Um Imitate, die andernorts Copyright-Probleme verursachen, handelt es sich dabei allerdings nur bedingt: Erscheinungsbild und Charakter der Figuren werden originalgetreu aufgegriffen – und diese Ausgangssituation ähnelt einem Computerspiel –, dann jedoch rebelliert der Amateur gegen das gegebene System und nimmt sich die Freiheit, die Figuren in ihren Taten nach eigenem Gutdünken zu manipulieren. Zu den Zeichnern, deren Manga man Mitte der neunziger Jahre mit Vorliebe kopiert,

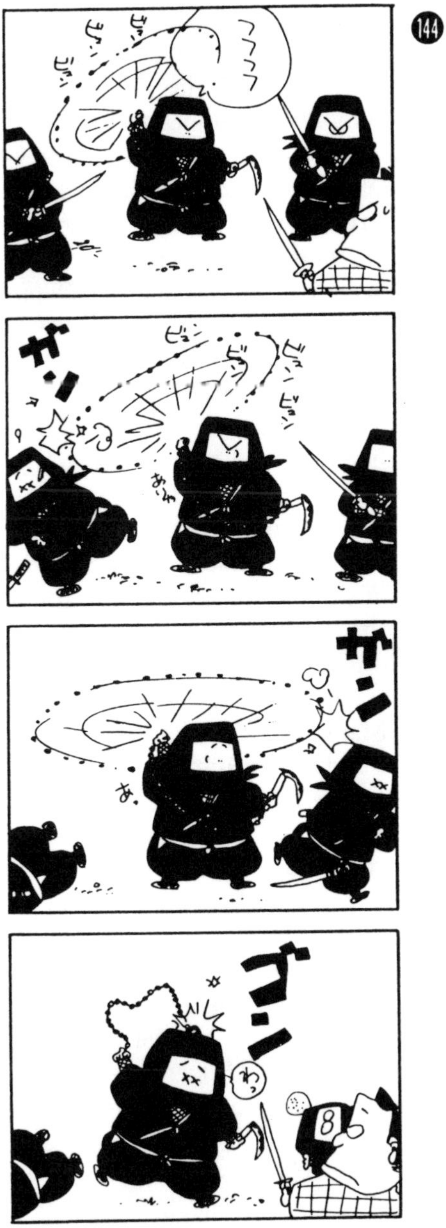

© Ishii Hisaichi: Von den Unkünsten der Ninja *[Ninja Mugeichô]*
Nr. 144 (1993)

zählt beispielsweise das Ehepaar Tagawa Yun und Tatsu Neko, für die wiederum vor einem Jahrzehnt Hagio Moto als Vorlage diente. Wenn man sich die Produkte genauer ansieht, entdeckt man zum Teil ein hohes technisches Niveau, ist als Außenseiter aber auch erstaunt, wie sehr sich viele Bilder gleichen, und hat den Eindruck, daß sich manche Zeichner nur auf die Perfektionierung ihrer bildlichen Effekte konzentrieren. Letztendlich muß man akzeptieren, daß die Amateure ihre eigenen Gesetze haben, ihren Raum des Selbstausdrucks.

Dôjinshi-Manga der parodierenden Art sind gewissermaßen Fanpost[6], schwankend zwischen Verehrung und Aneignung, zwischen Gefolgschaft und Selbstbehauptung, oder aber, so sie von zugleich kommerziell tätigen Zeichnern stammen, spielerischer Selbstspott. Die Verneigung vor der geliebten Figur kann vom Papier in die Dreidimensionalität übertragen werden: Die Kostümierung, die Hino Keizô beobachtete, gehört seit 1978, als der erste Comic-Karneval veranstaltet wurde, zur *Dôjinshi*-Welt. Keineswegs auf allen Verkaufstreffen üblich, beabsichtigen manche Gruppen damit einen Werbeeffekt für ihren Stand, weit mehr aber nutzen Verkäufer wie Besucher die Maskerade, um sich selbst zu inszenieren und um ihrem Markt den Charakter eines Festes zu verleihen.

Die parodisierende Richtung des *Dôjinshi-Manga* kam vor allem durch populäre TV-Zeichentrickserien in Gang, so zum Beispiel den Boom von „Gundam" 1976, ein japanischer „Krieg der Sterne" (*Kidô Senshi Gandamu,* Erstausstrahlung 1979), von „Kosmisches Schlachtschiff Yamato" 1977, das japanische „Star Trek"-Pendant (*Uchû Senkan Yamato,* ab 1974), „Kapitän Tsubasa" 1985, eine Geschichte um fußballspielende Jungen *(Kyaputen Tsubasa),* „Dragon Ball" ab 1986, die Verfilmungen der Manga von Takahashi Rumiko seit deren TV-Debüt mit *„Urusei Yatsura"* (Freche Außerirdische) 1981 und „Sailor Moon" 1992. Als Königin der „Kapitän Tsubasa"-*Dôjinshi* galt beispielsweise die Zeichnerin Ozaki Minami, die später ins kommerzielle Lager wechselte und 1994 im Shûeisha-Verlag ihren sechsbändigen Manga „Verzweifelte Liebe" *(Zetsuai)* herausbrachte.

Fast alle diese Serien siedeln im Genre der Science Fiction,

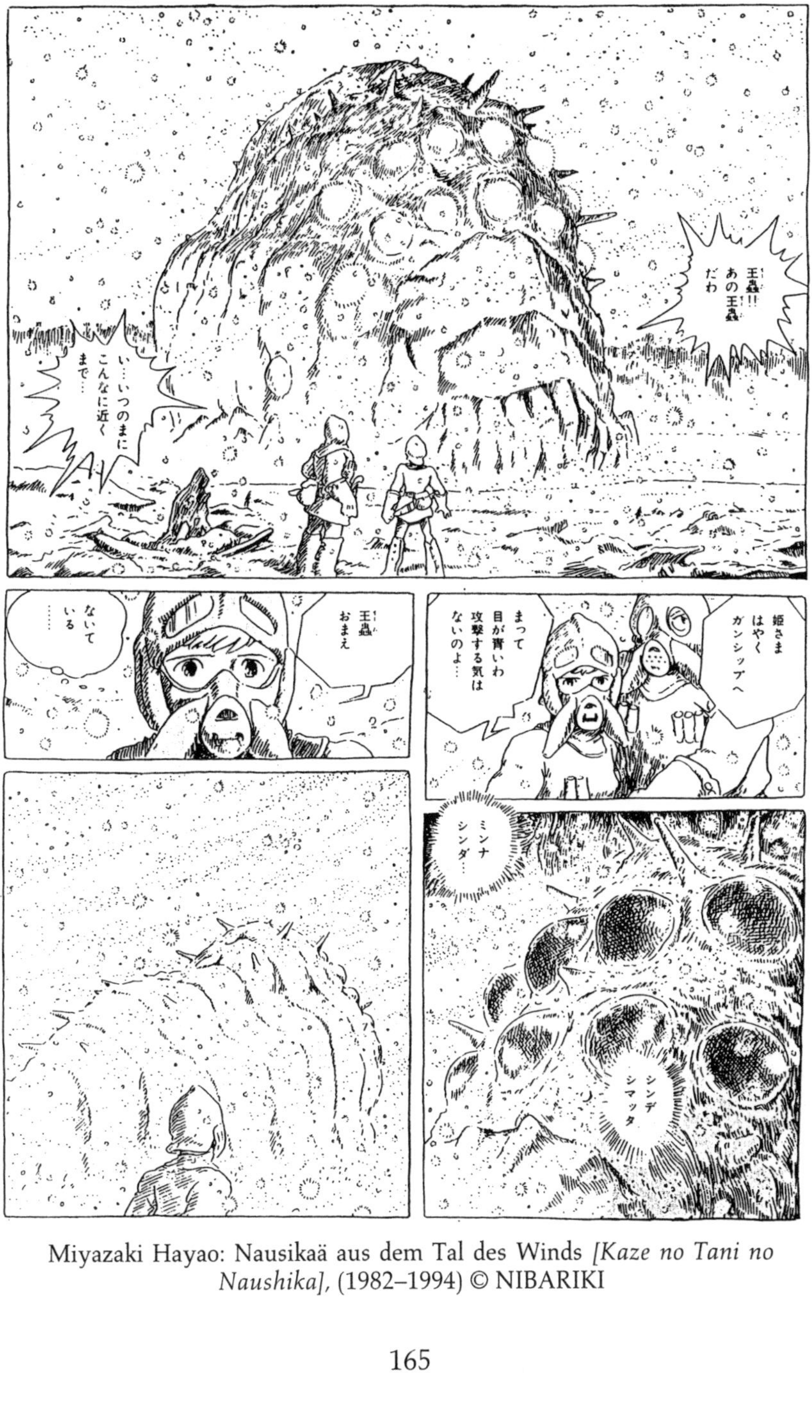

Miyazaki Hayao: Nausikaä aus dem Tal des Winds *[Kaze no Tani no Naushika]*, (1982–1994) © NIBARIKI das seit dem frühen Erfolg von „Astroboy" (*Tetsuwan Atomu*, 1963) im Fernsehen den Zeichentrickfilm für Kinder und Jugendliche beherrscht. Anders als im Westen erscheint in vielen dieser Sendungen der Roboter nicht nur als willfähriges Werkzeug, sondern oft auch als Freund und Helfer der Menschen, die mit den technischen Möglichkeiten nicht vernünftig umzugehen verstehen, und verkörpert den in Japan weit verbreiteten technischen Fortschrittsglauben. Im Mittelpunkt der Geschichten stehen häufig Teams junger Leute, die sich durch verschiedenste Abenteuer kämpfen, und nicht selten selbstbewußte, starke Frauen. Trotz allen Aufgebots an Maschinerie verselbständigt sich diese jedoch nicht – wie Helen McCarthy[7] betont – auf Kosten der Personen und ihrer Beziehungen innerhalb der Gruppe.

Die Zeichentrickfilme der siebziger und frühen achtziger Jahre basierten auf populären Story-Manga und wurden gewöhnlich zuerst als Serie im Fernsehen ausgestrahlt, bevor sie in die Kinos kamen. Abgesehen von neueren Computerspielen, auf die Filme wie „Dragon Quest" (seit 1991) zurückgehen, hat sich als vom Fernsehen unabhängige Form seit 1983 das „Original Animation Video" verbreitet (besonders geeignet für weniger superhitverdächtige Produktionen und Erotika). Zugleich sind Kinofilme entstanden – Miyazaki Hayao[8] wurde bereits genannt –, die sich von den herkömmlichen Serien deutlich abheben. Überspitzt formuliert: Statt der heute technisch ungelenk wirkenden Filme, auch aus der Tezuka-Produktion, mit ihren im Zeichnerischen verbleibenden, oft marionettenartig steifen Figuren, die zum Beispiel nur mechanisch den Mund bewegen, wenn nicht ihr Körper als Brett durch die Luft zischt, sind nun Mimik und Gestik runder, fließender, auch gestylter, kommt das Arsenal der Computertechnik zum Einsatz und einer stärker illusionierenden, perfekten Machart zugute, die den Schwerpunkt nicht mehr auf die aktionsreiche Story legen muß. Von den Stoffen wie den Gestaltungsmitteln her sind mehr und mehr Zeichentrickfilme entstanden, die auch Erwachsenen Entdeckungen ermöglichen.[9]

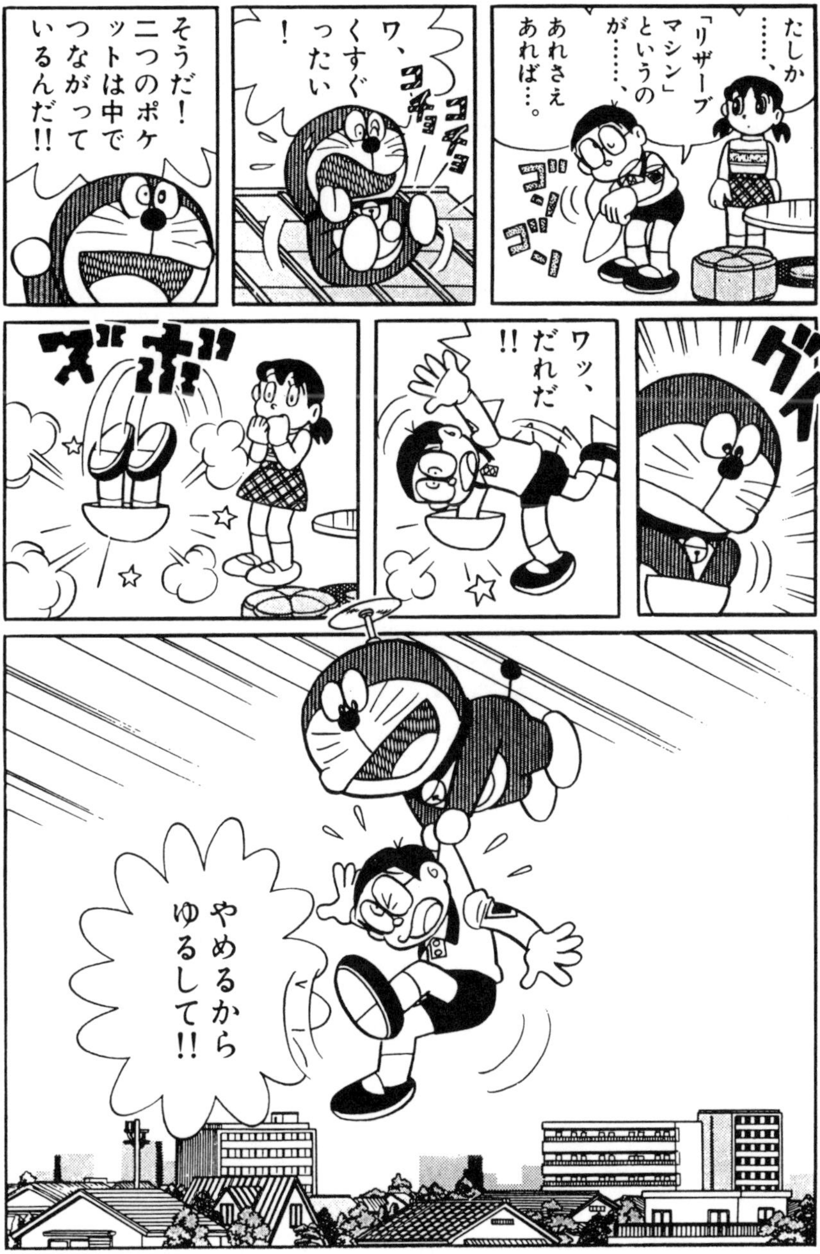

Fujiko Fujio: Doraemon (1980), © Fujiko Production

Die Amateure jedoch, die der Volksmund *Ani-Paro-Dôjinshi* (von engl.: Animation Parody) nennt, beschäftigen sich in ihren außerhalb der Massenströme liegenden Zirkeln mit den Massenhits. Dabei definieren sie den Charakter ihrer Gruppen ganz unterschiedlich – entweder durch ihre Fixierung auf ein bestimmtes Werk oder auf eine bestimmte Figur oder aber auf einen bestimmten Zeichner. Der Spezialisierung unter den *Dôjinshi* folgen wiederum die Verkaufstreffen: Bei den Teilnahmebestimmungen unterscheidet man sehr genau, ob alle Spielarten zugelassen sind, ob man sich auf Originalschöpfungen oder Parodien beschränkt und bei letzteren wiederum nur auf Parodien von Zeichentrick-Figuren.

Mancher Beobachter[10] entdeckt Unterschiede zwischen den Parodiemanga männlicher und weiblicher Herkunft. Während Jungen sich den verehrten Figuren annäherten, würden Mädchen diese in ihre Welt hinüberziehen und veralltäglichen. Mädchen und junge Frauen parodieren gern in Form des Gags oder aber neuerdings – dem *Lolikon* vergleichbar – in Form erotisch-pornographischer Sexdarstellungen. Im Gefolge der Mädchenmanga zum Thema Jungenliebe und unter dem Einfluß von Zeitschriften, die sich schönen Jünglingen widmen (wie „Tanbi" und „JUNE"), haben Amateurzeichnerinnen ihr eigenes erotisches Genre entwickelt, indem sie bekannte männliche Manga-Figuren, die in ihrer Originalgeschichte eng befreundet sind, zum homosexuellen Verkehr einladen, was auch schon einmal den hilfreichen Kinderroboter Doraemon und seinen kleinen Schützling Nobita treffen kann. Diese seit 1992 sowohl im weiblichen *Dôjinshi-Manga* als auch bei populärliterarischen Autorinnen[11] auftretende Tendenz beschreibt sich als *„Yaoi"* (von: *Yama nashi, Ochi nashi, Imi nashi*), was sich übertragen ließe mit „ohne Höhepunkt, ohne Pointe, ohne Sinn" und meint, daß man nichts weiter bezweckt, als mit den Freundinnen absurde Gedankengänge durchzuspielen und sich darüber zu amüsieren.

Seit dem 1991er Skandal um Sexdarstellungen müssen sich sowohl die Schöpfer männlicher *Ero-Manga* als auch die weiblicher *Yaoi-Manga* sehr genau umsehen, welche Druckerei sie beauftragen, denn bei vielen stoßen sie auf Ablehnung.

Auch die Comic-Märkte[12] richten Appelle an die teilnehmenden Zirkel und kontrollieren zum Teil die Auslagen, bevor sie dem Publikum die Türen öffnen. Einige Verkaufstreffen verweigern sich den „Schöne-Mädchen-Comics", wie man den *Lolikon* und seine Verwandten auch nennen kann, generell. Tôkyô/Harumi hält sich an das Gesetz und fordert, die deutliche Abbildung von Geschlechtsorganen und Schamhaar zu vermeiden, läßt selbige dafür in „deformierter" Gestalt ebenso zu wie sadomasochistische Darstellungen und Skatologie, solange diese erotischen Zielen dienen. Gegen deren Verkauf an Minderjährige wird jedoch strikt eingeschritten. Daß dies nach dem Skandal von 1991 erneut ein Thema für die Veranstalter ist, liegt am unverwüstlichen Fortbestand der „Schöne-Mädchen-Comics" im *Dôjinshi*-Bereich und am plötzlichen Aufschwung der *Yaoi-Manga.* Letztere konnten sich so frei entfalten, weil die Polizei ihr Augenmerk bislang fast ausschließlich auf männliche Produktionen richtete.

In den *Dôjinshi* lebt der Manga als stark auf sich konzentrierter Medienraum. Die Fans bleiben in der Regel unter ihresgleichen und haben wenig Interesse daran, sich zu öffnen. Exemplarisch verkörpern sie den Wandel der japanischen Gesellschaft seit den achtziger Jahren. Anstatt es wie alle zu halten und der Masse zu folgen, ziehen sie sich in selbstbestimmte Zirkel zurück, die ihren Zusammenhalt aus einem gemeinsamen Begeisterungsgegenstand gewinnen – dies haben Marketing-Spezialisten „Teilmassen"[13] genannt. Symptomatisch für den neuen kulturellen Trend ist der Bedeutungswandel des Worts *„Otaku"*, mit dem man seit 1989 diese jungen Leute etikettiert: Anfangs als selbstsüchtig, nahezu autistisch und apolitisch, ja asozial abgewertet, gibt es nun zunehmend Anerkennung für ihren Mut zum Anderssein, ihre Begeisterungsfähigkeit und ihren Einfallsreichtum.

Wenn man dem Kritiker Yonezawa Yoshihiro[14] folgt, der, ohne hierarchische Gewichtung, das gegenwärtige Spektrum des Manga auflistet, dann zeigt sich abschließend folgendes Bild: Nach wie vor gibt es Kindermanga für Grundschüler, Jungenmanga für Mittel- und Oberschüler und Jugendmanga für die Zwanzigjährigen, die alle – ebenso wie der Mädchen-

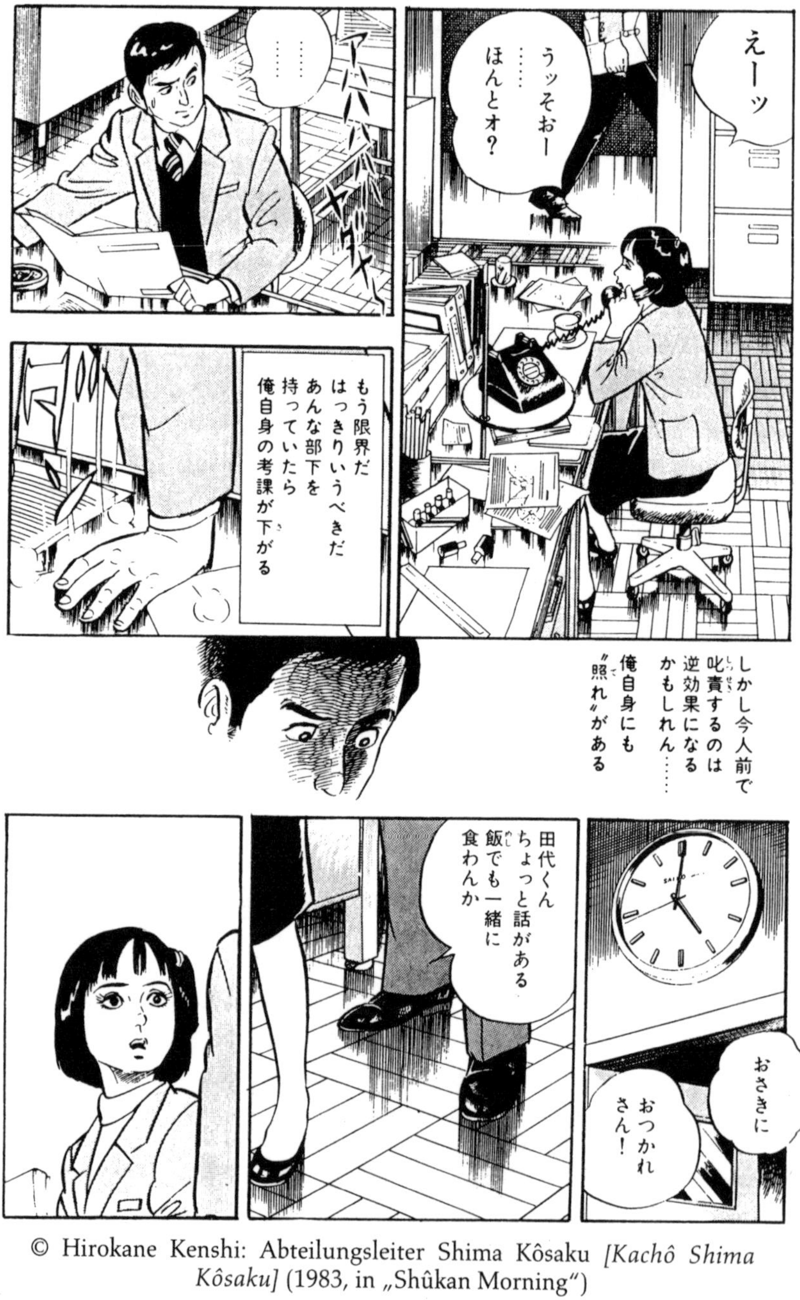

© Hirokane Kenshi: Abteilungsleiter Shima Kôsaku *[Kachô Shima Kôsaku]* (1983, in „Shûkan Morning")

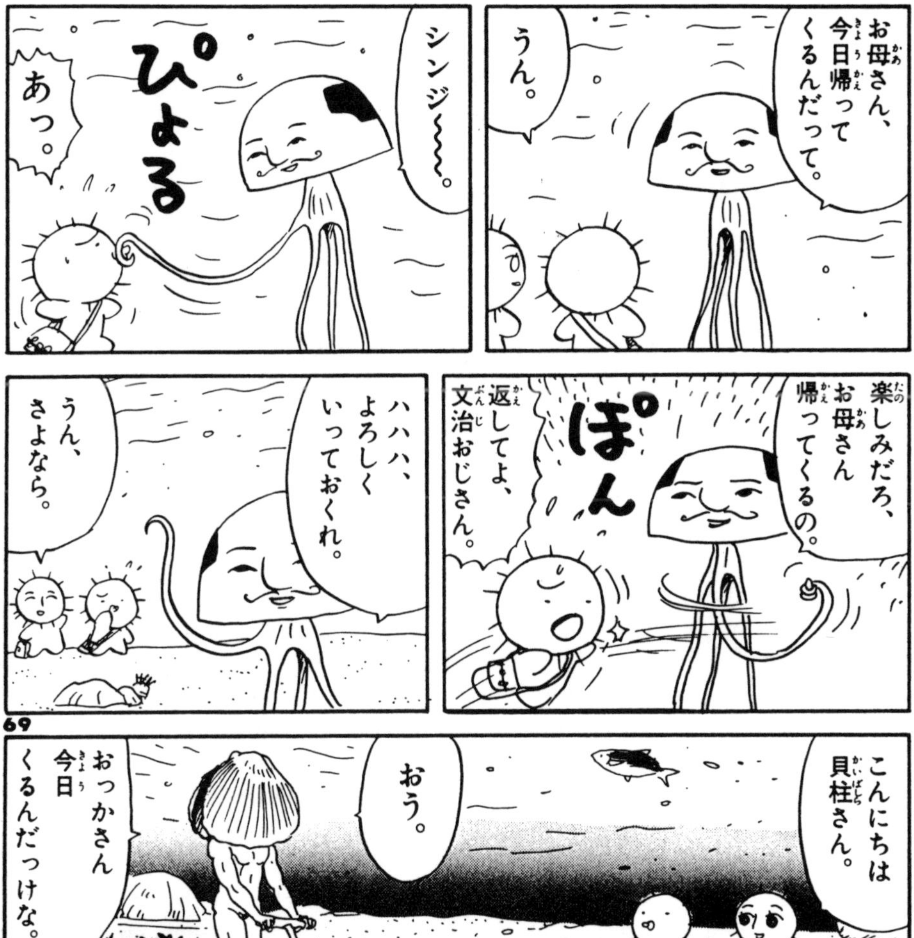

© Yoshida Sensha: Mutter und Weihnachten *[Okâsan to Kurisumasu]*,
in: Stachel-Stachel-Seeigelchen *[Chiku Chiku Uni Uni]* (1990–1992)

manga – bei den Teenagern auch mit Horror-, Science-Fiction- oder religiös orientierten Geschichten Erfolg haben. Auch der „Schöne-Mädchen-Comic", der sich an junge Männer richtet, findet bei Yonezawa noch einmal eigens Erwähnung. Die erwachsenen Leser stützen weiterhin den Sachcomic, wie man ihn seit Ishinomori Shôtarôs „Japan GmbH" kennt und den Salaryman-Comic, für den der anhaltende Erfolg von Hirokane Kenshis „Abteilungsleiter Shima Kôsaku" (*Kachô Shima Kôsaku,* seit 1983) spricht, mitunter lesen sie auch Yakuza-Manga (beispielsweise durch Zeichner wie Jôji Akiyama), die 1991 wieder ein wenig anzogen, oder auch Manga über den äußerst populären traditionellen Ringkampf *Sumô.* Bei den Frauen verspricht der Lady's Comic als Phänomen noch interessanter zu werden, auch wenn er derzeit einen leichten Rückgang erlebt. Ein keineswegs zu vergessender, weil sehr beliebter Bereich sind die Gag-Manga, ob als Vier-Bilder-Streifen wie bei Ishii Hisaichi, der den berühmten *Gekiga* „Von den Kriegskünsten der Ninja" parodiert, oder in Story-Form wie bei Yoshida Sensha, der leicht melancholisch irreale Figuren präsentiert.

In den reichen achtziger Jahren dominierte in Japan die überall und problemlos konsumierbare Unterhaltung, der Anspruch an Medienprodukte, emotional unmittelbar zu ergreifen, deren zerstreute, flüchtige Rezeption. Daß Manga so stark in den Alltag integriert wurden, ermöglichten Erzählweisen und Stoffe, die auf diesen reagierten – zum einen als Verarbeitung von Träumen, ob auf die Art der Science Fiction oder der Erotik, zum anderen als undramatische Geschichten. Die großen Erzählungen, obwohl immer noch populär, sind dem Momentanen, dem Schnappschuß, dem Assoziieren von Stimmungen gewichen. Visuell kreisendem Empfinden entlehnte, atmosphärisch konkrete Bilder finden sich bei den interessanteren neueren Produktionen häufiger als ein forcierter Handlungsaktionismus. Und der Manga wird immer mehr zum Erlebnis seiner selbst – als Parodie, als Aneinanderreihung von Zitaten aus Klassikern des eigenen Mediums oder anderer, die das Anklingen ganz bestimmter Empfindungen garantieren und bei denen mit bereits zum Gemeingut gehörenden Figuren und Settings gespielt werden kann. Damit steigt das Vergnügen an der Materialgestalt, am Wie, und in diesen Zusammenhang ordnet sich auch die enorme Quantität von Neuauflagen zehn bis zwanzig Jahre alter Manga ein, die zum einen für die jüngeren Generationen neuverwertet werden, zum anderen den älteren die Rückkehr in ihre Jugend ermöglichen. Mit der Abkehr von den großen Erzählungen lebte nicht zuletzt der Vier-Bilder-Streifen neu auf, der auf humorvoll versponnene Gag-Art den Genuß des Alltags, die Stimmungen des Angenehmen unterstützte.

Anmerkungen

1 Das britische „Anime UK Magazine" druckte 1993 eine Auswahl von japanischen Amateurzeichnern ab.
Außerhalb Japans (und Deutschlands) gibt es – nach Helen McCarthy – übrigens folgende Zeitschriften für Manga, Zeichentrickfilm (jap. *Anime*) und/oder Computerspiele: Animag (San Francisco, unregelmäßig), Animeland (Paris, viermal jährlich), Animerica (San Francisco, monatlich), Anime UK Magazine (London, zweimonatlich), Kappa Magazine (Bosco/Italien, monatlich), Manga Mania (London, monatlich), Mangazine (Bologna, monatlich), Mecha Press (Montreal, zweimonatlich), Protoculture Addicts (Montreal, zweimonatlich), Super Play (Somerset/UK, monatlich) und Tsunami (Bagnolet/Frankreich, zweimonatlich)

2 Vgl. zu *Dôjinshi* insgesamt vor allem Ajima, Nimiya.

3 „Comic Market" ist die Bezeichnung für das größte Verkaufstreffen, mit Unterbrechungen abgehalten in Tôkyô/Harumi. Jede Veranstaltung hat als Institution ihren eigenen Namen, so z. B. „Comic City", „Comic Revolution" usw.

4 Hino Keizô: Trauminsel, Berlin: edition q 1993, S. 21 f.

5 Nagata 1994 führt in seinem Verzeichnis drei Zeichner/innen unter der Kategorie „*Dôjinshi*": Mizuno Ruten, das aus zwei Frauen bestehende Team Emikuri und Mizuno Usagi.

6 Den Ausdruck prägte Nimiya.

7 McCarthy S. 29

8 Miyazaki Hayao, geb. 1941, als Zeichner, Regisseur und Produzent u. a. beteiligt an:
„Der gestiefelte Kater" (1969), „Schatzinsel der Tiere" (*Dôbutsu Takarajima*, 1971), „Lupin III.: Die Burg Cagliostro" (*Kariosutoro no Shiro*, 1979), „Nausikaä aus dem Tal des Winds" (*Kaze no Tani no Nashika*, 1984), „Himmelsschloß Laputa" (*Tenkû no Shiro Ra-*

pyuta, 1986), „Totoro von nebenan" (*Tonari no Totoro*, 1988), „Der Zustelldienst der kleinen Hexe" (*Majo no Takkyûbin*, 1989), „Porco Rosso" (*Kurenai no Buta*, 1992)

9 Interesse bei erwachsenen Zuschauern finden z. B. von Miyazaki Hayao die Ökophantasie „Nausikaä aus dem Tal des Winds" und der auf die Kriege und politischen Gegensätze des 20. Jahrhunderts anspielende Kinofilm „Porco Rosso", außerdem Literaturverfilmungen wie die poetischen Streifen „Die Nacht der Milchstraßeneisenbahn" (*Ginga Tetsudô no Yoru*, 1985, nach Miyazawa Kenji, für den der Dramatiker Betsuyaku Minoru das Drehbuch schrieb) und „Das Grab der Leuchtkäufer" (*Hotaru no Haka*, 1988, nach dem auch ins Deutsche übersetzten Roman von Nosaka Akiyuki).

10 Kakinuma S. 177, im Zusammenhang mit Ozaki Minami und ihrem Manga „*Zetsuai*"

11 Eine auch auf den Comic-Märkten verehrte Autorin ist Yamaai Shikiko.

12 Vgl. Ajima S. 152 ff.

13 Vgl. zu diesem Thema Fujioka, *Hakuhôdô Seikatsu Sôgô Kenkyûsho*

14 Yonezawa 1992a

Zeittafel zur Geschichte des Manga

1814 der Ukiyoe-Meister Katsushika Hokusai veröffentlicht die *„Hokusai Manga"* (insgesamt 15 Bände bis 1878)

1862 Manga-Zeitschrift: Charles Wirgman gründet „Japan Punch" (für in Japan lebende Ausländer)

1881 erste japanische Comic-Strips durch Honda Kinkichirô in der Zeitschrift „Kibi Dango"

1902 erste Comic-Strip-Serie mit permanenten Figuren in „Jiji Shinpô": *„Tagosaku to Mokubê no Tôkyô Kenbutsu"* (Tagosaku und Mokubê besichtigen Tôkyô) von Kitazawa Rakuten

1905 Gründung des „Tôkyô Puck" durch Kitazawa Rakuten

1918 Verein: Schaffung der ersten Vereinigung für professionelle Manga-Zeichner (Manga Kôrakukai)

1921 erste längere Manga-Geschichte: *„Hito no Isshô"* (Das Leben eines Menschen) von Okamoto Ippei in „Asahi Shinbun"

1923 *Koma-Manga* für Zeitung: *„Nonkina Tôsan"* (Vater Sorglos) von Asô Yutaka (1898–1961) in „Hôchi Shinbun"; „Bringing up Father" (George McManus, 1911) in „Asahi Graph";
Story-Manga für Jungen: *„Shô-chan no Bôken"* (Die Abenteuer von Shô-chan), Text: Oda Nobutsune, Bild: Kabashima Katsuichi, in „Nikkan Asahi Graph"

1925 Gründung der proletarischen Zeitung „Musansha Shinbun", die zeitkritische und links-agitatorische Karikaturen veröffentlicht: Yanase Masamu (1900–1945), Suyama Keiichi (1905–1975), Matsuyama Fumio (1902–1982)

1928 Vorläufer des Mädchenmanga: *„Tonda Haneko"* von Kitazawa Rakuten in „Jiji Shinpô"

1931 Jungenmanga: Beginn der Serie *„Norakuro"* von Tagawa Suihô, 1941 vom Staat eingestellt wegen Papiermangel

1932 Verein: Gründung der „Shin Mangaha Shûdan" durch Yokoyama Ryûichi, Sugiura Yukio, Yokoi Fukujirô, Kondô Hidezô u. a., Vorläufer der heutigen, einhundert berufene Mitglieder zählenden Kerngruppe „Manga Shûdan"

1940 Verein: erzwungener Zusammenschluß bis dahin bestehender Manga-Vereinigungen (wie Shin Mangaha Shûdan, Manga

Kyôkai u. a.) zu „Shin Nippon Manga Kyôkai", dessen Monatszeitschrift „Manga" die einzige bis 1945 bleibt

1946 *Koma-Manga: „Sazae-san"* von Hasegawa Machiko (zunächst in „Yûkan Fukunichi", ab 1949 in „Asahi Shinbun" bis 1974); Debüt von Tezuka Osamu mit *Koma-Manga „Mâ-chan no Nikkichô"* (Mâ-chans Tagebuch) in „Mainichi Shôgakusei Shinbun"

1947 *„Shin Takarajima"* (Die neue Schatzinsel) von Tezuka Osamu als Buch: Bestseller (400000 Exemplare) und Schule machender Story-Manga; Gründung der Zeitschrift „Manga Shônen" durch Katô Ken'ichi, eine der ersten auf Manga spezialisierten Zeitschriften für Kinder

1949 Mädchenmanga als *Koma-Manga*-Serie: *„Anmitsu Hime"* (Prinzessin Bohnengelee) von Kurakane Shôsuke in „Shôjo";
„Blondie" erscheint auf japanisch in „Asahi Shinbun"

1953 Mädchenmanga: *„Ribon no Kishi"* (Der Ritter mit der Schleife) von Tezuka Osamu in „Shôjo Club"

1955 Mädchenmanga-Monatszeitschriften: Gründung von „Ribon" und „Nakayoshi"; Beginn des Booms von *Kashihonya-Manga* (Zeitschriften u. a. „Machi", „Kage")

1957 Prägung der Bezeichnung *Gekiga* durch Tatsumi Yoshihiro in *Kashihonya*-Zeitschrift „Machi"

1959 Wochenzeitschriften des Jungenmanga: „Shônen Magazine" und „Shônen Sunday";
Gekiga: „Ninja Bugeichô" (Von den Kampfkünsten der Ninja) von Shirato Sanpei;
Verein: 21 Kindermanga-Verlage gründen landesweiten Verband (Zenkoku Manga Shuppan Kyôkai)

1961 Tezuka Osamu gründet Produktionsgesellschaft für Zeichentrickfilme, ab 1962 als „Mushi Production", ab 1968 als „Tezuka Production" (bis 1973);
Zeitschrift: Monatszeitschriften für Kinder werden zugunsten von Wochenzeitschriften eingestellt („Shôjo" 1961, „Shônen Club" und „Shôjo Club" 1962)

1963 Beginn der Ausstrahlung von Tezuka Osamus *„Tetsuwan Atomu"* (Astroboy; als Manga 1951–1968) durch den Sender Fuji TV als zweite Zeichentrickserie des japanischen Fernsehens in 200 Folgen über vier Jahre (erste Serie „Manga-Kalender", Otagi Co. 1962–1964);
Mädchenmanga-Wochenzeitschriften: Gründung von „Shôjo Friend" und „Margaret"

1964 Gründung der Monatszeitschrift „Garo"

1965 Ausbildung: erste Manga-Abteilung am Design College Tôkyô (bis 1969)

1966 erster Boom von Manga-Taschenbüchern: Beginn der Manga-Taschenbuchreihe „Golden Comics" im Shôgakukan-Verlag

1967 Gründung der Monatszeitschrift „COM" durch Tezukas Mushi Production (bis 1973);
Boom von Manga-Zeitschriften für Jugendliche

1968 Zeitschrift: Gründung von „Shônen Jump" (zunächst im Zwei-Wochen-Rhythmus, ab 1969 wöchentlich)

1969 Zeitschrift: „FUNNY";
Gründung von „Shônen Champion" (Zwei-Wochen-Rhythmus, ab 1970 wöchentlich); Skandal wegen Sexdarstellungen in *„Harenchi Gakuen"* (Schamlose Schule) von Nagai Gô

1970 Ende der Massenzeitschriften für *Koma-Manga*, die Zeitkritik und Gesellschaftssatire behandeln, mit Einstellung von „Manga Tokuhon" (danach Zeitungscartoons und -strips einerseits, Zeitschrift für Nonsens-Manga der 80er Jahre andererseits);
als jugendgefährdende Manga gebannt: *„Ashura"* (Asura) von Jôji Akiyama, *„Yakeppachi no Maria"* (Zur Verzweiflung treibende Marie) von Tezuka Osamu

1972 „Neue Welle" des Mädchenmanga durch die Gruppe der „24er" *(24nen-gumi)*, Zeichnerinnen: Ôshima Yumiko, Hagio Moto, Takemiya Keiko, Ikeda Riyoko u. a.;
erstes landesweites Treffen der Manga-Amateure

1973 *Ero-Gekiga:* erste Zeitschrift „Manga Erotopia" (Höhepunkt des *Ero-Gekiga* um 1978); Ausbildung: Einrichtung einer Manga-Klasse an der Seika-Universität Kyôto

1974 Zeichentrick-Serie: *„Uchû Senkan Yamato"* (Kosmisches Schlachtschiff Yamato; Boom um 1977);
Boom von Ikeda Riyokos *„Berusaiyu no Bara"* (Die Rose von Versailles)

1975 *Dôjinshi:* erster „Comic Market" für Manga-Amateure und -Fans in Tôkyô (seit 1984 zweimal jährlich)

1977 die Hanazono-Universität verwendet für ihre Eintrittsexamen erstmals Manga (*„Haguregumo"* von Jôji Akiyama)

1980 Etablierung des Lady's Comic: Gründung der Zeitschrift „BE in LOVE" (ab 1982 unter dem Namen „BE LOVE")

1982 Zeitschrift: Gründung von „Comic Morning“ (ab 1991 unter dem Namen „Shûkan Morning“)

1983 Eröffnung von „Disneyland Tôkyô“;
Lolikon: Gründung der Zeitschrift „Manga Burikko“ (es folgt u. a. 1986 „Manga Loli Pop“);
Beginn des Revival-Booms: Neuauflage klassischer Manga der 60/70er Jahre in festem Einband
Zeichentrickfilm: „*Kaze no Tani no Naushika*“ (Nausikäa aus dem Tal des Winds; 1982–1994 als Manga in „Animage“) von Miyazaki Hayao;
Gründung der Zeichentrick-Zeitschrift „TV Anime Magazine“

1984 *Dôjinshi:* erste kommerzielle Buchpublikation über Amateur-Manga „Comiket Graffity“ (im Asahi-Verlag)

1985 Parodien: Gründung der Zeitschrift „Ani Paro Comic“;
Abdruck von Manga (Tezuka Osamu, Satô Sanpei) in Grundschullehrbüchern für das Fach Muttersprache;
Dôjinshi: erstes Comiket-Jahrbuch erscheint, der „Comic Market“ Tôkyô wird Aktiengesellschaft

1986 Horror-Manga: Gründung der Zeitschrift „Horror House“

1987 Sachcomic-Boom: ausgelöst durch „*Nihon Keizai Nyûmon*“ (Japan GmbH) von Ishinomori Shôtarô (ab 1986)

1988 Ausland: zunehmende Übersetzungsausgaben japanischer Manga, ausgehend von Amerika (dort 1990 Gründung der Zeitschrift „Mangajin“, die ab Nr. 3 nach Japan importiert wird)

1990 Einzelausstellung für Tezuka Osamu im Nationalmuseum für Moderne Kunst Tôkyô;
Kritik an Tezuka Osamu für diskriminierende Darstellung von Schwarzen in „*Janguru Taitei*“ (Herrscher des Dschungels/Kimba; Manga ab 1950);
Boom von Sakura Momokos „*Chibi Maruko-chan*“ (Die kleine Maruko)

1991 Skandal um jugendgefährdende Comics: Verhaftungen, Selbstzensur der Verlage

1992 Gründung von Manga-Schwesterzeitschriften in Taiwan;
Dôjinshi: erste amerikanische Teilnehmer am „Comic Market“ Tôkyô

1994 Gründung der Vereinigung „Manga Japan“ unter Vorsitz von Ishinomori Shôtarô, Satonaka Machiko und Chiba Tetsuya;
Eröffnung des Tezuka-Osamu-Museums in Takarazuka

Glossar
(im Text *kursiv* gedruckte japanische Wörter)

Anime	jap. Neologismus für Animation, Zeichentrickfilm
Dôjinshi:	jap.: zeitschriftenartige Gruppenpublikationen, beim Manga durch Amateurzeichner
Ero-Gekiga:	jap.: erotischer Comic-Roman; pornographischer Manga für Männer um 1980
Gekiga:	jap.: dramatische Bilder, dramatischer Comic; Ende der 50er Jahre entstandene Gattung des Story-Manga, die das Funnyartige ablehnt und sich mit realistischeren, auch gewaltsamen Geschichten an jugendliche Leser wendet
Kamishibai:	jap.: Papiertheater; bis in die 50er Jahre verbreitete Straßenkunst für Kinder, bei der ein Erzähler anhand von Bildern meist spannende Geschichten vortrug
Kana:	die japanischen Silbenalphabete *Hiragana* und *Katagana*
Kanji:	ursprünglich chinesische Schriftzeichen
Kashihonya:	jap.: Leihbuchhandlung (gegen Entgelt), bis in die 60er Jahre hinein mit eigenen Buch- und Zeitschriftenpublikationen Basis für den *Gekiga*
Koma-Manga:	jap. Koma: Einzelbild, Panel; Comic-Strip, auf der Vier-Bilder-Reihung und deren Variationen beruhend, meist von Humor bis zu groteskem Nonsens
Lolikon:	jap. Neologismus: Lolita-Komplex; Bezeichnung für einen Trend im erotisch-pornographischen Manga der 80er Jahre
Shôjo:	jap.: Mädchen
Shôjo-Manga:	jap.: Mädchenmanga
Shônen:	jap.: Junge
Shônen-Manga:	jap.: Jungenmanga
Shûkan:	jap.: Woche; Bestandteil des Titels von wöchentlich erscheinenden Zeitschriften

Kurzbiographien

ABIKO MARIE (geb. 1969)
Hat kurze Zeit als Schauspielerin gearbeitet, bevor sie zum Manga kam. Debüt 1989 mit „*Onna no Ko dearu Jôken*" in „Garo". Weitere Manga in Buchform: „*Hesoshita no Kairaku*" (1994, bei Bunkasha), „*Onna no Ko no Jôken*" (1990, in „Young Champion" 1995 als Buch bei Akira Shoten), „Made in Yamagata" (1995, bei Nitron Bungeisha).

AKATSUKA FUJIO (geb. 1935)
1956 Debüt mit einem Mädchenmanga. Anfangs *Kashihonya*-Zeichner. Mit Ishi(no)mori Shôtarô, Mizuno Hideko u. a. Tezuka-Schülern in der Wohngemeinschaft der Tokiwa-Pension. Assistent bei Ishi(no)mori Shôtarô. 1962 Popularität mit Gag-Manga „*Osomatsukun*" (auch als Zeichentrickfilm) in „Shûkan Shônen Sunday" und Mädchenmanga „*Himitsu no Akko-chan*" in „Ribon". 1970 Popularität der Nebenfigur Nyarome aus seinem Gag-Manga „*Môretsu Atarô*" unter den Aktivisten des Studentenverbandes Zengakuren. Ab 1972 zehn Jahre lang „Gag Guerilla" in „Shûkan Bunshun". Auch tätig als Produzent von Filmen und Bühnenshows sowie als Autor.

AKISATO WAKUNI
1982 Shôgakukan-Newcomer-Preis für Debüt „*Senaka ni Hana o shotte*" (in „Shûkan Shôjo Comic"). Taschenbuchausgaben bei Shôgakukan u. a. von „*Soredemo Chikyû wa mawatteiru*" (1985, 5 Bd.), „Made in Nippon" (1986, 4 Bd.), „*Banbutsu wa Genshi yori naru toiu koto o*" (1993). Mädchenmanga mit starken Heldinnen und/oder Jungenliebe.

AZUMA HIDEO (geb. 1950)
Debüt 1969. 1972 Gag-Manga „*Futari to Gonin*" in „Shûkan Shônen Champion". Gewinnt Fans mit verspielten, neuartigen Gag-Manga. 1978 „*Fujôri Nikki*" in der SF-Manga-Ausgabe des Kisôtengaisha-Verlages und 1979 „*Kyôran Sei'unki*" beim Runatekku-Verlag, rätselhaft-spektakuläre Nonsens-Phantasien. Anfang der 80er Jahre Wegbereiter des *Lolikon* mit absurden Sex-Manga für über Automaten verkaufte Pornomagazine (z. B. „Shôjo Alice", „*Hizashi*"-Serie). Verschwindet aus der Manga-Szene. 1992 Anthologie „*Yoru no Sakana*" (Ôta Shuppan), herausgegeben von Ôtsuka Eiji. Neubeginn seit 1993.

BIGOT, GEORGES FERDINAND (1860–1927)
1882–1899 in Japan lebender Franzose. Wirkte als Vermittler der Tradi-

tionen europäischer Karikatur, sowohl im technischen Sinne – führte z. B. Kobayashi Kiyochika in den Kupferstich ein – als auch im geistigen mit seinen politisch-satirischen Karikaturen. Gründete fünf Zeitschriften, darunter 1887 „Tobae".

CHIBA TETSUYA (geb. 1939)
Debüt mit 17 Jahren. Story-Manga. 1958–1963 einige populäre Mädchenmanga in „Shôjo Club". 1961 erster Baseballmanga „*Chikai no Makyû*" in „Shûkan Shônen Magazine", dem Arbeiten für die beiden genannten Zeitschriften folgen. 1968 Beginn seines erfolgreichsten Manga „*Ashita no Jô*" mit Szenarist Kajiwara Ikki (alias Takamori Asao) in „Shûkan Shônen Magazine": fünf Jahre und vier Monate lang publizierte Serie, die unter den Aktivsten der Studentenbewegung viele Fans hatte. Zeichentrick-Verfilmungen 1980 und 1981. Weitere Story-Manga mit Sport-Stoffen.

FUJIKO FUJIO
= Zeichner-Team: Fujimoto Hiroshi (1933–) und Abiko Motoo (1934–). Gemeinsames Debüt 1952 mit „*Tenshi no Tama-chan*" (in „Mainichi Shôgakusei Shinbun"). Assistenz bei Tezuka Osamu. 1963 Gründung der Zeichentrickfilm-Produktion „Studio Zero", u. a. mit Ishi(no)mori Shôtarô und Akatsuka Fujio. Populäre Kindermanga mit Gag-Einschlag: „*Obake no Q-Tarô*" (1964–66 in „Shûkan Shônen Sunday"), „*Doraemon*" (ab 1980, 38 Bd. bei Shôgakukan). 1988 Trennung: Fujiko F. Fujio (Fujimoto Hiroshi), Fujiko Fujio Ⓐ (Abiko Motoo). Letzterer 1991 tätig als Produzent bei der Verfilmung seines Manga „*Shônen Jidai*".

FUKAMI JUN
Debüt 1971 mit „*17sai no Rafuzô*" (in „Shûkan Seventeen"). Zeichnerin des romantischen Lady's Comic. Bekannteste Manga: „*Mienai Ringo*" (1986 in „BE LOVE"), „*Pokka Poka*"-Serie (seit 1987 in „YOU"), „*Waru*" (seit 1988 in „BE LOVE").

JÔJI AKIYAMA (geb. 1948)
Debüt 1967 mit „*Pattoman X*" (in „Shûkan Shônen Magazine"). Jungenmanga mit positivem Gag-Einschlag, um 1970 zeitweise auch Story-Manga zum Thema des Bösen und Grausamen. Ab 1969 „*Genso Deroriman*" über einen Angestellten (in „Shônen Jump"), ab 1973 historischer Manga „*Haguregumo*" (in „Big Comic Original", Buch bei Shôgakukan), dafür 1979 Shôgakukan-Manga-Preis. 1991 Yakuza-Manga „*Koiko no Mainichi*".

HAGIO MOTO (geb. 1949)
Debüt 1969 mit „*Ruru to Mimi*" (in „Nakayoshi"). Beeinflußt von Tezuka Osamu und Mizuno Hideko. Eine der „24er", der „Neuen Welle"

des Mädchenmanga. Romantische Geschichten, Jungenliebe, SF, Stoffe aus der europäischen Geschichte. Gewinnt der Gattung in den 70er Jahren auch männliche Leser. Zu ihren populärsten Werken zählen *„11-gatsu no Gimunajiumu"* (1971), *„Pô no Ichizoku"* (ab 1972 in „Bessatsu Shôjo Comic"), *„Tôma no Shinzô"* (ab 1974 in „Shôjo Comic"). 34bändige Werkausgabe bei Shôgakukan.

HASEGAWA MACHIKO (1920–1992)
Ab 1934 in Tôkyô Schülerin bei Tagawa Suihô. *Koma-Manga* für Kinder, u. a. *„Nakayoshi Techô"* 1937 in „Shôjo Kurabu". Ab 1946 Beginn mit ihrem populärsten *Koma-Manga „Sazae-san"*, ab 1949 in Abendausgabe der Tageszeitung „Asahi Shinbun", ab 1951 als Nachfolgerin von „Blondie" in der Morgenausgabe (bis 1974, Zeichentrickfilm 1969). Weitere Werke u. a. *„Epuron Obasan"* (1957 in „Sunday Mainichi"), *„Ijiwaru Bâsan"* (1966 ebd.). Seit 1985 Hasegawa-Machiko-Museum in Tôkyô/Bezirk Setagaya.

HIROKANE KENSHI (geb. 1947)
Debüt 1974 mit *„Kaze kaoru"* (in „Big Comic"). 1980 Hit mit *„Ningen Kôsaten"* (in „Big Original", mit Szenarist Yajima Masao). 1980–1992 Longseller *„Kachô Shima Kôsaku"* (in „Comic Morning"). Verheiratet mit der Manga-Zeichnerin Saimon Fumi (geb. 1957), bekannt durch *„P. S. Genkidesu Shunpei"* (ab 1980 in „Young Magazine").

IGARASHI MIKIO (geb. 1955)
Debüt 1983 mit Comic Strips *„'80 Sono Jôkyô"* in „Manga Life" und *Koma-Manga* in Buchform *„Nekuratopia"*. Typisch für den *Koma-Manga*-Boom der 80er Jahre. Nach zweijähriger Pause 1986 Bestseller mit Nonsens-Manga *„Bonobono"* in „Manga Life" (1993 Zeichentrickfilm unter eigener Regie).

IGARASHI YUMIKO
Debüt 1968 in Mädchenmanga-Zeitschrift „Ribon". Ab 1975 Popularität mit „Candy, Candy" (Szenaristin: Mizuki Kyôko) in „Nakayoshi", später Buchpublikation in 9 Bänden bei Kôdansha (ital. Ausgabe bei Fabbri). Aus „Candy, Candy" (als Zeichentrickfilm Ende der 70er Jahre in Südeuropa gezeigt) und „Georgie!" (1983) entsteht TV-Zeichentrickserie, 1993 neue Version von „Candy, Candy". Seit Mitte der 80er Jahre Arbeiten für den Lady's Comic (z. B. *„Joô Seikyoku"* in „BE LOVE").

IKEDA RIYOKO (geb. 1947)
Noch als Philosophiestudentin Debüt mit Arbeiten für *Kashihonya*. Popularität mit *„Berusaiyu no Bara"* in „Shûkan Margaret" 1972/73. Weitere Mädchenmanga mit Themen aus der europäischen Geschichte, u. a. *„Orufeusu no Mado"* (1976, über 3000 Seiten lang), „Eroica".

ISHII HISAICHI (geb. 1951)
Debüt als Student mit *„Baito-kun"* (in „Nikkan Arubaito Jôhô" und „Go Manga", 1977 als Buch). Bekannt für *Koma-Manga,* die das klassische vierstufige Prinzip der Gattung von „Entstehung-Entfaltung-Umschlag-Schluß" ignorieren, z. B. durch viel Text. Veröffentlicht in Tageszeitungen und Buchform, u. a. *„Ninja Mugeichô"* (1993).

ISHII TAKASHI
Seine Manga der 70er Jahre gelten als Höhepunkte des *Ero-Gekiga,* u. a. *„Tenshi no Harawata"*, des weiteren *„Shiroi Yoru"*, *„Akai Kyôshitsu"*, „Illumination". In den 80er Jahren Wechsel zum Film. Autor von Drehbüchern nach eigenen Manga für die *„Nikkatsu Roman* Porno"-Filme (z. B. „Love Hotel"). 1988 Regisseur des Spielfilms *„Shindemo ii"* (Regiepreis beim Filmfestival Tessaloniki).

ISHINOMORI SHÔTARÔ (geb. 1938)
Debüt 1956. Anfangs unter dem Namen „Ishimori". Assistent bei Tezuka Osamu, u. a. für *„Tetsuwan Atomu"*. Mit Akatsuka Fujio, Mizuno Hideko u. a. Tezuka-Schülern in der Tokiwa-Pension. Um 1960 Mädchenmanga. 1966 Popularität mit Abenteuermanga „Cyborg 009" (Zeichentrickfilme 1966, 1967, 1980). Gleichzeitig experimentelle Manga für „COM" und gut verkaufte Jungenmanga. 1986 Bestseller *„Nihon Keizai Nyûmon"* (2,5 Mio.) als Auslöser des Booms fiktionaler Sachmanga. 1989 Beginn mit Manga-Werk zur japanischen Geschichte *„Manga Nihon no Rekishi"* (48 Bände). Nach Tezuka Osamu der Zeichner mit den meisten Manga. Auch tätig als Filmregisseur, Produzent von Unterhaltungsshows, Romanautor und Essayist.

KAJIWARA IKKI (19?–1986)
Alias Takamori Asao. Manga-Szenarist. In den 60er Jahren berühmt geworden durch Sport-Manga wie über das Ringen *„Champion-ta"* (ab 1962), über Baseball *„Kyojin no Hoshi"* (1966-1970, mit Kawasaki Noboru), über das Boxen *„Ashita no Jô"* (1968–1973, mit Chiba Tetsuya). Autobiographie *„Otoko no Seiza"* (ab 1985 in „Manga Goraku").

KARIYA TETSU (geb. 1941)
Manga-Szenarist. Debüt 1974 mit *„Otoko-gumi"*. Bekannt vor allem durch *„Oishimbo"* (1985, 8 Bd. bei Shôgakukan).

KITAZAWA RAKUTEN (1876–1955)
Einer der ersten professionellen Cartoonisten Japans. Lernt Techniken der westlichen Karikatur von dem australischen Maler F. Nankivell. 19jährig als Zeichner bei der in Yokohama herausgegebenen ausländischen Zeitschrift „Box of Curios", wird er 1899 bei der von Fukuzawa Yukichi herausgegebenen „Jiji Shinpô" als Bildredakteur eingestellt

und zeichnet für diese neben Karikaturen erste *Koma-Manga* in der Sonntagsbeilage („Jiji Manga"). 1905 Gründung seiner eigenen satirischen Zeitschrift, des „Tôkyô Puck" (Auflage über 10000). 1918 Schaffung des ersten Manga-Vereins „Manga Kôrakukai" für die Ausbildung von Schülern. 1921–1932 für „Jiji Shinpô" weitere serielle Comic-Strips zu Zeitthemen, danach zieht er sich zurück. Während des Pazifischen Krieges Präsident der Vereinigung „Manga Hôkôkai". 1966 Eröffnung des ihm gewidmeten Manga-Museums in Ômiya/Präfektur Saitama, seiner Geburtsstadt.

KOBAYASHI KIYOCHIKA (1847–1915)
Exemplarische Figur des Übergangs vom Holzblock- zum Zinkplattendruck für die Herstellung des Manga. 1876 für Darstellung städtischen Lichts berühmte Graphikserie. Ab 1881 cartoonartige Holzschnitte. Ab 1882 tätig für die satirische Zeitschrift „Maru Maru Chinbun" (ab 1877 Zinkplattendruck), dort zeitkritische Lithographien, die die „Bewegung für Freiheit und Menschenrechte" unterstützten.

KOBAYASHI YOSHINORI (geb. 1953)
Debüt in „Shûkan Shônen Jump" mit *„Tôdai Itchokusen"* (1976–1979). Verläßt später die Zeitschrift, rebelliert gegen das Exklusivsystem. Sorgt unter Erwachsenen für Gesprächsstoff mit zeitkritischem Manga *„Gômanizumu Sengen"* (seit 1992 in „SPA", bisher 6 Buchbände).

KOJIMA GÔSEKI (geb. 1928)
Beginn im Papiertheater *(Kamishibai)*. Debüt als Mangazeichner 1957 mit *Kashihonya*-Buch *„Onmitsu Kokuyôden"* (Hibari Shobô). Seitdem viele historische *Gekiga*. 1970–1976 mit Szenarist Koike Kazuo *„Kozure Ôkami"* (Kino- und TV-Verfilmung). Weitere Arbeiten mit Koike u. a. *„Hanzô no Mon"*, *„Kawaite sôrô"*.

KURAKANE SHÔSUKE (1914–1973)
1930 Debüt in der Mädchenzeitschrift „Shôjo Kurabu". Schüler von Tagawa Suihô. 1949 Beginn seines bekanntesten Manga *„Anmitsu Hime"* in „Shôjo" (bis 1955), der als erster Gag-Manga für Mädchen gilt.

MAKI MIYAKO
Debüt 1957 mit dem Manga-Buch *„Hahakoi Warutsu"* (Tôkôdô) und in Zeitschriften des Mädchenmanga. Als *Kashihonya*-Zeichnerin in Ôsaka tätig. Ab 1968 Arbeiten für Jugend- und allgemeine Frauenzeitschriften, in den 80er Jahren dann Lady's Comic. Besonders bekannt ist *„Akujo Seisho/Baiburu"* (ab 1984 in „Josei Jishin"), daneben auch Mädchenmanga wie *„Genji Monogatari"* (bei Shôgakukan 1988).

MARUO SUEHIRO (geb. 1956)
Debüt 1980. Zeichnet abgründige Kurzgeschichten, die auch vor 1945 angesiedelt sind, mit pornographischen und skatologischen Elementen. Veröffentlichte viel in *Ero-Gekiga*-Zeitschriften. Als Buch u. a. *„Oraa Rokoko da"*, *„Barairo no Kaibutsu"* (bei Seirindô, 1982/1994).

MIYAZAKI HAYAO (geb. 1941)
Seit 1963 als Zeichner und Regisseur in der Herstellung von Zeichentrickfilmen, u. a. beteiligt an den japanischen Produktionen „Der gestiefelte Kater" (1969), „Die Schatzinsel der Tiere" (1971). Eigene Zeichentrickfilme u. a. *„Kaze no Tani no Naushika"* (1984, auch als Manga ein Longseller), *„Tenkû no Shiro Rapyuta"* (1986), *„Tonari no Totoro"* (1988), *„Majo no Takyûbin"* (1989), *„Kurenai Buta"* (1992).

MIZUKI SHIGERU (geb. 1924)
Debüt 1957 im *Kashihonya*-Manga mit *„Rokettoman"*, zuvor im Papiertheater *(Kamishibai)*. Seine Papiertheaterfigur Kitarô wird zur Hauptperson von *„Hakaba no Kitarô"*, das als *„Gegege no Kitarô"* 1959–1967 in „Shûkan Shônen Magazine" erscheint (drei Fernsehzeichentrickfilme 1968, 1971, 1975). *„Kappa no Sanpei"* (ab 1962, „Shûkan Shônen Sunday"). Knüpft mit seinen Figuren – Geistern und Kobolden – an die Traditionen der japanischen Volkskultur an, bewahrt diese auch als Essayist und Illustrator vor dem Vergessen.

MIZUNO HIDEKO (geb. 1939)
Debüt schon als Schülerin mit kleineren Arbeiten in „Shôjo Club". Ab Ende der 50er Jahre zusammen mit Akatsuka Fujio und Ishi(no)mori Shôtarô in der Tokiwa-Pension. Wird mit *„Shiroi Toroika"* (ab 1963 in „Margaret") zu einer der führenden Mädchenmanga-Zeichnerinnen der 60er Jahre. Publiziert auch für ältere Leserinnen, z. B. den Rockmusik-Manga „Fire!" (ab 1969 in „Shûkan Seventeen"), „Ludwig II." (1986–1988 in „Fujin Kôron").

NAGAI GÔ (geb. 1945)
Assistent bei Ishi(no)mori Shôtarô. 1968 Debüt mit *„Meakashi Porikichi"* in „Bokura" und Veröffentlichung des Story-Manga im Gag-Stil *„Harenchi Gakuen"* in „Shônen Jump". Letzterer löst aufgrund seiner Darstellung einer schamlos sexbesessenen Schule landesweite Proteste durch Eltern und Lehrer aus. 1972 „Devilman" in „Shûkan Shônen Magazine". Weitere Gag- und SF-Manga, z. B. *„Majin Sâga"* (ab 1991 in „Young Jump", auch dreibändige Buchausgabe), außerdem tätig als Zeichner von Computerspielen, Video- und Filmregisseur, Essayist.

NAGASHIMA SHINJI (geb. 1936)
Debüt 1952 mit *„Saisho no Pin-chan"* (bei Tsuru Shobô). Veröffent-

licht in *Gekiga*-Zeitschrift „Deka" ab 1962 seinen – in der Generation der 68er – populären Manga-Roman „*Mangaka Zankoku Monogatari*". 1964–1966 angestellt bei Tezuka Osamus Produktionsfirma Mushi Production. 1967 Manga „*Fûten*" in „COM", durch den er mit Tsuge Yoshiharu verglichen wird. Ist in den 80er Jahren aus der Manga-Szene verschwunden.

NAKAZAWA KEIJI (geb. 1939)
Debüt 1968 mit „*Kuroi Ame ni utarete*". Selbst Atombombenopfer von Hiroshima wurde er mit der Schilderung seiner Kindheit in „*Hadashi no Gen*" (ab 1973 in „Shûkan Shônen Jump") weltweit bekannt. Gegenwärtig nicht mehr aktiv.

OKAMOTO IPPEI (1886–1948)
Repräsentativer Manga-Zeichner der Vorkriegszeit. Nach Arbeiten als Theaterdekorateur 1912 Beginn bei der Zeitung „Asahi Shinbun" mit politischen Manga als Illustration von Parlamentsberichten. Daneben Kindermanga, Porträt-Cartoons sowie als Autor Essays und Romane. Lehrer von Kondô Hidezô, Sugiura Yukio u. a., die 1932 den Manga-Verein „Shin Mangaha Shûdan" gründen. 1929/30 großer Erfolg mit 15bändiger Werkausgabe „*Ippei Zenshû*".

OKAZAKI KYÔKO (geb. 1963)
Debüt 1985 mit „Virgin". Zeichnerin eines neuartigen Mädchen- und Frauenmanga, die sich nicht auf Mädchenmanga-Zeitschriften orientiert. „Tôkyô Girls Bravo" (1990/1991 in Monatszeitschrift „CUTIE") und besonders populär auch „PINK" (1990 in „Shukan NEW Panchi Zaurusu").

ÔSHIMA YUMIKO (geb. 1947)
Debüt 1968 mit „*Pôra no Namida*" für Mädchenmanga-Zeitschrift „Shûkan Margaret". Anfangs melodramatische Kurzgeschichten, ab 1970 mit „*Tanjô!*" (ebd.) zunehmende Popularität als eine der „24er". Einer ihrer bekanntesten Manga ist „*Wata no Kunihoshi*" (1978 in „LaLa"), die Geschichte eines Katzenmädchens. Gilt als Königin des Mädchenmanga.

ÔTOMO KATSUHIRO (geb. 1954)
Noch als Oberschüler Debüt mit Manga nach literarischen Vorlagen in „Manga Action" (z. B. „*Jûsei*" nach Prosper-Merimée, „*Shinyû*" nach E. A. Poe, „*Sumairii Ojisan*" nach M. Twain). 1978/79 „*Sayonara Nippon*"-Serie um einen japanischen Judo- und Karate-Lehrer in New York (in „Manga Action"). 1980 mit „Fire Ball" erstes Mangadrama über eine neofaschistische Zukunft. 1981 Popularität mit „*Dômu*", dessen Bildsprache junge Manga-Zeichner fasziniert (Großer Japanischer SF-

Preis). 1984 Beginn mit seiner größten Arbeit, dem SF-Manga „*Akira*" (Zeichentrickfilm unter eigener Regie 1988). Auch tätig als Spielfilmregisseur: „World Apartment Horror" (1991).

SAKURA MOMOKO (geb. 1965)
Debüt als Studentin mit „*Oshiete yarunda arigataku omoe*" in „Ribon Original". 1986 Beginn mit „*Chibi Maruko-chan*" in „Ribon", dessen Erfolg schon bald mit „*Sazae-san*" verglichen wird (Zeichentrickfilme 1990 und 1992, Schallplattenpreis für Titelsong). Auch als Essayistin tätig.

SASAKI NORIKO
Debüt 1980 mit „Apron Complex" (in „Hana to Yume"). Ab 1988 Bestseller „*Dôbutsu no Oisha-san*" (in „Hana to Yume", 3 Bd. bei Hakusensha).

SATÔ SANPEI (geb. 1929)
Debüt 1953 in Abendzeitung „Shin Ôsaka" mit Vier-Bilder-Manga „*Ôsaka no Musuko*". Ab 1961 in Tôkyô, wird er zunächst mit seinen Comic-Strips „*Asakaze-kun*" (seit 1963 in „Shûkan Manga Sunday") bekannt. Jahrelange Popularität mit den täglichen Vier-Bilder-Strips um einen auf Miniröcke scharfen Angestellten „*Fuji Santarô*" in der Zeitung „Asahi Shinbun" (1965–1992), die u. a. feministische Proteste auslösen.

SATONAKA MACHIKO (geb. 1948)
1964 Debüt mit „*Pia no Shôzo*" und Auszeichnung mit dem ersten Manga-Newcomer-Preis des Kôdansha-Verlages – erstes Beispiel der „Schaffung" eines Manga-Zeichners durch einen Verlag. Publiziert Mädchenmanga, seit 1968 in „Shûkan Shôjo Friend". Insbesondere „*Ashita kagayaku*" (1972 in „Shôjo Friend") und „*Ariesu no Otometachi*" (1973; Fernsehfilmversion 1987) begründen ihren Ruf als eine der „24er". In weiteren Arbeiten für Jungenmanga-Zeitschriften wie „Big Comic" und „Shûkan Shônen Magazine", innerhalb des Mädchenmanga neben Liebesgeschichten historische Themen. Mittlerweile auch für den Lady's Comic tätig.

SHIRATO SANPEI (geb. 1932)
Ältester Sohn des proletarischen Malers Okamoto Tôki (1903–1986). Beginnt um 1953 als Zeichner für das Papiertheater *(Kamishibai)*. Debüt 1957 in Buchform mit „*Kogarashi Kenshi*". Einer der Begründer des *Gekiga* mit „*Ninja Bugeichô*" (1959–1962 im Sanyôsha-Verlag, 16 Bd.). 1963 mit Mizuki Shigeru „*Ninpô Hiwa*" (bei Seirindô). Die 1964 gegründete Zeitschrift „Garo" wird zum Publikationsort von „*Kamuiden*". Daneben Arbeiten für Jungenmanga-Zeitschriften, u. a. „*Sasuke*" (in „Shônen") und „*Watari*" (in „Shûkan Shônen Magazine"). Seine

Werke werden besonders 1970 unter den Aktivisten der Studentenbewegung gegen den japanisch-amerikanischen Sicherheitsvertrag populär. Nach Abschluß des ersten Teils von „*Kamuiden*" 1972 zieht sich Shirato zurück. In „Big Comic" 1975 „*Nâta*" *und 1982–1987* „*Kamui Gaiden*", ab 1988 als Szenarist Fortsetzung von „*Kamuiden*" mit seinem Bruder Okamoto Tetsuji als Zeichner, die jedoch nicht auf ein den 70er Jahren vergleichbares Echo stoßen.

SHIRIAGARI KOTOBUKI (geb. 1958)
Gekiga als Gag-Manga, auch in Zusammenarbeit mit Autoren als Illustrator, so in „*Sarariiman no Tamashii*" (1993).

SUGIURA HINAKO (geb. 1958)
Debüt 1980 mit „*Tsûgenmuro no Ume*". Zeichnerin von kürzeren und längeren Story-Manga, die sich mit der Edo- und frühen Meiji-Zeit befaßt und im Zuge des Edo-Booms der 80er Jahre populär wurde. Im Gegensatz zu Shirato Sanpei erscheint Edo hier als stehengebliebene Zeit. Manga-Preise für „*Gassô*" (1984) und „*Fûryû Edo Suzume*" (1988). „*Hikoji Daiko*" 1986 als Kabuki aufgeführt.

SUGIURA SHIGERU (geb. 1908)
Schüler von Tagawa Suihô. Debüt 1933 mit „*Omowanu Tasukebune*" in „Shônen Kurabu". Während des Kriegs aus Arbeitsmangel an Zeichentrickfilmen beteiligt, danach allmähliche Popularität seiner eigenwilligen Nonsens-Manga: „*Bôken Ben-chan*" (1946), „*Appurujamu-kun*" (1950) und „*Sarutobi Sasuke*" (1953). 1992 vierbändige Werkausgabe durch den Chikuma-Shobô-Verlag.

TAGAWA SUIHÔ (1899–1989)
Um 1927 erste Manga-Arbeiten. Wird seit 1931 bekannt mit seiner „*Norakuro*"-Serie um einen Hund, der beim Militär Karriere macht (in „Shônen Kurabu", und jährlich ein Buch). Trotz der außergewöhnlichen Popularität unter Kindern 1941 auf staatliche Weisung hin wegen Papierknappheit eingestellt. Bildete viele Manga-Zeichner aus, so auch Hasegawa Machiko (ab 1934). Die zehnbändige Neuauflage von „*Norakuro*" 1965 löst einen späten zweiten Boom aus. Zeichentrickfilm 1970.

TAKAHASHI RUMIKO (geb. 1957)
Als Studentin Schülerin von Koike Kazuo und 1978 Debüt mit „*Kattena Yatsura*" in „Shônen Sunday". Erste Frau, die sich als Zeichnerin des Jungenmanga in Jungen- und Jugendmanga-Zeitschriften durchsetzte: mit „*Urusei Yatsura*" (ab 1980 in „Shônen Sunday", 5 Zeichentrickfilme 1983–1988), „*Mezon Ikkoku*" (1980–1987 in „Big Comic Spirits", Zeichentrickfilm 1988) und „*Ranma ½*" (1987 in „*Shônen* Sunday", Zeichentrickfilm 1991/92). 15bändige Werkausgabe bei Shôgakukan.

TAKEMIYA KEIKO (geb. 1950)
Debüt 1968 mit „*Ringo no Tsumi*" in „Shûkan Margaret". Wird berühmt als eine der „24er" mit der Darstellung von Liebe zwischen Jungen, einschließlich Bettszenen: „*Kaze to Ki no Uta*" (1976 in „Shûkan Shôjo Comic"). Gewinnt 1977 viele Fans unter Jungen mit „*Tera e*" in der Jungenmanga-Zeitschrift „Manga Shônen" (Zeichentrickfilm 1980).

TEZUKA OSAMU (1928–1989)
1946 Debüt mit Vier-Bilder-Manga „*Mâ-chan no Nikkichô*" in der Kinderzeitung „Shôkokumin Shinbun". Der 1947 publizierte Story-Manga „*Shin Takarajima*" wird sein erster Bestseller (400000 Exemplare). Zu seinen bekanntesten Werken zählen: „*Janguru Taitei*" (1950 in „Manga Shônen"), „*Tetsuwan Atomu*" (1951–1968 in „Shônen"), der Mädchenmanga „*Ribon no Kishi*" (1953–1956 in „Shôjo Club", diese erste Version noch im Drei-Farben-Druck, 1963–1966 in „Nakayoshi"; Zeichentrickfilm 1967), „Black Jack" (1973–1978 in „Shônen Champion"), „*Adorufu ni tsugu*" (1983–1985 in „Shûkan Bunshun"). 1961 Gründung seiner Produktionsfirma, 1962 „*Tetsuwan Atomu*" als zweiter Zeichentrickfilm im japanischen Fernsehen. 1967 Schaffung der Zeitschrift „COM", wo er sein größtes Werk zu publizieren beginnt: „*Hi no Tori*" (1967–1972 in „COM", 1976–1981 in „Manga Shônen", 1986–88 in „Yasei Jidai"). Zeichnet im Laufe seines Lebens ungefähr 150000 Seiten, veröffentlicht 700 Manga, schafft 60 Zeichentrickfilme. Zu seinen Schülern zählen Ishinomori Shôtarô, Matsumoto Reiji, Akatsuka Fujio, Mizuno Hideko u.v.a. 1994 Eröffnung des Tezuka-Osamu-Gedenkmuseums in seiner Heimatstadt Takarazuka.

TSUGE YOSHIHARU (geb. 1937)
Debüt 1955 für *Kashihonya* mit „*Hakumen Yasha*", zeitweise Assistent bei Mizuki Shigeru. Anfang der 60er Jahre Abwendung von den handlungsbetonten historischen und Krimistoffen zugunsten der Gefühlswelt aufwachsender Jungen, die lyrisch geschildert wird. Seit 1966 publiziert er seine kurzen Manga-Erzählungen in der Zeitschrift „Garo". Insbesondere „*Nejishiki*" (1968) wird unter Intellektuellen populär, verhilft ihm zum Ruf eines hochliterarischen Manga-Zeichners und löst Diskussionen um den Manga als Kunst aus. Nach einer Pause seit Ende der 70er Jahre 1984 Anthologie „*Tonari no Onna*". Trotz weniger und kurzer Manga zweiter Tsuge-Boom Ende der 80er Jahre. 1991 verfilmt Takenaka Naoto (Hauptrolle und Regie, Preis der Kritik in Venedig) „*Munô no Hito*" (1985), 1993 Ishii Teruo „*Gensenkan Shujin*" (1968). 1993 achtbändige Werkausgabe im Chikuma-Shobô-Verlag.

UCHIDA SHUNGIKU
Debüt 1984 mit kleineren Geschichten, die 1985 gesammelt als Buch „*Shungiku*" erscheinen (bei Seirindô). Zählt neben Okazaki Kyôko zu

den Hoffnungen des neuen Frauenmanga. U. a. „*Mizu Monogatari*" (1988 in „Shûkan Hôseki"), „*24000kai no Hijitetsu*" (1991/1992 in „Jiyû Jikan"). Macht außerdem als Sängerin lateinamerikanische Musik mit ihrer Band „Abekkusu" (auch auf CD) und sorgte 1993 für Aufregung mit ihrem Roman „Father Fucker".

UCHIDA YOSHIMI
Debüt 1974 mit „*Nami no Shôgai Rêsu*" (in „Ribon"). Wird Anfang der 80er Jahre berühmt mit ihren lyrischen, teilweise surrealen Mädchenmanga „*Sô Meikyû*" (1981 in „Bûke"), „*Hoshi no Tokei* Liddell" (1982/1983 ebd.) und „*Sô Kûkan*" (1984 ebd.). Ist spurlos aus der Manga-Welt verschwunden.

WIRGMAN, CHARLES (1832–1891)
Seit 1861 in Japan lebender Zeitungskarikaturist, der neben Bigot die Traditionen europäischer Karikatur nach Japan vermittelte, insbesondere durch die 1862 von ihm in Yokohama gegründete Zeitschrift „Japan Punch" (bis 1887). Von dieser ersten Karikaturzeitschrift leitete sich die Bezeichnung des frühen Einzelbild-Manga als „*Ponchi-e*" her, bis um die Jahrhundertwende dann Kitazawa Rakuten das Wort „Manga" wiedereinführte. Einer von Wirgmans Schülern war Kobayashi Kiyochika.

YAMAGAMI TATSUHIKO (geb. 1947)
Debüt 1965 mit „*Himitsu Shirei O*" in *Gekiga*-Zeitschrift „Kage". Zunächst Verlagsangestellter, findet er ab 1970 Beachtung als Manga-Zeichner, besonders seit er ins Gag-Genre wechselt mit: „*Kigeki Shin Shisô Taikei*" (1972 in „Manga Story") und „*Gaki Deka*" (ab 1974 in „Shûkan Shônen Champion"). Nach einem fehlgeschlagenen Versuch, „*Gaki Deka*" 1990 noch einmal aufzunehmen, beendet er seine Karriere als Manga-Zeichner und wird Romancier. 20bändige Werkausgabe bei Futabasha.

YAMATO WAKI (geb. 1948)
Debüt 1966 noch als Studentin mit „*Dorobô Tenshi*" (in „Shûkan Shôjo Friend"). Nach Studienabschluß in Tôkyô als Mädchenmanga-Zeichnerin tätig, u. a. „*Mayuko no Nikki*" (1970 in „Shûkan Shôjo Friend"), die mittelalterliche Liebesgeschichte „*Rabu Pakku*" (1973 ebd.). Ab 1980 „*Asakiyumemishi*" nach dem klassischen „Genji Monogatari" in „mimi".

YOSHIDA AKIMI
Debüt 1977 als Mädchenmanga-Zeichnerin mit „*Chotto fushigina Geshukujin*" in „Bessatsu Shôjo Comic". Ist dieser Zeitschrift sowie dem Shôgakukan-Verlag bis heute treu, u. a. mit „Banana Fish" (seit 1987)

und „California *Monogatari*". Außerdem im Buch-Design und für Zeichentrickfilme tätig.

YOSHIDA SENSHA (geb. 1963)
Begann als Student mit Kurzgeschichten in *Ero-Gekiga*-Zeitschriften. 1988 Debüt im *Koma-Manga* mit „*Amaenjanee!!*" (in „Sukora"). Seitdem populär wegen seiner niedlichen und zugleich mysteriösen Figuren, so in „*Tsutsurundesu*" (1989 in „Big Comic Spirits"), „*Chiku Chiku Uni Uni*" (1990–1992 in „Shûkan Shônen Sunday").

(Bei der Angabe der Manga-Titel wird auf Übersetzungen verzichtet. Die Zeichner/innen, bevorzugt aus dem Bereich des Story-Manga, werden unter dem Namen, mit dem sie berühmt geworden sind, aufgeführt, ohne Pseudonyme auszuweisen. Zu einigen ließen sich genauere als die hier angeführten Angaben bis zum Manuskriptabschluß im Sommer 1995 nicht ermitteln.)

Literaturverzeichnis

Ajima Shun: *Dôjinshi* Handbook '95 (Fanzine-Handbuch '95). Tôkyô: Kubo Shoten, 1994

Akiyama Terukazu: Women Painters at the Heian Court. In: Weidner (Hrsg.), a. a. O., S. 159–184

Anime UK-Magazine, London. Vol. 3, Nr. 4/1994

Asahi Nenkan (Asahi-Jahrbuch). Tôkyô: Asahi Shinbunsha, 1984–1995

Aufenanger, Stefan: Zur Rezeptionssituation von Zeichentrickfilmen aus japanischer Produktion für Kinder in der Bundesrepublik Deutschland. In: Deutsches Jugendinstitut (Hrsg.): Kinderfernsehen und Fernsehforschung in Japan und der Bundesrepublik Deutschland. München 1989, S. 131–143

Bachmayer, Eva: „Gequälter Entel" – Das Frauenbild in den erotischen Comics in Japan. Versuch einer psychoanalytischen und feministischen Interpretation. (Beiträge zur Japanologie der Universität Wien, Bd. 21), Wien 1986, S. 95–223 (eine komprimierte Fassung dieser Diplomarbeit in: Linhart/Wöss [Hrsg.], a.a.O., S. 205–225)

Barthes, Roland: Das Reich der Zeichen. Frankfurt/Main: Suhrkamp, 1981

Bungei Shunshû (Hrsg.): *Dai Ankêto ni yoru Shônen Shôjo Manga Besuto 100* (Die 100 besten Jungen- und Mädchenmanga, nach einer großen Umfrage). Tôkyô: Bungei Shunshû, 1992

Buruma, Ian: Japan hinter dem Lächeln. Götter, Gangster, Geishas. Berlin: Ullstein (Ullstein-Sachbuch), 1988

COMIC BOX: Magazine for Comic & Animation, Tôkyô
  5/1987 Sonderthema: *Bokura no Tezuka Osamu Sensei* (Unser Lehrer Tezuka Osamu)

Comic Media – *Yawarakai Jôhô Sôchi toshite no Manga* (Comic Media. Manga als weicher Informationsapparat). Tôkyô: NTT Shuppan, 1992

Da Vinci (Zeitschrift), Tôkyô: Recruit
  6/1994 *Manga de yomuzo! Kinmirai Nippon* (Dem Manga abzulesen: Japans nähere Zukunft), S. 10–25
  10/1994 *Manga Ôkoku no Tamatebako* (Das Schatzkästlein des Manga-Reichs), S. 97–104

Dolle, Weinkauff, Bernd: Comics. Geschichte einer populären Literaturform in Deutschland. Weinheim/Basel: Beltz Verlag, 1990

Edo and Paris: Urban Life and the State in the Early Modern Era, hrsg. v. James L. McClain, John M. Merriman, Ugawa Kaoru. Ithaca/London: Cornell University Press, 1994

Einholz, Eveline: Der Manga-Künstler Tezuka Osamu (1928–1989): Seine Bedeutung für die Entwicklung des modernen Manga unter besonderer Berücksichtigung des stilbildenden Frühwerks. Magisterarbeit, Freie Universität Berlin, 1994 (unveröffentlicht)

Encyclopédie des Bandes Dessinées, von Marjorie Alessandrini u. a., Paris: Albin Michel, 1986

Erino Miya: Lady's Comic *no Joseigaku* (Feministische Studien zum Lady's Comic). Tôkyô: Seikyûsha, 1990

Etô Tsutomu: *Eiga* Yearbook 1991 (Film-Jahrbuch 1991). Tôkyô: Shakai Shisôsha, 1991

Eureka (Zeitschrift), Tôkyô: Seidosha
- 7/1981 Sonderthema: *Shôjo Manga* (Mädchenmanga)
- 2/1987 Sonderthema: *Manga Ôkoku Nihon* (Japan, Reich des Manga)
- 8/1988 zusätzliche Sondernummer: *Ôtomo Katsuhiro*

Fossati, Franco (Hrsg.): Das Große Illustrierte Ehapa Comic Lexikon. Stuttgart: Ehapa Verlag, 1993

Fujioka Wakao: *Sayonara, Taishû! Kanjô Jidai o dô yomu ka* (Auf Wiedersehen, Masse! – Wie ist das Zeitalter des Gefühls zu lesen?). Tôkyô: PHP, 1984

Fujishima Usaku: *Manga kara Manga e* (Vom Manga zum Manga). In: Honbako 6/1991, S. 30–38

Funabashi Kuniko: Das Frauenbild in der japanischen Pornographie. In: Gössmann (Hrsg.), a.a.O., S. 166–178

Funck, Carolin: Girls, Girls, Girls. Die Takarazuka-Revue als Traumfabrik. In: Japan magazin, Bonn, 12/1993, S. 24–28

Gössmann, Elisabeth (Hrsg.): Japan – ein Land der Frauen? München: iudicium, 1991

Groensteen, Thierry: L'Univers des Mangas. Tournai: Casterman, 1991

Hakuhôdô Seikatsu Sôgô Kenkyûsho (Hakuhôdô Institute of Life and Living) (Hrsg.): *Bunshû no Tanjô* (Die Geburt der Teilmassen). Tôkyô: Nihon Keizai Shinbunsha, 1985

Hammitzsch, Horst (Hrsg.): Japan Handbuch. Stuttgart: Franz Steiner, 1990[3]

Hardach-Pinke, Irene (Hrsg.): Japan – eine andere Moderne. Tübingen: konkursbuchVerlag Claudia Gehrke, o. J.

Heise, Jens:
- 1989 Nihonron – Materialien zur Kulturhermeneutik. In: Menzel (Hrsg.), a.a.O., S. 76–94

1990 (Hrsg.) Die kühle Seele. Selbstinterpretationen der japanischen Kultur. Frankfurt/Main: Fischer

Hijiya-Kirschnereit, Irmela:

1988 Das Ende der Exotik. Frankfurt/Main: Suhrkamp

1990 Was heißt: Japanische Literatur verstehen? Frankfurt/Main: Suhrkamp

Hohmann, Uwe: Japans Einfluß in Ost- und Südostasien am Beispiel populärkultureller Elemente. Referat auf der Jahrestagung der Vereinigung für sozialwissenschaftliche Japanforschung in Bad Boll 25.–27. 11. 1994 (noch unveröffentlicht)

imago (Zeitschrift), Tôkyô: Seidosha, 4/1995, Sonderthema: *Shôjo Manga* (Mädchenmanga)

Ishiko Jun: *Nihon Mangashi* (Geschichte des japanischen Manga), Tôkyô: Shakai Shisôsha/Kyôyô Bunko, 1988

Ishiko Junzô: *Sengo Mangashi Nôto* (Zur Geschichte des Manga seit dem Ende des Zweiten Weltkriegs). Tôkyô: Kinokuniya Shoten, 1994 (1972[1])

Kakinuma Eiko: *„Ai" o tsukuridasu Shôjo Mangakatachi* (Mädchenmanga-Zeichnerinnen schaffen „Liebe"). In: imago 4/1995, a.a.O., S. 170–178

Kanamori Takeo: *Manga Shôwashi* (Geschichte des Manga der Shôwa-Zeit). Tôkyô: Shakai Shisôsha, 1973

Karsten, Bernd-Uwe: Politische Tendenzen in der japanischen Malerei und Zeichnung der Jahre 1920 bis 1945 – dargestellt am Beispiel der proletarischen Künstlerbewegung Japans. Dissertation, Rheinische Friedrich-Wilhelms-Univ. zu Bonn, 1978 (unveröffentlicht)

Kawai Ryozo: Die Geschichte der japanischen Jugendcomics nach dem Zweiten Weltkrieg, literatur- und mediensoziologisch betrachtet. (Massenmedien und Kommunikation, Bd. 42), Siegen 1986

Koechlin, Heinrich: Tezuka Osamu, Leben und Werk. Magisterarbeit, Universität Wien, 1993 (unveröffentlicht)

Kure Tomofusa:

1986 *Gendai Manga no Zentaizô* (Gesamtbild des gegenwärtigen Manga). Tôkyô: Century Press

1987 *Junbungaku Manga no Yukue* (Die Zukunft des hochliterarischen Manga). In: Eureka 2/1987, S. 124–131

1995 (Hrsg.) *Kobayashi Yoshinori ron Josetsu – Gômanizumu to wa nani ka* (Erste Überlegungen zu dem Manga-Zeichner Kobayashi Yoshinori: Was sein „Gômanismus" bedeutet). Tôkyô: Shuppan Shinsha

Lent, John A.: Japanese Comics. in: Powers/Katô (Hrsg.), a.a.O., S. 221–242

Lévi-Strauss, Claude: *Kongô to Dokusô no Bunka* (Kultur der Mischungen und der Originalität). In: Chûô Kôron, Tôkyô 5/1988, S. 66–83
Linhart, Ruth/Wöss, Fleur (Hrsg.): Nippons neue Frauen. Reinbek b. Hamburg: Rowohlt, 1990
Linhart, Sepp:
1989 Die Anwendbarkeit des Freizeitbegriffs auf Japan. In: Leviathan/Zeitschrift für Sozialwissenschaft, Berlin 2/1989, S. 204–215
o. J. Arbeite wie ein Präsident, vergnüge dich wie ein König. Einige Bemerkungen zum japanischen Freizeitverhalten. In: Hardach-Pinke (Hrsg.), a.a.O., S. 81–96
Loveday, Leo/Chiba Satomi: Aspects of the Development toward a Visual Culture in Respect of Comics: Japan. In: Silbermann/Dyroff (Hrsg.), a.a.O., S. 158–184

Maderdonner, Megumi: Kindercomics als Spiegel der gesellschaftlichen Entwicklung Japans. (Beiträge zur Japanologie der Universität Wien, Bd. 21), Wien 1986, S. 1–94
Manga Manga Manga ten (Ausstellungskatalog). Tôkyô: Yomiuri Shinbunsha, 1993
Manga Mania (Zeitschrift), London. Vol. 1, Nr. 14, 9/1994
May, Ekkehard:
1982 Zur Genese und Charakteristik der japanischen Massenliteratur. (Berliner Beiträge zur sozial- und wirtschaftswissenschaftlichen Japan-Forschung, Bd. 14), Berlin
1983 Die Kommerzialisierung der japanischen Literatur in der späten Edo-Zeit (1750–1868). Rahmenbedingungen und Entwicklungstendenzen der erzählenden Prosa im Zeitalter ihrer ersten Vermarktung. Wiesbaden: Harrassowitz
McCarthy, Helen: Anime! A Beginner's Guide to Japanese Animation. London: Titan Books, 1993
McCloud, Scott: Comics richtig lesen. Hamburg: Carlsen Verlag, 1994
Menzel, Ulrich (Hrsg.): Im Schatten des Siegers: Japan, Bd. 1: Kultur und Gesellschaft. Frankfurt/Main: Suhrkamp, 1989
Mitsui Takayuki/Washida Koyata: *Yoshimoto Banana no Shinwa* (Die Mythen der Yoshimoto Banana). Tôkyô: Seikyûsha, 1989
Mizuki Shigeru to Nihon no Yôkai (Mizuki Shigeru und die Geister Japans) (Ausstellungskatalog), NHK Promotion 1993

Nagai Katsuichi: *„Garo" Henshûchô* (Der Chefredakteur von „Garo"). Tôkyô: Chikuma Shobô, 1987
Nagata Seiji:
1989 u. a.: *Hokusai Manga to Shunga* (Hokusais Manga und erotische Bilder). Tôkyô: Sinchôsha, 1989
1992 (Hrsg.): *Hokusai Manga* (Hokusai Sketch Book). 3 Bd., Tôkyô: Iwasaki Bijutsusha, 1992

Nagatani Kunio:
1994 *Nippon Manga Meikan* (Verzeichnis japanischer Manga-Zeichner). Tôkyô: Data Base
1995 *Nippon Meisaku Manga Meikan* (Verzeichnis namhafter japanischer Manga-Werke). Tôkyô: Data Base
Natsume Fusanosuke: *Tezuka Osamu wa doko ni iru* (Wo ist Tezuka Osamu?). Tôkyô: Chikuma Shobô, 1992
Nimiya Kazuko: *Otaku Shôjo no Keizaigaku* (Ökonomie der „Otaku" – Die Mädchen des „Comic Market"). Tôkyô: Kôsaidô, 1995
Nishiyama Minako: The Pink House. In: *Ôkina Nikki chiisana Monogatari* (Mito Annual '92: PRIVATE DIARY 10 Japanese Young Artists) (Ausstellungskatalog). Mito: Mito Geijutsukan Gendai Bijutsu Gallery, Nr. 2/1992, S. 28–33

Okudaira Hideo (Hrsg.): *Chôjû Giga* [Scrolls of Animal Caricatures]. Tôkyô: Iwasaki Bijutsusha, 1989[5]
Ono Kôsei: *Ajia no Manga* (Asiatische Manga). Tôkyô: Taishûkan Shoten, 1993
Ôshiro Yoshitake: *Manga no Bunka Kigôron* (Kultursemiotik des Manga). Tôkyô: Kôbundô, 1987
Ôtsuka Eiji:
1987 *Manga no Kôzô* (Die Struktur des Manga). Tôkyô: Yûdachisha
1994 *Sengo Manga no Hyôgen Kûkan. Kigôteki Shintai no Jubaku* (Der Ausdrucksraum des gegenwärtigen Manga. Im Banne des Körpers als Zeichen). Tôkyô: Hôsôkan
1995 *„Ribon" no Furoku to Otomechikku no Jidai* (Die Geschenkbeilagen der Mädchenmanga-Zeitschrift „Ribon" und das Zeitalter der Mädchenhaftigkeit). Tôkyô: Chikuma Shobô

Phillipps, Susanne: Narrative Bausteine im Manga. Erzählanalyse am Beispiel von Tezuka Osamus „Hi no Tori". Magisterarbeit, Freie Universität Berlin, 1995 (noch unveröffentlicht)
Pons, Philippe: D'Edo à Paris. Mémoires et Modernités. Paris: Gallimard 1988. S. 410–439
Powers, Richard Gid/Katô Hidetoshi (Hrsg.): Handbook of Japanese Popular Culture. Westport/London: Greenwood Press, 1989

Richter, Steffi: Ent-Zweiung. Wissenschaftliches Denken in Japan zwischen Tradition und Moderne. Berlin: Akademie Verlag, 1994

Sakai Tadayasu/Shimizu Isao (Hrsg.): *Nisshin Sensôki no Manga* (Manga aus der Zeit des Chinesisch-Japanischen Krieges). Tôkyô: Chikuma Shobô, 1985
Sakurai Tetsuo: *Tezuka Osamu.* Tôkyô: Kôdansha (Gendai Shinsho), 1990

Saotome Miyako: Lady's Comic *no Himitsu* (Die Geheimnisse des Lady's Comic). Tôkyô: Data House, 1993

Schodt, Frederik L.: Manga! Manga! The World of Japanese Comics. Tôkyô/New York: Kôdansha International, 1988[3]

Seward, Jack (Hrsg.): Japanese Eroticism. A Language Guide to Current Comics. Houston: Yugen Press, 1993

Shimizu Isao:

1985 *Nihon Manga no Jiten* (Lexikon des japanischen Manga). Tôkyô: Sanseidô

1986 (Hrsg.) *Manga Zasshi Hakubutsukan* (Museum der Manga-Zeitschriften), 5 Bd., Tôkyô: Kokusho Kankôkai

1989a Bigot. *Nihon Sobyôshû* (Bigot. Die Japanzeichnungen). Tôkyô: Iwanami Bunko

1989b Wirgman. *Nihon Sobyôshû* (Wirgman. Die Japanzeichnungen). Tôkyô: Iwanami Bunko

1991 *Manga no Rekishi* (Geschichte des Manga). Tôkyô: Iwanami Shinsho

Shôwa no Manga ten (Manga der Shôwa-Zeit. Ausstellungskatalog). Tôkyô: Asahi Shinbunsha, 1989

Silbermann, Alphons/Dyroff, H. D. (Hrsg.): Comics and Visual Culture. Research Studies from ten Countries. München/New York/London/Paris: K. G. Saur, 1986

Smith II, Henry D.: The History of the Book in Edo and Paris. In: Edo and Paris, a.a.O., S. 332–352

Smith, Toren: The World of Manga. In: Japanese Book News, Tôkyô: The Japan Foundation, Nr. 2/Spring 1993, S. 1–3

Soeda Yoshiya:

1975 *Gendai Mangaron* (Über den Manga der Gegenwart). Tôkyô: Nihon Keizai Shinbunsha

1976 (Hrsg./Autor) thematische Sondernummer der Zeitschrift *Gendai no Esupuri* (L'Esprit d'aujourd'hui): *Manga Bunka* (Manga-Kultur). Tôkyô: Shibundô

1983 *Manga Bunka* (Manga-Kultur). Tôkyô: Kinokuniya Shoten

Suyama Keiichi:

1968 *Nihon Manga Hyakunen* (100 Jahre japanischer Manga). Tôkyô: Haga Shoten

1972 *Manga Hakubutsushi. Nihonhen* (Manga-Kunde. Japan). Tôkyô: Banchô Shobô

Taishû Bunka Jiten (Encyclopedia of Popular Culture). Tôkyô: Kôbundô, 1991

Taiyô (Zeitschrift), Tôkyô: Heibonsha

3/1971 Sonderthema: *Nihon no Manga* (Japanischer Manga)

7/1991 zusätzliche Sondernummer: *Shôjo Manga no Sekai* I (Die Welt des Mädchenmanga, Teil 1)